Voor mij een geliefde

Rosalind Brackenbury

Voor mij een geliefde

Vertaald door Lilian Caris

Artemis & co

ISBN 978 90 472 0054 3
Oorspronkelijke titel Becoming George Sand
Oorspronkelijke uitgever Doubleday Canada
Omslagontwerp Janine Jansen
Omslagillustratie © Evdokimova, Trevillion Images
Foto auteur Allen Meece

Verspreiding voor België:
Veen Bosch & Keuning uitgevers n.v., Wommelgem

'Presque tous les romans sont des histoires d'amour.'

George Sand

Ter herinnering aan Elisabeth

Inhoud

1

Geheim

MARIA STEEKT DE STRAAT OVER, WAAR DE AUTO'S ONDER HUN MUTS van sneeuw geparkeerd staan en alleen de zwenksporen van banden hun geribbelde profiel hebben achtergelaten. Ze is aan de vroege kant, maar over enkele minuten zal het kanonschot van één uur in de hele stad te horen zijn, en waar hij ook is – nog in het lab, zijn muizen aan het voeren alvorens ze voor die dag in hun kooien op te sluiten, of net bezig zijn laboratoriumjas op te hangen en zijn dikke tweedjas te pakken – hij zal het horen en denken: ze zal er zijn, ze zal op hem staan wachten.

Buccleuch Street, Edinburgh, Schotland. Een vrijdag in december. Vrijdagmiddag. Ze heeft er de hele week naar verlangd. Ze kijkt door de glazen deur en duwt ertegen, zodat haar komst met belgerinkel wordt aangekondigd als in een oude kruidenierswinkel, en ze stapt naar binnen met plakken natte sneeuw aan haar laarzen die op de deurmat zullen smelten, en met het gevoel dat ze bij de volgende, belangrijke fase van de dag is aanbeland. Ze ademt uit, een lange zucht die niemand hoeft te horen.

Op het eerste gezicht lijkt er niemand in de winkel te zijn, maar ze voelt eerder dan dat ze iets hoort buiten haar blikveld een vleug van aanwezigheid en ziet dan de rug van de verkoopster, die voorovergebogen boeken uit staat te zoeken. Er staan dozen opgestapeld, die ze uitpakt om de inhoud op de planken te zetten. De

13

vrouw komt tevoorschijn, recht haar rug en strijkt een haarlok op zijn plaats. Ze kijkt wat angstig, als iemand die verlegen is, en bang dat wat ze doet en zegt misschien niet gepast is. Even laat ze merken dat ze Maria kent, maar ze verbergt die wetenschap, die persoonlijk is, zelfs gênant, achter haar beroepsmatige houding. Maria heeft de lange donkerblauwe jas aan die ze meestal draagt, nog steeds bedekt met sneeuwvlokken. De sneeuw smelt in haar haar en op haar handschoenen – ze heeft ze aangehouden, zodat het er meer op lijkt dat ze tijd aan het verdrijven is dan dat ze echt nieuwsgierig is terwijl ze, bij een plank met boeken die plat neergelegd zijn om ze makkelijk te kunnen inkijken, ter plekke vluchtig een boek doorbladert. Ze kijkt op van het boek dat ze niet aan het lezen is, een verhalenbundel van Maupassant, en glimlacht. 'Hallo.' Ze weet dat de vrouw weet dat ze wacht.

'Goedemorgen.'

'Het spijt me als ik u heb laten schrikken.'

'O, nee, het is oké. Ik had alleen niet verwacht dat er vandaag iemand binnen zou komen. Wie had dat gedacht, nog meer sneeuw.'

'Hmm, het was voorspeld, toch?'

Maria houdt haar conversatie beperkt tot een beleefd maar verstrooid gemompel om aan te geven dat ze binnengelopen is om iets te zoeken zonder nog precies te weten wat. Boekwinkels zijn plekken waar je je gedachten van het wachten kunt afleiden. Haar in handschoenen gestoken handen houden het boek vast alsof het een paspoort is, terwijl ze met één beklede vinger de bladzijden omslaat. Ze zegt onzeker: 'Ik vroeg me af of u iets van George Sand hebt?'

De boekhandel is een kleine, zelfstandige zaak, weggestopt in een steegje achter Buccleuch Place, niet de grotere, lichtere, universiteitsboekhandel die zich pas bij een keten heeft aangesloten en waar studenten meestal heen gaan om de boeken te bestellen die ze moeten lezen. Hij is gespecialiseerd in Franse literatuur en vertalingen. Je kunt er *Le Monde* van de vorige dag krijgen, en zelfs *Libération*. Maria vraagt zich soms af hoe hij kan blijven bestaan, maar ze hebben er ook alle reisgidsen, en boeken over hoe je een huis in Frankrijk koopt, hoe je echt Frans kookt, hoe je slank kunt blijven en van Peter Mayle.

'O, ja.' De vrouw lijkt opgelucht dat haar wordt gevraagd naar een recent boek. 'Er is een cursus, toch, over de Franse romantici? Ik heb sommige romans in voorraad, evenals de brieven aan Musset. Dat is alles op het moment. Maar weet u dat de nieuwe brieven aan Flaubert binnenkort uitkomen? Ze worden vertaald, geloof ik. Geeft u les over Sand?'

'Nee, maar ik ben haar aan het lezen. Ik denk erover over haar te gaan schrijven. Ik wil graag de Flaubertbrieven bestellen, maar ik wil ze in de oorspronkelijke taal.'

'Natuurlijk, goed, dat zal ik doen.' De vrouw verdwijnt om op haar computer te kijken en laat haar ogen van boven naar beneden over het scherm glijden terwijl ze met haar hand behendig de muis bedient. Ze heeft grijsbruin haar, grotendeels strak naar achteren gekamd, en een profiel dat naar Maria's idee op een Griekse munt thuishoort, onvervalst klassiek. Door de manier waarop de vrouw naar haar kijkt, weet ze dat zij het weet. Er hangt een vreemde spanning tussen hen, alsof ze zich allebei tegelijk afvragen of hij komt.

Maria staat daar, terwijl de sneeuw op haar jas en haar in mistige vlekken verandert. De boekverkoopster bevindt zich achter de toonbank, bezig haar bestelling in te voeren.

'Sorry, wat is uw naam ook alweer? Ik ken u, natuurlijk, u bent hier eerder geweest, maar...'

'Maria Jameson. Net als de whiskey.'

Maar dan zwaait de deur open en rinkelt de bel weer en komt hij binnen, koude lucht meebrengend. Op straat is het donker, meeuwen zwermen wit tussen de granietkleurige gebouwen, duiken en stijgen in de flarden sneeuw. Zijn jas valt open, hij heeft het warm, ondanks de kou, en de rode sjaal om zijn nek fladdert omhoog als een wimpel. Zijn snelle blik gaat regelrecht naar Maria, die daar nog steeds met het ongelezen boek in haar handen staat – het maakt niet uit welk, elk boek is geschikt als paspoort, als alibi, ze heeft Maupassant neergelegd, iets over Derrida opgepakt – en dan vluchtig over de planken met boeken, de vloerbedekking, de vrouw die zich buigt alsof ze zich achter de computer wil verstoppen. Dan weer naar Maria. Uitdagend: ik ben er. Ze legt het boek neer op een stapel wanneer hij een hand op haar arm legt, als om te zeggen: laten we gaan. Ze loopt naar hem toe alsof ze door een magneet wordt aangetrokken, de aanwezigheid van boeken en meubilair ten spijt, alsof niets haar in de weg kan staan. De boekverkoopster zegt zacht: 'Zo, dat is voor elkaar, u hebt het op z'n laatst over een week. Kunt u me uw telefoonnummer geven? Of zal ik u een e-mail sturen?'

Maria krabbelt haar adres, e-mailadres en telefoonnummer neer, en denkt niet langer aan Flauberts brieven aan George Sand, en die van haar aan hem; die zullen moeten wachten. De boekverkoopster trekt zich terug achter haar stapel kartonnen dozen om boeken te tellen. Het is meer een vlucht. Maria besteedt geen aandacht meer aan haar, zegt haastig 'Goedemiddag, hartelijk dank', omdat hij er is, lang en verlangend en slank, met sneeuw op zijn donkere krullen en zijn koude blote handen. Ze vliegt op hem af, ze hebben maar even tijd zo midden op de dag, niet meer, en de klok is al begonnen te tikken. De vrouw in de boekhandel bestaat niet meer; ze was maar een tussenstadium, een noodzakelijke fase onderweg; later zal Maria hier alleen terugkomen en nagaan welke andere boeken ze moet bestellen, maar nu stapt ze voor hem de winkel uit, de straat op, de dwarrelende sneeuw in, tussen het metaalgrijs van de muren en te midden van vlagen sneeuw die zijwaarts worden voortgejaagd door de wind, zich noodzakelijkerwijs een weg banend. De straten en stoepen zijn glad onder de vers gevallen sneeuw. Maar ze stappen samen door alsof het een warme dag is, de lucht zacht, met vaste grond onder hun voeten; ze lopen dicht tegen elkaar aan, zij kijkt naar hem op, lacht; hij buigt zich naar haar over om iets in haar oor te fluisteren. Ze passeren de etalage van de boekwinkel en zijn verdwenen.

Ze maakt met haar eigen sleutel de voordeur open en ze gaan allebei naar binnen, zij voorop. Ze pakt vochtige post op van de mat, legt die op het haltafeltje; zelfs nu kan ze het niet laten op te ruimen, zelfs nu hij als een lange schaduw in zijn donkere jas vlak achter haar aan komt, zelfs met het brandende gevoel dat ze vanbinnen al heeft. Het huis is stil, de zware stilte van een huis waarvan de bewoners uren weg zijn geweest. Ze voelt het meteen, de stemming en sfeer die het uitstraalt. Er ligt rommel in de hal, uitgeschopte laarzen – oude van Emily – er hangen te veel jassen achter de deur, een sporttas die van niemand is. Het ruikt nog vaag naar ontbijt: geroosterd brood en koffie. De kat komt aangedribbeld, geeft kopjes tegen hun benen. Edward is 's ochtends vroeg naar zijn instituut gegaan, en de kinderen zijn tot laat in de middag op school, waarna ze allebei bij vriendjes gaan eten. Edward heeft een vergadering en gaat daarna eerst squashen, en dan bridgen, met zijn vriend Martin. Ze draait zich om naar de man die achter haar binnenkomt; ja, kom maar, de kust is veilig, het is in orde. Ze botsen tegen elkaar aan wanneer zij zich omdraait om de deur dicht te doen; hij pakt haar bij de arm, het is oké, ontspan je, we zijn er. Het huis is nu van hen, en ze hebben tijd. Het is vrijdag, hun beste dag, de langste, de meest ongestoorde, de dag die met geen andere te vergelijken valt. Vrijdag, en straks zal ze alles hebben waar ze naar verlangt, het zal allemaal weer gebeuren.

Ze zijn met haar auto gegaan, zodat de zijne duidelijk zichtbaar op het parkeerterrein van de universiteit kan blijven staan, terwijl haar vijf jaar oude Renault, geparkeerd voor haar eigen huis, geen argwaan zal wekken. Voor hij haar het huis in volgde, had hij snel een blik door de straat moeten werpen, voor de zekerheid. Edinburgh mag dan wel een hoofdstad zijn, maar het is nog altijd een kleine plaats, en de mensen kennen hem, hij woont er lang genoeg en is bij genoeg betrokken – de kerk, de universiteit, oudergroepen, voetbalwedstrijden, hij is voor Celtic en gaat bijna elke zaterdag kijken – om door mensen te worden gezien en herinnerd. Hij is ook een ongewoon lange man, valt overal op waar hij gaat of staat. Hij komt omzichtig Maria's huis in, het ligt in een deel van de stad en een straat waar hij zich niet vanzelf op zijn gemak voelt; het heeft te maken met stand, met de associaties die daarbij horen, New Town tegenover Old Town, negentiende-eeuws vertoon dat nog verbonden is met de grootte van de huizen, de omvang van de kamers. Hij laat zijn jas niet achter in de hal met zijn mozaïektegelvloer en het hoge plafond van victoriaanse Edinburghse huizen, rijtjeshuizen maar toch te groot, hoogmoedig, vindt hij, huizen gebouwd met weinig notie van comfort maar vol superieure pretenties; hij wurmt zich er onder het lopen uit en neemt hem mee naar de slaapkamer; er zullen geen uiterlijke tekenen zijn, iemand die onverwachts binnenkomt zal niet de kans krijgen zich af te vragen wiens jas dat toch is. Hij hangt hem achter de deur in de logeerkamer, over een slappe peignoir die daar al hangt. Er staat een hoog tweepersoonsbed, opgemaakt voor gasten, de lakens netjes gladgetrokken. Ze buigt voorover om de verwarming hoger te zetten. Ze knipt een lampje naast het bed aan, want het is een donkere dag, het dreigt te gaan regenen, men heeft het zelfs over nog meer sneeuw. Ze trekt de grote houten luiken half dicht, om wat er aan daglicht binnenkomt buiten te sluiten en afzondering te creëren – van wat, de tuin, de bleke hemel? De buitenwereld. Er tikt iets in het huis: de ijskast, de elektriciteit. Iets anders bromt. Ze woont in een huis vol elektrische apparaten die een eigen leven leiden, hun eigen programma volgen, tikken en zoemen wanneer er niemand thuis is, vastere elementen, denkt ze weleens, dan wie van de bewoners ook. Op het nachtkastje staat een grote digitale klok die Edward ooit heeft gekocht, die groen glanst en getallen naar haar seint, en ze draait hem om naar de muur. Ze wil geen indringers in de vorm van tijd of een apparaat. Sean is uiteindelijk op het bed gaan zitten en begint zijn schoenen uit te doen, grote, nogal groezelige sportschoenen zoals haar zoon draagt, wat haar herinnert aan het leeftijdsverschil tussen hen. Hij trekt zijn trui over zijn hoofd, en daarna zijn overhemd en het gebroken witte T-shirt dat hij 's zomers zonder iets erover draagt. Zij, intussen, trekt haar laarzen uit – zwart, die ze draagt bij haar nette zwarte broek, op de bovenkant waarvan nu spatjes sneeuw zitten – en begint de knoopjes van haar blouse los te maken. Ze kleden niet elkaar uit, en dat vindt ze wel jammer, omdat dat voor haar altijd iets erotisch heeft. Het uitkleden is bijna een zakelijke aangelegenheid nu het zo haastig gaat en ze daarbij zo in zichzelf verdiept zijn; het draait eerder om het naakt worden dan om het elkaar opwinden. Ze kijkt naar hem terwijl hij zijn leren riem losmaakt en zijn afzakkende spijkerbroek openritst. Die glijdt over zijn magere heupen en onthult een witte platte buik onder een vage bruine streep die is overgebleven van de zomer, en het begin van een baan zwart haar. Hij werpt een vluchtige blik op haar, grijnst. Ze is bezig haar beha los te maken – en ze wil dat hij nu naar haar kijkt, en dat doet hij; haar borsten komen naar voren en de beha valt op de grond – een nieuwe beha, maar wit, niet zwart, dat haar voorkeur heeft, want ze heeft opgevangen dat hij van maagdelijke mode houdt, of in elk geval van praktische, wat lingerie betreft. Hij ziet haar, en zij ziet hem; net voldoende nu, terwijl zijn onderbroek afglijdt, net als het tamelijk keurige witte slipje dat ze vandaag aanheeft, die worden allebei opzij geschopt; en dan zijn ze samen, raken elkaar over de hele lengte van hun naakte lichamen aan; ze geniet altijd van dat eerste contact, koele huid die snel opwarmt, tepels die stijf worden in de kille lucht in de kamer – waarom verwarmt de centrale verwarming die grote kamers nooit echt? – en de druk van zijn pik die tegen haar aan stijf wordt, opzwelt en groeit terwijl ze hem tegen haar buik houdt. Toch bijzonder, de wortel van de pik van een man onder je vingers, zo compact en stevig als die wordt. Wanneer ze zich afwendt, glanst de eikel al; ze vallen neer op het bed en houden elkaar weer vast, nu alleen op een andere manier, omdat ze allebei maar één ding willen, en dat is respectievelijk in en rondom elkaar zijn, dat het wonder opnieuw begint.

Hij is lang, langer dan Edward, en zijn gestrekte bleke benen komen helemaal tot het voeteneinde van het bed en hij duwt haar hoofd tegen de muur wanneer hij haar wiegt, dus wil ze hem naar onderen duwen, en haar hand ligt op zijn billen, ze duwt zichzelf naar beneden om zo tegen hem aan te komen dat ze elkaar met hun schaambeen raken en ze denkt aan twee vuurstenen die tegen elkaar aan wrijven om vonken te maken, omdat ze allebei knokig zijn en het niet heel prettig is; en dan likt hij rondom een van haar tepels en begint eraan te zuigen, trekt de rood geworden tepel spits omhoog, speelt ermee, zuigt er weer aan; ze kan niet wachten, alles begint zich te ontplooien en open te gaan, zij, wat ze ook is, dit lichaam, deze vleselijkheid, en ze komt klaar, hij na haar, en er is nog nooit iets geweest wat hierop lijkt, voor haar tenminste niet, en ze keert zichzelf binnenstebuiten, werpt haar huid af, lost op voor haar gevoel, verdwijnt, en dan weer begint het opnieuw, het stijgen, stijgen en de lange afdaling naar wat aanvoelt als ver- nietiging, dat haar doet schreeuwen, alleen houdt hij een hand op haar mond, sst, sst, liefste; en de manier waarop hij haar dan mee- neemt, waarheen, weg, naar elders, ergens vanwaar het onmoge- lijk is terug te keren, belet haar om waar dan ook te zijn behalve hier, nu, en te weten dat ze leeft.

Liefste, liefste, de manier waarop hij het zegt, de Ierse zachtheid van zijn stem, en toch kent ze hem nauwelijks, niet zoals je ge- woonlijk mensen kent, ze kent hem totaal, op deze andere ma- nier, die waarover niemand praat, waarbij je dit doet en samen bent en er liefde is in wat je bent, aan de oppervlakte, in de diepten. Ze rusten uit, liggen tegen elkaar aan, lachen verrast, zoals ze altijd verrast lachen, omdat het wonderbaarlijk is, toch, zoals het gaat, zoals ze samen zijn, het gemak.

Ze zal hem nooit op kunnen geven, omdat ze haar zelf aan zichzelf laat zien, het zelf dat ze nog nooit heeft gezien, omdat hij haar voor haarzelf openstelt op een manier waardoor ze nooit meer dezelfde zal zijn. En hij? Hij vindt het heerlijk, en hij is er bang voor. Ze heeft niet in de gaten waar hij bang voor is, en mocht ze het wel merken, mocht ze er eens een glimp van opvangen in de al te snelle blik die hij na afloop in de spiegel op zichzelf werpt, in de gedachteloze haast waarmee hij zijn veters strikt, met zijn ene voet op het nachtkastje, dan de andere, ze strak aantrekt en vastknoopt, dan registreert ze het niet, want er is niets om bang voor te zijn, nu, hier; het leven heeft zich volkomen ontvouwd en geopenbaard, er zijn geen vergeten uithoeken, er is niets achtergebleven, niets buitengesloten, niets te vrezen. Vrees hoort bij de toekomst, en samen hebben ze de toekomst uitgewist, ze hebben zich samen, nu, hier, voor altijd, in dit heden gevestigd.

Natuurlijk verstrijken de uren alsof de klok steeds strakker wordt opgewonden, en het is algauw tijd voor hem om op zijn horloge te kijken, dat hij heeft afgedaan en naast het hare op het nachtkastje heeft gelegd; en buiten is het licht vrijwel verdwenen, en als ze nog langer blijven lopen ze gevaar alles te verliezen. Onder hen is het laken plakkerig en begint het af te koelen, en tussen haar benen voelt het drijfnat; ze staan op om zich te wassen in de tweede badkamer, waar een grote oude badkuip met hoge kranen staat die uit de vorige eeuw stamt, waarin ze met z'n tweeën passen terwijl het stromende warme water de koude bodem verwarmt, en er is niets van haar of Edward, alleen wat badzout en zeep die haar moeder de laatste keer dat ze kwam logeren heeft achtergelaten, en een oude spons – van wie? – om water mee boven elkaars schouders en hoofd uit te knijpen in de opstijgende damp. Ze kijken naar elkaar, ernstig en omzichtig, terwijl ze elkaars lijf verzorgen. De zachtheid van huid. De gleuven, waar tederheid groeit. Maar nu zijn ze zich van de tijd bewust, dus zijn ze ook wat kordaat, als vriendelijke kinderjuffen tegen kinderen die blijven treuzelen, en zij zijn de kinderjuf en hun lichamen de kinderen, loom, mopperig, een nieuw spelletje verzinnend om ervoor te zorgen dat de volwassenen niet weggaan. Ten slotte strikt hij zijn veters, ja, op de manier zoals hij dat altijd doet, alsof hij op het punt staat ergens heen te vluchten, en staat zij blootsvoets op het tapijt, met haar vingers tegen zijn gezicht, van haar tastzin verlangend dat die dit in zijn herinnering opslaat, zijn vermoeide oogleden, de krassende stoppels, de zachte brede contouren van zijn mond. Zo'n mooie mond. Het zal haar allemaal bijblijven, voor altijd. Ze is een en al dankbaarheid en kalmte nu, en zij is niet degene die een winterjas moet aanschieten en de sneeuwkoude straat op gaan, en die een taxi moet aanhouden om terug te keren naar het parkeerterrein van de universiteit; zij kan in haar huis blijven, mijmerend en verbaasd zoals vrouwen door de eeuwen heen zijn geweest, traag en verstrooid, terwijl ze aanrommelt en opruimt en de sporen van de afgelopen uren uitwist, zodat haar man en kinderen nietsvermoedend en onwetend binnen kunnen komen in wat per slot van rekening hun huis is. Wanneer hij weg is – een kus bij de deur, zijn vingers die langs haar gezicht strijken, haar haar in de war maken, een aanraking die blijft hangen, die een herinnering creëert – gaat ze terug naar de slaapkamer, haalt het bed af. Ze bundelt de lakens en stopt ze in de wasmachine met wat ander wasgoed en hun handdoek, en zet hem aan. Ze doet de luiken half open, zodat tussen donkere bomen de indigoblauwe lucht te zien is, ze schuift de gordijnen opzij. Ze loopt rond, snuffelend, en spuit dan met luchtverfrisser, hoewel ze een hekel heeft aan de geur. Ze doet zelf parfum op, een scherp citroenachtig Armaniluchtje waar Edward van houdt. Ze gaat naar beneden naar de keuken in het souterrain, zet de ketel op en roostert brood, twee boterhammen in de platte metalen rooster op het Aga-fornuis, zodat het warm en huiselijk ruikt, en eet zittend op een keukenkruk een dik met boter en honing besmeerde snee, met een mok thee waarin nog een theezakje hangt. Ze stelt zich voor dat ze binnenkomen – 'Waarom ik geroosterd brood eet? Nou daar had ik net trek in, willen jullie ook?'

Moest George Sand, zo vraagt ze zich af, haar toevlucht nemen tot zulke trucjes? Hoe was het mogelijk, in de negentiende eeuw, om al dat komen en gaan, al die mannen, te hanteren? Er moesten ongeschreven regels zijn geweest, een manier om ermee om te gaan; de bedienden, die moesten het hebben gemerkt, wat had ze daaraan gedaan? Of werd het behandeld met zo'n *sangfroid*, met zo'n *aplomb*, woorden die je in Schotland nauwelijks kon gebruiken, dat niemand er zeker van kon zijn? Chopin, Alfred de Musset, Michel de Bourges, Prosper Mérimée, Jules Sandeau; en de echtgenoten, of bijna-echtgenoten: Casimir Dudevant, Manceau, Marie Dorval? Niet Pauline Viardot, die ze desondanks adoreerde. Met Chopin, Musset en Casimir maakte ze reizen. Mérimée was (naar ze zei) haar grootste vergissing. Met Sandeau vormde ze een schrijversduo, ze deelden een pseudoniem om een roman te schrijven, met seks bijna als bijzaak. Maar ooit klom hij bij het aanbreken van de dag uit haar raam, na langs de honden en haar slapende echtgenoot te zijn geslopen, als een gelukkig, uitgeput man. George Sand had mannen – en bij gelegenheid vrouwen – nodig en kreeg ze. Ze was iemand die op de hoogte was van het geheim dat Maria begint te kennen. Maar hoe vertaalde zich dat naar haar dagelijks leven, dat van moeder, grootmoeder, schrijfster, zelfs echtgenote? Natuurlijk was ze niet de enige. Andere vrouwen, bijvoorbeeld Louise Colet, die Flauberts geliefde was, en ook die van Musset was geweest. De vrouwen die beroemde courtisanes waren geweest, en zij die grote revolutionaires waren. Het lag aan de tijd waarin ze leefden, daar moest het aan hebben gelegen; het was het Frankrijk van na de Revolutie, een rationalistisch, pragmatisch Frankrijk op weg naar het tijdperk van de romantiek, van het sublieme, het pittoreske; het lijden van de jonge

Werther in Duitsland gecombineerd met Rousseaus edele wilde, woeste landschappen en hevige hartstocht waren *de rigueur*. Het zal niet gemakkelijk zijn geweest, denkt Maria in de eenentwintigste eeuw, maar het was tenminste allemaal mogelijk.

In haar slaat nog steeds het ritme van zijn bloed en het hare, het kloppen en wegsijpelen van zijn zaad; ze is nog steeds open, zich er nog altijd van bewust. Haar huid voelt ruw aan, poreus. Edward zal thuiskomen en haar zoeken, en ze zal in de keuken zijn, geparfumeerd, nerveus, en zal om vijf uur 's middags geroosterd brood met honing zitten eten. Nee, het is beter als ze in haar studeerkamer zit, met een glas wijn. Terwijl ze George Sand leest, aantekeningen maakt. Wat lijkt gewoon, op dit moment? Ze heeft geen idee. Ze is ergens aangekomen waar ze de gewoonten niet kent, de borden niet kan lezen en waar niemand is, behalve een overleden Franse schrijfster, die haar een hint kan geven.

Ze is er nooit op uit geweest Edward ontrouw te worden, het is alsof Sean achter haar is opgedoken, zijn lange armen om haar heen heeft geslagen, zijn handen op haar ogen heeft gelegd en haar vasthield. Grootmoeders voetstappen; je kunt je niet bewegen, je bent gevangen, je had ze moeten horen naderen, gestaag, rustig, en nu is het te laat. Ze weet dat dit haar niet vrijpleit; maar op de een of andere manier valt er ook niets vrij te pleiten. Er is haar iets heel moois aangeboden waarvan ze nooit had gedacht dat ze het zou krijgen, en ze is niet van plan zich er schuldig over te gaan voelen. Je kunt van twee mensen houden, denkt Maria. Je kunt de liefde bedrijven met twee mensen, en omdat het zo anders is, bestaat er geen verband. Het is alsof je twee verschillende gesprekken voert; het heeft niets met competitie te maken. Ze voelt het in haar botten, in het diepst van haar ziel weet ze nu dat het zo is. Duizenden mensen zullen het wel niet met haar eens zijn, zouden proberen haar ervan te overtuigen dat ze het mis heeft. Laat ze maar doen. Ze voelt, nu op dit moment, dat het haar vergund is iets bijzonders en essentieels te begrijpen dat niet uit te leggen valt.

Haar hele leven lang heeft ze dat innerlijke gevoel van afwezigheid gehad. Er moet toch iets binnen de werkelijkheid bestaan, iets verborgens, als een pit in een vrucht, dat moet ontkiemen, naar buiten moet komen en het alle anderen moet laten weten? Ze heeft het verlangen ernaar altijd gevoeld. Naar dat ene. Wat ze nooit heeft kunnen benoemen. Een verlangen dat op niets anders dan het leven zelf is gericht, op de essentie ervan, de kers op de slagroom.

Wanneer ze Edward aanraakt, met zijn dikke witte huid, zijn blonde gladheid, zijn in- en in-Engelse onverstoorbaarheid, werpt hij haar op haarzelf terug zonder haar een spiegel voor te houden, absorbeert hij haar alleen maar, en blijft absorberen. Hij is als vloeipapier, niet-reflecterend, slorpt haar op. Maar hij is ook aanwezig, ononderbroken, ze heeft zich al die jaren dat ze samen waren nooit een leven zonder hem voorgesteld. Alleen zijn mensen zich er zo weinig van bewust hoe ze zijn. Edward is Edward, hij is zoals hij is, en hij kan haar niet raken, niet op de manier waarop Sean dat kan, en het heeft niets te maken met liefde of morele waarden of karakter, of ook maar iets van de dingen die zo belangrijk zijn; het is zo subtiel als een blaadje op een vijver dat wordt voortgeblazen door een zuchtje wind, het is beslist iets waar niemand vat op heeft.

Misschien zal een andere generatie, in een andere eeuw, dit ooit opnieuw accepteren en begrijpen. Over honderd jaar zal het weer zo zijn dat niemand het vreemd vindt.

Het is pas een jaar geleden dat ze hem voor het eerst tegenkwam op de universiteit, waar ze Frans doceert aan de faculteit voor moderne talen en waar, zo ontdekt ze, hij onderzoek doet voor zijn PhD. Sean, lang als een voortstappende ooievaar, met een bos woest krullend donker haar; zodra ze hem zag wist ze dat er iets zou gebeuren. Er hing verandering in de lucht.

Ze was in dezelfde kleine boekhandel achter Buccleuch Place,

die een paar jaar eerder in de plaats gekomen was van de oude stoffige tweedehandswinkel vol spinnenwebben en beschadigde pa-
perbacks met gebroken rug die er al sinds mensenheugenis was
geweest. Die nu Le Pont Traverse heette – een monument, zo
noemde iemand het, voor francofielen. Ze las de eerste bladzijden
van een nieuwe roman, in de hoop dat de auteur haar deze keer een
glimp zou doen opvangen van, en haar dichter zou brengen bij de
verborgen kern van het bestaan. Ze bekeek de eerste pagina's
vluchtig. De aanwijzing zou zich tussen de regels bevinden. Als
daar niets was, niets wat haar opviel en haar ergens heen leidde,
zou ze het boek dichtslaan en op de plank terugzetten. Ze was bij
bladzijde 3 toen hij achter haar opdook. Hij was na haar binnengekomen en wilde langs haar heen lopen, door de smalle ruimte
tussen boekenplanken naar de achterkant van de winkel, alsof hij
iets zocht. Ze keek op. Wat deed hij in een zaak vol Franse boeken
en vertalingen? Ze wist dat hij haar hierheen was gevolgd. Hij
sloeg zijn ogen neer.

Toen ze de winkel uit liep, zonder de roman te kopen (er viel
niets tussen de regels te bespeuren, geen spoortje van een verborgen aanwijzing), kwam hij haar achterna. Hij keek haar zijdelings
aan terwijl hij naast haar met haar in de pas begon te lopen, alsof
hij haar al eeuwen kende. Zijn hand uitgestoken om zich voor te
stellen, zijn 'Heb je zin in een kop koffie?' Ze wist dat hij haar had
geobserveerd, dat ze zich in zijn gezichtsveld had bevonden, en
dat wat er in het boek dat ze aan het doorbladeren was had ontbro-
ken, weleens aanwezig kon zijn in de stappen die hij naast haar
zette, in de ruimte tussen hen beiden, de ruimte die kleiner zou
worden en zou slinken naarmate ze naar elkaar toe groeiden, maar
die nooit helemaal zou worden opgevuld. Hij gaf terug; ze merkte
het meteen. Hij bracht iets in beweging wat tussen hen heen en
weer ging, of ze nu praatten of niet; en praten deden ze, druk, ge-
amuseerd, hij met zijn Ierse accent, terwijl zij veel duidelijker
Schots werd dan ze thuis ooit was. Er was iets op gang gebracht,

een beweging, een sprankje leven, een vuurtje. Ze liep met hem mee, bijna zonder na te denken, hij begon snelle schertsende vragen te stellen en terloopse opmerkingen te maken, als om hen aan de gang te houden, het tempo te bewaren, hen daar te krijgen waar ze wilden zijn. Was ze pas terug in Edinburgh, waar kwam ze vandaan, ah, Engeland, en hoe was dat, vond ze het fijn terug te zijn? En wat doceerde ze, Frans, nou, dat had hij wel kunnen raden toen hij zag dat het een Franse boekwinkel was, en was zij dan tweetalig, en hoe had ze zo goed Frans geleerd, in Parijs, nou, dat moest geweldig zijn geweest, een grote stad, alleen kende hij die niet goed. Dus.

Ze dronken hun koffie en glimlachten naar elkaar over een klein tafeltje heen in wat ooit een hippiecafé was geweest net aan het eind van de straat van de boekhandel, met anti-oorlogsposters en blaadjes papier waarop mensen konden intekenen voor ritten naar Faslane en Greenham om te protesteren tegen atoomwapens, zo herinnerde ze zich, en advertenties voor biologische voeding en babysitten, en een leesgroep voor alleen vrouwen. Nu was het geschilderd in de kleuren van een schilderij van Bonnard en was er niets aan de muren geprikt of geplakt. De tafel was geel geverfd en de stoelen groen. Ze merkte alles op, het plekje in een van zijn ogen, een soort foutje, de precieze textuur van zijn huid waar hij zich pas moest hebben geschoren. Alles heel scherp en exact en net zoals zij wist dat het moest zijn, zelfs onder de vorm van haar eigen handschoenen die met de onderkant naar boven op het tafeltje lagen, met de vingers gekruld.

'Jaren geleden kwam ik hier vaak. Toen was het heel anders. Een soort feministische annex anarchistische ontmoetingsplek.'

'Ah, dingen veranderen. Ik kan het me herinneren. Ik kwam hier vroeger ook vaak, als student. Heb je veel aan demonstraties meegedaan? Was je een politiek georiënteerd meisje?'

'Ik heb ooit meegedaan met een demonstratie tegen kernwapens in Faslane. We zijn bijna doodgevroren. En natuurlijk ben ik naar Greenham geweest. Maar toen ben ik naar Frankrijk gegaan, naar de Sorbonne.'

Hij was te groot voor zijn stoel en zat erop alsof hij zich op de kleuterschool bevond, gekromd boven de tafel. De koffie was nu *caffe latte*, in plaats van de slechte grauwe oude koffie die ze zich herinnerde, en ze bestelden croissants, geen scones, en braken ze in stukjes en lieten kruimels achter toen ze weggingen. Ze dronken alleen maar koffie samen, het kostte maar een halfuurtje van hun beider levens, maar het was het begin, ze wisten het alle twee, en ze waren onschuldig en blij als mensen die een eindje gaan wandelen zonder te weten waar de tocht zal eindigen. Ze was niet verbaasd toen hij een briefje voor haar achterliet in haar postvakje, dat ze de eerstvolgende keer dat ze lesgaf aantrof. Ze stak het in haar zak en gedurende de hele les zat het daar, ongeopend, het geheim nog verborgen, de eerste aanwijzing.

Ze gaf college over Marguerite Duras, en beantwoordde de vraag van een jonge man over de Chinese minnaar. Hoe had hij ongestraft een zo jong meisje kunnen verleiden? Waren er volgens haar parallellen met *Lolita*? Het briefje ritselde, kreukelde in haar zak, en ze zei minzaam dat een deel van het antwoord besloten lag in de hele sociale context van Indo-China in die tijd en hoe men een jong Europees meisje toen zag. De jongen fronste zijn voorhoofd. Immoreel bleef toch gewoon immoreel, kindermisbruik bleef toch kindermisbruik, waar het ook plaatsvond en hoe mooi er ook over geschreven werd? Tja. Ze vroeg zich af of ze hem Barthes te lezen kon geven: het lichaam als tekst losgekoppeld van sociale waarden. Maar nee, hij zou er slechts meer door in verwarring raken.

Onderweg naar de uitgang vouwde Maria het briefje open en zag ze voor de eerste keer Seans kriebelige handschrift. Ze zouden overgaan op e-mail, natuurlijk, en sms'en, en handschrift zou geen rol meer spelen in hun verhouding. Maar het deed er iets toe dat hij het haastig, zenuwachtig had geschreven, met zwarte balpen, en dat ze door het te zien, de druk van de pen op het papier, de vorm van de letters, precies kon zeggen hoe hij zich voelde. Niet alleen in de woorden: 'Ik vind je mooi', maar ook in de neerhaal van de I, de kronkel van de j, de manier waarop hij het zei, en het haar voor zichzelf liet herhalen: mooi, mooi, alsof hij het zelf uitsprak.

Ze had de boeken al een paar jaar in haar bezit, had ze hierheen meegesleept met de rest van hun uitgebreide bibliotheek van het huis in Cambridge waar ze hun leven als getrouwd stel hadden geleid, Edward en zij. Een grote verhuiswagen had in de straat voor hun nieuwe huis in Edinburgh gestaan, met grote groene letters erop, en daaruit waren al hun meubilair, de dozen met potten en pannen en kleren en speelgoed en alle andere benodigdheden voor een gezinsleven, en natuurlijk de boeken, gekomen. Toen ze pas getrouwd waren, waren boeken alles wat ze hadden. Edward had boekenkasten gemaakt van bakstenen en planken, zoals iedereen die ze kenden het deed, en hun boeken waren met hen meegereisd van de ene plaats naar de andere, altijd weer de eerste spullen die werden uitgepakt en een plaatsje kregen. Dus waren haar vijf in leer gebonden delen van George Sands *Histoire de ma vie*, gevonden op een marktkraampje in Parijs toen ze een van haar reizen maakte om aan vertalingen te werken met Marguerite, uit een andere verhuiswagen gekomen en met alle andere boeken in hun dozen het huis binnengebracht. Waar nieuwe kasten, deze keer bij Ikea gekocht, waren geïnstalleerd om ze in te zetten.

Eén deel ontbrak; daarom hadden ze maar vijfentwintig euro gekost, veronderstelde ze. Maar het kon haar niet schelen. Het was alsof je iets prachtigs bezat dat wezenlijk beschadigd was. Vijf delen, zo merkte ze algauw, zouden genoeg bevatten om een leven te beschrijven. Waarom George Sand? Ze had een andere auteur in vijf delen kunnen vinden, ze had een andere schrijver over het Kanaal langs de douane naar huis, en haar eigen leven in, kunnen brengen, Zola of Balzac of zelfs Jean Genet. Maar iets in de vijf delen sprak haar aan, maakte dat ze het eerste oppakte en toen om alle andere vroeg, dat ze het geld overhandigde, gaf haar het gewicht van al die woorden over de markt te dragen om ze aan haar vriendin Marguerite te laten zien: 'Kijk eens wat ik gevonden heb! Een koopje!' Waarom George Sand? Nou, puur toevallig. Omdat je daar net die dag bent, bij dat kraampje, en niet een ander, en omdat er iets is waardoor je met je handen net dat ene boek pakt en niet een ander, je portemonnee trekt en vol blijdschap betaalt, dat je ervan overtuigt dat je iets hebt gedaan wat juist is. Een vaag gevoel dat je tegen iets aan gelopen bent wat je nodig hebt, dat betekenis aan je leven zal geven, dat misschien wel jaren meegaat, dat je naar een nieuwe plek zal brengen.

Pas later, toen ze begon te lezen, voelde ze de aansporing en de overtuigingskracht in die stem. Jouw leven doet ertoe, net als het mijne. Je moet keuzes maken. Welke zullen dat zijn?

Ze herinnerde zich Marguerite die zei: 'Je moet met ons meegaan naar het platteland, Marie. Het huis van Jean-François' familie ligt aan dezelfde weg als dat van George Sand.' Dat zou iets zijn voor een andere keer, ze kon nog niet bedenken wanneer, wanneer de kinderen groot genoeg waren, wanneer ze een reisje naar het dal van de Creuse zou kunnen rechtvaardigen. Wanneer het leven was doorgegaan, zoals het hoorde, met haar in het kielzog. Intussen liet ze die stem, die normen en waarden ter discussie stelde, in haar eigen leven binnensijpelen, met zijn kracht en zijn humor, zijn menselijkheid. Waarom George Sand? Nou, omdat ze was zoals ze was, zou Maria gezegd hebben, als iemand het haar toen had gevraagd, wat niet het geval was. Een antwoord veronderstelt een vraag. De vraag die ze misschien zou durven stellen, eindelijk, omdat het antwoord er was, en erop wachtte ontdekt te worden.

George zelf was natuurlijk al een tijdje op het randje van haar bewustzijn aanwezig geweest. Ze was er toen Maria als studente voor het eerst Flaubert las, ze was er als de auteur van romantische literatuur, zoals Maria het in die tijd zag, de vervolgromans die zo goed hadden verkocht toen ze in de negentiende-eeuwse kranten verschenen. Je kon niet om het gegeven heen dat Flaubert en zij jarenlang met elkaar hadden gecorrespondeerd, en dat haar brieven aan hem bewaard waren gebleven, terwijl hij die van Louise Colet allemaal had verbrand, samen met haar oude pantoffels en de obligate verwelkte roos. (Kwam dat doordat George niet zijn geliefde was geweest, of doordat ze een veel betere schrijfster was dan Louise, of doordat George er nooit voor te porren zou zijn geweest een roos te dragen?) Louise Colet, die niet alleen met Flaubert had geslapen, maar ook met Musset, Vigny, Victor Cousin en Bouilhet? Die haar hele leven poëzie, romans en toneelstukken had geschreven, en even diepgaand als de anderen het leven van een auteur ten tijde van de romantiek had geleid. Die nooit de statuur van George Sand had gekregen, hoewel ze het – God en Flaubert wisten het – had geprobeerd.

Je voelde George uit alle hoeken van de negentiende eeuw op je af komen, door haar contacten met al die anderen, van Dostojevski tot Toergenjev, via Chopin en Liszt; je hoorde hoe ze gerespecteerd, verafschuwd, gevreesd, beschuldigd en bewonderd werd. Je wist dat ze de literatuur op de een of andere manier een ander gezicht had gegeven, dat ze een vroege socialist was geweest, dat ze het leven van een vrije, onafhankelijke vrouw had geleid. Maar totdat je haar *Histoire de ma vie* had gelezen, wist je niet wat ze voor je zou gaan betekenen, langs de intieme weg van de stem van de ene schrijfster tot de andere, in stilte, door de tijd heen, met het omslaan van de bladzijden. Het samenspannen van woorden, de taal voorbij, generaties overstijgend. De bewoordingen die in je oren fluisterden en je vertelden hoe je moest leven.

Sean, tijdens een van hun eerste ontmoetingen, wanneer koffie nog aan de orde van de dag is. 'Nou, wie is die vrouw die je aan het lezen bent? Natuurlijk heb ik van haar gehoord, maar wat is er zo bijzonder aan haar?'

Hij leunde over het tafeltje heen, durfde haar *en public* niet aan te raken. Hij deed dat op die speciale manier van hem: steunend op beide armen, zijn hoofd omlaag, heel af en toe even naar haar opkijkend, en dan weer weg. Ze verlangt ernaar haar hand op dat woeste haar te leggen.

'George Sand? Ze was een geweldig auteur, ze heeft veel mensen beïnvloed, en ze had veel minnaars.'

'Ah.'

'Maar dat is niet het belangrijkste.'

'Wel net waar je momenteel het meest in geïnteresseerd bent?' Hij lacht naar haar en buigt weer vlug zijn hoofd, hij komt heel zorgeloos over, dat daagt haar uit. Mensen zullen hen opmerken, vanwege zijn manier van doen, ze zullen het horen.

'Niet noodzakelijkerwijs, nee.' Maar hij vangt haar blik over de rommelige tafel heen, en zij moet lachen. 'Maar ze was altijd op zoek naar de volmaakte liefde. Ze pikte niet zomaar mannen op. Elke keer geloofde ze dat ze nu eindelijk de ware had gevonden. Ze was een echte romanticus.'

Hij zei: 'En waar schreef ze over?'

'Daarover, en over sociale onderwerpen. Ze was socialist, ze geloofde in gerechtigheid.'

'Het lijkt me een pittige tante. O, is daar niet een film over geweest?' Hij spreekt het uit als 'fillum'. 'Over haar en die componist? Er gaat me een lichtje op.'

'Er zijn er een heleboel geweest. Het is tamelijk verwarrend. Maar dan nog, er is niets nieuws onder de zon, toch? Wat me echt intrigeert is waar ze het lef vandaan haalde. Hoe je ook denkt over haar oeuvre of de vele mannen in haar leven, ze leidde een authentiek bestaan. Als je haar leest is het alsof je met haar praat. Zoals jij en ik. Intiem.' Ze vraagt zich af of hij weet wat ze bedoelt.

'Hebben wij dan lef, zijn wij authentiek, of zijn we alleen maar gestoord?'

'Allemaal, waarschijnlijk.'

'Ik moet gaan. Dag. Kan ik je hier een zoen geven, denk je, of zal dan de zedenpolitie verschijnen?'

Ze gaat alleen naar de boekwinkel, een van de volgende dagen, om naar de andere boeken te vragen; het is een woensdag, geen rendez-vousdag. Ze zegt: 'Fijn dat u de brieven voor me hebt besteld, denkt u dat het lang gaat duren?' Ze heeft er behoefte aan zich tegenover de vrouw te verontschuldigen, om de een of andere reden, vanwege mogelijke onbeleefdheid, gebrek aan tact, van haar kant.

De vrouw heeft een prachtige broche op, ziet ze; geaderd barnsteen, donker honingkleurig en zo groot als het ei van een merel. 'De brieven van Flaubert zijn besteld. Kan ik nog iets voor u doen?'

Ze is gekomen voor de romans – Consuelo, François le Champi, La mare au diable, Indiana, Lélia, La petite Fadette, Cadio, Nanon, ook al heeft ze de helft ervan al gelezen. De boekverkoopster noteert haar bestelling en vindt een verbazingwekkend aantal van de boeken op de planken. Geeft iemand die ze niet kent een cursus over George Sand?

'Weet u, de mensen hadden gelijk toen ze haar beschuldigden van broodschrijverij. Sommige ervan zijn echt waardeloos, en ze herhaalt zichzelf. Ze heeft nogal wat in elkaar geflanst. Indiana is geweldig, net als Lélia en Jacques. Consuelo is waarschijnlijk het best. Ze gaan er allemaal over hoe onmogelijk het huwelijk is, niet alleen voor vrouwen, maar ook voor mannen.'

'Wilt u dat ik haar Histoire de ma vie voor u bestel? Die is pas uitgekomen in een verkorte versie, in vertaling.'

'Nee, bedankt, die heb ik al. Ik heb die gekocht, in Frankrijk. Zes delen, één ontbreekt. Dus zal ik sommige dingen nooit weten.' Ze lacht. De eigenares van de boekhandel kent haar nu bij naam, door alle bestellingen. Maria Jameson. Net als de whiskey. Ze gebruikt haar meisjesnaam, dr. Jameson. Dr. Huntley is Edward.

Maar de dagen waarop ze met elkaar praten zijn niet die van de rendez-vous. Wanneer óf zij óf Sean als eerste binnenkomt en ze elkaar daar ontmoeten en blijven staan, kou uitblazend, briesend als paarden in de stal, popelend om ervandoor te gaan, merkt ze dat de boekverkoopster zich meteen achter in de winkel terugtrekt en tactvol wat boeken gaat herschikken.

Dat er die winter zo gestaag sneeuw valt maakt het tot een bijzondere tijd. Alles is zachter, ingepakt. De duisternis valt vroeg in, is soms al midden op de dag aanwezig, alsof de wereld vergeten is te ontwaken. Het wit van de sneeuw maakt de lucht donker als lood.

De boekhandelaarster kijkt scherp naar Maria op. Wat ze ook wilde zeggen, blijft onuitgesproken; maar er gebeurt iets tussen hen, zodat Maria even aarzelt, haar ogen ontmoeten de lichtbruin gevlekte van de verkoopster, voordat ze ze afwendt. Dan pakt ze de zware plastic tas met de romans van George Sand, en loopt ze naar het parkeerterrein van de universiteit, naar haar auto.

'Wat voor werk doe je? Waar zijn de muizen voor?' Ze wil weten wat hij doet wanneer hij niet bij haar is. Hij heeft haar verteld dat hij soms, wanneer hij niet kan slapen, midden in de nacht naar de muizen gaat kijken. Ze stelt zich hem voor terwijl hij op zijn tenen door een huis vol slapende kinderen de kou in sluipt. Misschien gaat hij er niet heen uit toewijding aan de muizen.

'Ze leren me van alles over het menselijk immuunsysteem. Ik werk aan de veiligheid van voedsel. Voedselallergieën, hoe die zich ontwikkelen, weet je wel. Het blijkt dat er geen voedsel bestaat dat veilig is. In feite net als alleen géén seks veilige seks is.' Het is nadat ze met elkaar naar bed zijn geweest dat hij dit kan zeggen, en het niet meer in het openbaar is.

Vanavond is ze barstensvol van hem. Haar geest dwaalt, haar huid zingt. Zijn handen hebben haar tot zichzelf teruggebracht, en ze ziet hem zoals hij is wanneer hij half boven haar hangt en naar beneden kijkt. Ze ziet het punt waar ze elkaar raken, de donkere begroeiing die ze delen, zijn lichaam dat een aftakking vormt van het hare alsof ze uit dezelfde stam komen. Ze hoort zijn stem, die haar er al sprekend toe verleidt weer naar hem te verlangen, de medeklinkers zo zacht dat je erlangs kunt glippen, de betekenis opnemen, in het geluid verdrinken. Ze is nooit samen geweest met een man die praat in bed, die haar behekst met de woorden en frasen, de verhalen en fragmenten van gezongen muziek. Het is een nieuw soort betovering die soms aangenaam kinderlijk aandoet, alsof ze die al lang geleden ontdekt had moeten hebben.

Je op lezen concentreren is moeilijk; als je de liefde hebt bedreven lijken alle andere bezigheden onbelangrijk, heeft ze gemerkt, alsof het je leven in zo'n sterke mate rechtvaardigt dat je je niet druk hoeft te maken om andere dingen. Ze steekt haar armen omhoog, om haar ruggengraat te strekken, draait rondjes met haar hoofd om de spanning in haar nek te verlichten – ze moet weer yoga gaan doen – en probeert haar geest weer te richten op wat ze aan het lezen is. George, die geboren werd als Aurore Dupin, ging dus als kind naar Spanje, en ging er op vierendertigjarige leeftijd weer heen met Chopin. De reis naar Majorca was een weerspiegeling van de eerdere reis. Een hele onderneming in die tijd, helemaal naar het zuiden naar de Spaanse grens en dan regelrecht naar Madrid. Met Chopin moet ze de hele tijd herinnerd zijn aan de reis die ze ondernam om haar vader te zoeken. Hoewel de tweede reis haar naar Barcelona voerde, niet naar Madrid. Interessant dat ze het grootste deel van die reis al eens had gemaakt, en nog wel op zo'n ontvankelijke leeftijd. Pas drie jaar oud, en dan die hele slachting te moeten aanzien. Dat maakte je doodsbang en dapper tegelijk.

Ze keek op haar horloge. Waar blijft iedereen? Terwijl ze er eerst behoefte aan had alleen te zijn, om, zoals ze dat voelt, tot zichzelf te kunnen komen na het vertrek van Sean, wil ze nu dat ze allemaal thuiskomen en dat alles weer gewoon wordt. Ineens snakt ze, hoewel ze met roken is gestopt, naar een sigaret.

Nog is niemand haar komen storen, het huis tikt rustig om haar heen, de wasmachine beëindigt het programma met de lakens, dan is er het gebrom van de droger. Maria zit in het kamertje dat ze gebruikt om te werken. Haar bureaulamp werpt licht op de bladzijde. Haar laptop is een beetje aan de kant geschoven om plaats te maken voor het zware boek. Het huis ruikt nog steeds naar geroosterd brood en honing, maar er is niemand binnengekomen om daar commentaar op te leveren. De duisternis buiten wordt dichter, ze heeft de gordijnen dichtgetrokken en zichzelf een glas cabernet ingeschonken uit een al aangebroken fles, ze heeft de wijn prikkelend door haar hele lichaam voelen gaan. Maar ze leest. Ze tilt haar hoofd even op om zich het volgende voor te stellen: haar heldin die als klein kind eerst hoort, en dan ziet, hoe Napoleon door de straat komt. Hoog in de lucht op Perrets schouders getild, op straat bij La Madeleine, om de keizer voorbij te zien komen, en haar moeder die zegt: 'Kijk, Aurore, hij keek naar je, hij heeft je gezien!' Keizer Napoleon, met zijn grijze cape om zijn schouders en zijn bleke gezicht. Zijn starende blik. Niets in je leven zou daarna nog onbetekenend of kleinschalig zijn. De zegevierende keizer staart het kind aan dat daar hangt, half in de lucht geheven. Het kind staart terug. Aurore Dupin, het kind dat George Sand zal worden. Die die reizen zal maken, al die mannen zal vinden om lief te hebben, die haar eeuw zal verlichten.

Eén deel gaat helemaal over voorouders en naaste familie. Een tweede is volledig gewijd aan de campagnes van George' vader met Napoleon in Spanje en Portugal. Pas in deel 3 voert George zichzelf ten tonele, waarbij ze gepast respect toont voor haar voorouders en haar eigen plaatsje in het geheel duidelijk maakt. (Waar begint de herinnering? Een kind met twee andere in ezelmanden, gemaakt van wilgentenen. Een op zijn kop gezette stoel waarin ze is vastgebonden om haar op haar plaats te houden terwijl haar moeder de vloer veegt...) Deel 5 is het deel dat ontbreekt, en altijd zal blijven ontbreken; haar begrip zal altijd geschonden en onvolledig zijn, weet Maria; ze accepteert de beperking, ook al bestaat er een nieuwe uitgave, een compilatie. Ze heeft besloten, of er is een besluit in haar gegroeid, om een boek te schrijven over George Sand. De vrouw die deze memoires schreef is een grotere persoonlijkheid en interessanter, denkt ze, dan de schrijfster van al die romans. Ze is een luisterrijker iemand dan alleen maar de vrouw die al die mannen liefhad; die Musset afdankte tijdens zijn ziekbed in Venetië en ervandoor ging met de gezonde Italiaan dr. Pagallo, die bevriend raakte met Chopin en hem meesleepte naar Majorca voor een wintervakantie, die trouwde en al snel weer scheidde. De stem komt van die bladzijden, bescheiden over haarzelf, gezaghebbend met betrekking tot de gebeurtenissen van haar tijd. Hij spreekt tot haar in bijna familiair Frans. Hij heeft een kalmerend effect. Hij neemt de tijd, zal zich niet haasten, zal niet snel loslaten wat ze wil weten. Maar dat wat ze wil weten is er.

Maar wat zullen ze doen? Hoe moeten ze hiermee omgaan? Hoe kan het doorgaan? En zal hij haar vanavond bellen, zal ze zijn stem weer horen, waarnaar ze hunkert, alvorens te gaan slapen?

Ze zou echt moeten proberen ergens anders te werken, in de bibliotheek misschien. Thuis werken blijkt te veel afleiding te geven; ze zit de hele tijd te wachten tot haar mobieltje gaat. Haar eigen huis is een plek geworden voor geheimenis en passie, niet voor werk.

Ze heeft al het deel gelezen waarin de voorouders van Aurore Dupin geïntroduceerd worden, en het deel doorgebladerd waarin haar vader tijdens de Spaanse Onafhankelijkheidsoorlog brieven naar huis schrijft. Ze verlangde ernaar bij Aurore zelf te komen: het meisje dat George Sand zal worden. Dat gebeurt er als je vanuit de eenentwintigste-eeuwse verering van beroemdheden en aan de verkeerde kant door de telescoop kijkt: het maakt je ongeduldig, je wilt direct tot de kern van de zaak komen, en dat is toch de beroemdheid in kwestie. George, zo helpt ze zichzelf herinneren, had niet dit uitgangspunt. George schreef hele delen vol over hen die haar voorgingen, haar voorouders, om ze eer te betonen, en om te laten zien dat ze zelf maar een klein deeltje uitmaakte van het grotere geheel. Ze had niet het moderne gevoel van eigen belangrijkheid. Ze dacht niet: dit leidt allemaal naar mij. Ze zag zichzelf niet als een voorloopster, een vrouw die op zichzelf belangrijk was. Ze schreef gewoon alles op wat ze kon vinden, of wat er al over haar familie bekend was, waarbinnen zij een klein radertje was. Dat was de manier waarop zoiets ging in de achttiende eeuw. Het feit dat haar grootouders aan de ene kant de *maréchal de Saxe* en de koning van Polen waren en aan de andere kant een Parijse vogelverkoper, had voor haar wat beide zijden betreft relatief weinig betekenis. Het waren haar voorouders, ze waren wie ze waren, mensen, ouders en grootouders. Zij was hun nakomeling. Dit was, in alle nederigheid, haar uitgangspositie. Het was vanzelfsprekend dat haar vader, soldaat van Napoleon op diens lange campagnes ruim voor haar geboorte, een belangrijker figuur in de geschiedenis zou worden dan zijzelf. Hij verdiende op z'n minst een deel voor zichzelf. Geen denken aan dat ze zou snijden in wat een moderne lezer als een portrettengalerij ziet.

De levens volgen elkaar op, met de traagheid van voorbijgegane eeuwen, op het sukkeldrafje van de geschiedenis. Maar nu is Maria bij George' eigen geschiedenis gekomen, en omdat ze een eenentwintigste-eeuwse vrouw is, feministe en een kind van de jaren zestig, spitst haar belangstelling zich toe. Ze leest George' verslag van haar eigen eerste dagen, is gekomen bij de reis met haar moeder naar het door oorlog geteisterde Spanje en hun vreselijke terugreis, met toenemende interesse. (De wielen van een rijtuig knarsen over een met lijken bedekte weg. Het geluid van brekende botten.) Hier begint het, voor haar. Omdat in deze eeuw levens hier beginnen, met het bewustzijn van het afzonderlijke individu. De protagonist. Of dat betere woord, de held. De 'ik'.

De voordeur slaat met een klap open, buiten op straat trekt een auto op, en Emily komt binnen, ze is bij de deur afgezet door Jennifers vader. Maria hoort dat ze haar tas meteen neersmijt en door de hal naar haar deur rent. Haar dochter, haar gezicht koud van de winterse buitenlucht, met wapperende haren, met altijd zodra ze terug in huis is als eerste verlangen haar moeder te vinden en beslag op haar te leggen. Ineens is het huis bewoond, leeft het. De lampen zijn aan, en de hevige kou van buiten die Emily meebrengt op haar gezicht, op haar gewatteerde jack, doet Maria ontwaken uit het visioen van uitgehongerde Franse soldaten die buiten hun kamp hebben opgeslagen en het hongerige kind soep aanbieden die van kaarsen is gemaakt. Emily gloeit, en de ronding van haar wang is glad als een appel, haar haar, blond als dat van haar vader, bijeengebonden in haar nek. Ze bijt op haar lip en staat daar nu, met een tand die het roze van de onderlip vasthoudt.

'Lieverd, hoe is het? Ik vroeg me al af waar je bleef!'

'Ben je soms vergeten dat ik bij Jenny zou blijven eten? We hebben gnocchi gegeten!' Ze slaagt erin het uit te spreken, heel zorgvuldig. 'Gnocchi! Weet je wat dat is? Klinkt het niet grappig? Het wordt gemaakt van aardappelen, alleen smaakt het helemaal niet naar aardappel! En toen kregen we een soort karamelpudding. Die was heel erg lekker. Hè, ik ruik geroosterd brood. Heb je alleen maar brood genomen als avondeten? Waar zijn pappa en Aidan?'

'Pappa heeft zijn bridgeavond, en Aidan is bij Jason, ik verwacht dat hij gauw thuiskomt.'

'Wat ben je aan het doen? Lezen?' Ze hangt over Maria's bureau heen om te kijken, voor de bureaulamp langs, haar haar licht op in fijne draden. Haar handen stevig, met roze knokkels; Edwards handen. 'Wat ziet dat boek er oud uit. Is het antiek? Mam, ik moet

mijn haar wassen, oké, ik zie je later. Mmm.' Haar kus, met getui-
te lippen op Maria's wang gedrukt; en weg is ze, de trap op stam-
pend naar de volgende verdieping, waar meteen muziek klinkt en
dan het geluid van stromend water, en Emily zelf die meezingt
met Paul McCartney – vreemd dat ze van al die jarenzestigmuziek
houden – 'I wanna hold your ha-a-and, I wanna hold your hand.'
Altijd wanneer Emily het huis binnenkomt, rent ze erdoorheen
alsof ze zich een baan moet breken en laat overal sporen na alsof ze
bang is anders de weg terug niet meer te kunnen vinden. 'Hier ben
ik!' Schreeuwend aanwezig is ze. Ze gooit haar spullen neer, waarbij ze een heel spoor vormt, tas, sportschoenen, jas, boeken, en ze
leeft in een wereld van geschreeuwde muziek, telefoontjes, nagel-
lak in de vreemdste kleuren, en let obsessief op sms'jes die haar
vriendinnen haar sturen. Maria denkt: wat ben ik rustig geworden, de moeder, degene die er is om de dingen op te ruimen, ervoor te zorgen dat alles functioneert, die andere dingen klaarlegt
voor de volgende dag. Degene die in een hoekje van het huis zit te
lezen, die vergeet warm te eten, die niet meer kan zeggen wat ze
echt voelt, omdat het, met de komst van deze man in haar leven,
allemaal taboe is geworden.

Ze leest verder in het oorspronkelijke Frans van George (ze zal het
later vertalen), glimlachend om archaïsmen, vaker verwonderd
om bijzonder moderne zinswendingen. Er is altijd een koppelte-
ken na très: ik was erg-gelukkig, het was erg-laat; wat de tekst
luchthartig maakt, hoe triest het ook is wat er wordt verteld.

Een vierjarige wordt meegenomen naar een door oorlog verwoest land waar ze haast verhongert en bijna aan uitdroging
sterft; allemaal omdat haar moeder het zich in haar hoofd had gehaald dat haar vader haar ontrouw was, zo ver van huis. Ze knaagt
aan een rauwe ui. Ze droomt van vers water. Ze doet haar ogen
dicht terwijl de wagen voortratelt en ze vanbinnen haar eigen
honger de trom hoort roeren. Ze ziet een kampement van man-

nen. Soldaten. Franse soldaten. De soep die van kaarsen is gemaakt. Kaarsen! Die moeten toch stollen in je maag, of niet soms,
en je darmen volkomen afsluiten? Hoe kwam het dat ze niet
doodgingen?

In haar eigen beschermde eeuw zou ieder kind dat aan zulke ervaringen was blootgesteld jaren therapie krijgen, het zou waarschijnlijk worden opgenomen. Dat mensen, vooral kinderen, zulke beproevingen moeten verduren is ondenkbaar. Is het stoïcisme
van Aurore de voorbode van haar volwassen besluit om niet te klagen? Of hebben we tegenwoordig allemaal zulke verschillende
verwachtingen van wat het leven inhoudt? Ziekte is ziekte, denkt
Maria, en pijn is pijn. De fysieke ellende van een kind is altijd hetzelfde geweest, maar haar volwassen zelf heeft, onder het schrijven, haar kindertijd geen speelruimte gegund. Maria maakt een
aantekening, dat ze moet controleren of George zichzelf ergens in
al die herinneringen heeft toegestaan te klagen.

In haar eigen leven heeft ze weinig om over te klagen. Klagen is
ook niet de gewoonte in Schotland. (Haar moeder herinnerde
haar er altijd kortaf aan dat er altijd mensen waren die het slechter
hadden dan zij, en dat jammeren over kleinigheden geen zin had.)
Zelfs nu valt er voor haar echt nergens over te klagen. Maar klagen
is een gewoonte geworden, je doet het algauw, het zit als een
doorn of splinter in je huid, maakt het vlees eromheen rood en laat
het opzwellen, tot er misschien wel een ingreep nodig is om hem
te verwijderen. Ze is verliefd geworden op een man met wie ze niet
getrouwd is, een jongere man met vrouw en kinderen, met wie ze
onmogelijk een leven samen kan hebben. Daar praten ze niet eens
over. Wat ze met hem doet, in de korte uren tussen hun beider levens, wanneer ze elkaar ontmoeten in een smalle doorgang in de
tijd, een plek van haast en geheimhouding, maakt haar volkomen
gelukkig. Maar het probleem is dat ze echt alleen nog aandacht
heeft voor hem, en voor niemand anders.

Hem, dat is Sean. Vader van vier kinderen, medisch wetenschappelijk onderzoeker, de baas van de witte muizen, de jongen van Galway, de man met een geweten waarmee hij strijd levert. Hij is aanwezig in haar leven als een man die wanneer hij in haar huis binnenkomt met het afstropen van zijn kleren tot zijn essentie wordt teruggebracht. Ze zijn intiemer dan ze ieder ooit met een ander zijn geweest, in de absolute intimiteit van seks. Het lijkt datgene te zijn waarheen ze haar hele leven op weg is geweest. Ze is er verrukt van – van hem, van zichzelf, van wat ze samen doen – en tegelijkertijd heeft het de rest van haar leven onwerkelijk gemaakt. Alles behalve het lezen van George Sand. Ze denkt niet dat zij de rest van zijn leven onwerkelijk heeft gemaakt. Zo analyseert ze het niet, nog niet.

Ze heeft hem verteld: 'Ik ga het doen, ik ga een boek over haar schrijven, dat heb ik besloten.'

'Een geweldig idee, Maria. Heette ze echt George?'

'Het is een pseudoniem. In het echt heette ze Aurore Dupin.'

'En ze had een bijzonder leven.'

'Dat je dat nog weet.'

'En ze had een heleboel minnaars en schreef ook een heleboel boeken.'

'Klopt.'

'Dan moet ze een hoop energie hebben gehad.'

Hij zet zijn onschuldige gezicht van 'ik-ben-maar-een-Ierse-boerenjongen' en trekt haar in zijn armen. Waarom zou hij het moeten weten? Zij weet niets over de fysiologie van witte muizen. Haar Ierse geschiedenis is fragmentarisch, is min of meer beperkt tot Cromwell en de aardappelhongersnood, met hier en daar wat Ierse schrijvers. Hij heeft haar erover verteld, het is langs de randen van hun conversatie uit hem gesijpeld, alle mogelijke manieren waarop de geschiedenis met het leven van zijn familie is versmolten, van de oudooms die naar New York vluchtten voor de hongerdood, tot de nicht die nu voor de Europese Unie in Brussel werkt. Hij is het kind van een ander land, en hij wil dat ze dat weet.

'Je wilt dus een boek schrijven, en gaat het dan over de minnaars, of...?'

'Voor een deel. Het vormt allemaal een geheel, zo lijkt me, de liefdesgeschiedenissen en het schrijven. Ze begon als kind al te schrijven, ze vertelde verhalen, ze noemde het schrijven. Ze schreef de hele tijd door, ze hield gewoon nooit op. En eerlijk gezegd denk ik dat haar zoektocht naar liefde toe te schrijven was aan haar moeder, die haar in de steek liet toen ze nog heel klein was, om haar te laten grootbrengen door haar vinnige grootmoeder.' Maar ze houdt op, omdat zijn aandacht ergens anders is, ze ziet het, hij kijkt naar haar met zijn grijns en de schalkse fonkeling in zijn ogen; ook vanwege het onderwerp: waarom is iemand op zoek naar liefde?

'Ik ga nog een boek over jou schrijven, als je niet oppast. Ik zal je ophemelen in onvergankelijk proza. Of misschien zelfs poëzie. Ik zal gedichten schrijven over je ellebogen en je voetzolen, en niemand weet het, en dan raden ze het, en het geheim komt uit. O, en dat plekje tussen je schouderbladen waar je niet bij kunt en waar ik van jou moet krabben, daar zal ik ook over schrijven.'

Gesprekken die uitlopen op kussen en gelach. Leven, als het erop aankomt. Wat heb je liever: kussen en gelach, of een boek schrijven?

Ze zou iets meer moeten eten dan alleen maar brood, en ze snakt naar een glas wijn. Ze rekt zich uit, kijkt op haar horloge en voelt zich ineens koud en hongerig. Er is nog een restje soep in de koelkast dat ze kan opwarmen. Ze is opgelucht dat ze geen avondeten heeft hoeven maken; het is tegenwoordig een opluchting als Edward 's avonds weg is en ze niet met z'n allen onder het eten aan tafel hoeven te zitten terwijl hij beleefd vraagt hoe haar dag is geweest en zij alleen maar kan kakelen over George Sand en hopen dat hem niets opvalt. Vandaag heeft hij zijn bridgeavond. Maar er is nu genoeg tijd verstreken sinds het vertrek van Sean; het huis heeft gelegenheid gehad om Seans fysieke aanwezigheid los te laten, en nu is het, denkt ze, klaar voor de thuiskomst van Edward en Aidan. Ze wil, nu, Edward zien. Om hem gerust te stellen, of zichzelf? De fysieke verrukking van haar relatie met Sean lijkt zelfs te blijven bestaan wanneer hij niet alleen niet bij haar is, maar zich ook nog in een ander deel van de stad bevindt. Maar met Edward is er wat ze altijd hebben gehad: een structuur waarbinnen ze allebei leven. Ze heeft tot haar veertigste moeten wachten om het sterke verlangen te voelen dat ze naar Sean heeft. Begeerd worden, en daarop ingaan, dat was vers een. Dit verlangen om aan te raken en te proeven, zelfs te consumeren, is een heel ander verhaal. Maar ze heeft de restricties moeten accepteren van een verhouding met een getrouwde man: hem niet thuis bellen, zich niet bezorgd maken wanneer hij laat is, niet meer vragen dan ze krijgt. Meer wil ze eigenlijk ook niet. Haar leven met Edward en de kinderen voorziet in datgene waarin het altijd heeft voorzien; Sean is extra, hij brengt overvloed in haar leven, hij is wat ze naar haar gevoel nooit heeft verdiend, maar nu in ruime mate heeft. Hun liefdesrelatie lijkt te eisen dat bepaalde fundamenten van het leven worden uitgesloten: plannen, bijvoorbeeld, langetermijnvooruitzichten. Ze leeft, wanneer ze met hem samen is, in een stralende werkelijkheid. De vragen: hoe, wat, hoe kunnen we, dringen zich alleen maar op wanneer ze alleen is.

'U bent een wonder, weet u dat wel, dr. Jameson? Een zuiver wonder.' Terwijl hij tegen haar aan kruipt, en dan terugtrekt, en naar haar kijkt alsof hij haar onderzoekt. Zijn brede grijns, zijn scheve tanden, zijn duimen in haar oogholten, trekkend aan de huid, zodat ze spleetogig terugkijkt, lachend. Een duimafdruk, een teder gebaar met de rug van de hand: genoeg. De buitengewone betovering van wat hij met zijn handen doet.

Het is tien uur. Ze heeft de hele tijd gelezen, hangend in haar stoel, met een voet op de sport van een stoel tegenover haar, een halfopgegeten appel bij haar elleboog, een wijnglas, haar pen en schrijf-blok onaangeraakt op het bureau. Het verhaal heeft haar opge-slokt. Goddank. Ze komen terug op Nohant, na de vreselijke reis over het Iberisch schiereiland tijdens de napoleontische oorlog. Aan de grens zijn ze door de autoriteiten met stinkende zwavel overdekt, om ze te ontsmetten van mogelijke ziektes. Ze zijn de buiten zijn oevers getreden Garonne overgestoken, de vader met zijn zwaard boven zijn hoofd, het kind in de wagen, die op een boot lijkt die schipbreuk heeft geleden, met rozen tegen haar borst gedrukt, de moeder in tranen met haar baby met zijn weg-gedraaide gomachtige ogen. Het meisje, Aurore, is in veiligheid, maar ze is uitgedroogd en zit onder de luizen. In de tegenwoordi-ge tijd is daar Em die warm en nat van haar lange badderpartij bin-nen komt stuiven om haar te knuffelen en te vragen straks naar boven te komen om welterusten te zeggen. Ze heeft Maria's par-fum Dune opgedaan, ze ruikt het. Het verwachte telefoontje kwam (net toen ze was opgehouden erop te wachten; zodra haar geest zich op iets anders richtte, zong haar mobieltje de eerste to-nen van 'De winter' uit *De vier jaargetijden* van Vivaldi); dat was in dit leven; en in dat andere, in die eerdere eeuw, in het andere land, elke beschrijving tartend, heeft Maurice Dupin, terug uit de oor-log, zijn dode kindje's nachts opgegraven en het huis in gedragen.

Sean zegt alleen: 'Ik hou van jou, meer dan je je kunt voorstel-len.' En dan zegt hij het in het Iers. Het klinkt gedempt, door de telefoon. Ze kan niet hetzelfde tegen hem zeggen, niet hardop. Maar het is genoeg. Er gaat een trilling door haar heen, diep in haar, en ze kruist haar benen om die vast te houden. Zijn tong, en zij die hem ontvangt. Zoals ze over elkaar heen glijden op een laag-je zweet.

Ze wil tegen hem zeggen: 'Je hebt me binnenstebuiten ge-keerd.' Om hem te vertellen dat ze voor hem geen geheimen meer heeft.

(Een perenboom bewaarde eeuwenlang een geheim. Een tuinman wist waar de baby was begraven, maar vertelde het niemand. Hij wist ook dat er 's nachts iemand was gekomen die hem had opgegraven, hem het huis in had gebracht en hem voor het aanbreken van de morgen opnieuw had begraven. Het kleine broertje met de blinde ogen die op zeewater met kalk erin leken, dat in Spanje was geboren, was verdwenen. Waar was hij heen gegaan? Een schrijfster kreeg het, tientallen jaren later, van haar eigen moeder te horen, en moest het in haar eigen leven passen. Het werd deel van haar verhaal, deel van de mythe, deel van het raadsel; wat haar tot die vrouw maakte, tot die legendarische figuur, George Sand.)

Maria weet dat ze ook aan zichzelf denkt, haar weinig opzienbarende kindertijd, haar eigen leven in kaart brengt; er is niets in gebeurd dat zo dramatisch is, zo noemenswaard, en ze wenste dat dat wel het geval was. Je moet gedwongen worden om te leven, in deze eeuw, denkt ze. Als je in deze tijd van de geschiedenis westers bent en modaal, moet je verstoken raken van comfort, of dat jezelf ontzeggen. Als je voluit wilt leven, moet je min of meer vrijwillig iets opgeven, want er is niets dat je ertoe dwingt, je bent te veilig.

Natuurlijk, wat ze met Sean doet, biedt bepaald geen veiligheid, maar ze ziet er ook geen echt gevaar in. Het is als zwanger zijn; een verhouding hebben, verwijlen bij de sensuele herinneringen eraan wanneer de geliefde niet aanwezig is, geeft je zo'n gevoel van veiligheid dat het lijkt alsof er nooit meer iets naars kan gebeuren. Maria pronkt met haar gevoel van vervulling zoals sommige vrouwen met hun dikke buik. Maar ze draagt ook het masker van de onschuld. Wat, ik, zie ik er goed uit? Wat bijzonder. Ik zou niet weten hoe dat komt.

Ze hoort de voordeur open- en dichtgaan met het zachte plofgeluid, en voetstappen op steen. Edward komt onverwachts haar studeerkamer in, zonder te kloppen, omdat de deur op een kier staat. Ze voelt dat hij er moeite mee heeft te beslissen of hij naar haar toe zal komen. Hij schraapt zelfs zijn keel; impulsief strekt ze een arm naar hem uit, wenkt hem binnen.

Hij buigt zich voorover, kust haar hoofd onder de lamp, ze voelt de kou van buiten van hem af komen als opkomende mist. 'Hallo, wat een verrassing. Hoe was je avond? Ik ben helemaal opgegaan in George Sand, ik heb niet eens gemerkt hoe koud het hier is. Waarom doet de verwarming het zo slecht? Maar je hebt het vast vreselijk koud! Hoe ging het bridgen? Was het leuk?'

'Prima. Waar is Em?'

'In haar kamer. Ze heeft met Jenny huiswerk gemaakt, heeft daar gegeten en is ongeveer een uur geleden thuisgekomen, ze heeft haar haar gewassen. Ze zei dat ze gnocchi hadden gegeten.'

'Aidan moet om deze tijd toch echt thuis zijn.' Hij kijkt op zijn horloge, dat onder gouden haartjes zit vastgegespt. Altijd dat idee van hoe het moet zijn, altijd orde eisen, denkt ze, en het ook verwachten.

'Nou, hij is bij Jason, en dat is hier vlakbij in Broughton Street. Ik denk... ik ben door mijn boek meegesleept. En ach, het is vrijdag.'

Ze hoort hoe hij haar hoort ratelen. Hij gaat zitten op de stoel waarop ze haar voet had gezet en kijkt naar haar. 'O ja, vrijdag. Maar ik denk dat ik er even heen loop om hem op te halen.' Ze ziet dat hij aan iets anders denkt. Na zoveel huwelijksjaren, die paden naar elkaars geest, als gebaande sporen in een bos, tussen het kreupelhout door. Ze weten allebei de weg, een gedachte die haar schrik aanjaagt.

'Hè?'

Hij zegt: 'Ik vroeg me af of je met me mee wilt. Ik denk over een reisje naar Majorca. Om te werken, natuurlijk, maar ook om er even uit te zijn. Een week of zo weg na de kerst, wat denk je daarvan?'

'Heb je daar tijd voor? Geef je dan geen les?' Ze probeert een middenweg te vinden tussen te veel en te weinig enthousiasme. Te weinig, dan vindt hij het verdacht; te veel, dan verzandt ze in de oude bekende routine, een reis boeken, samen ergens heen gaan, plannen smeden, zoals vroeger.

'Ik heb nog tijd van mijn sabbatical. De planten daar, die zijn een microkosmos van het hele Middellandse Zeegebied. Natuurlijk zal er in januari niets bloeien, maar er is een grote zaadopslag in de buurt van een plaatsje dat Soller heet, het is een heel nieuw concept, ik wil dat graag bekijken. En er is een moerassig natuurgebied, de grootste biodiversiteit van de Balearen.'

Majorca?

'Wist je dat zeven procent van alle plantensoorten ter wereld rond de Middellandse Zee voorkomt? De vegetatie op Majorca is een microkosmos van alles wat er groeit in het mediterrane gebied. Alles is er. En het is heel goed gedocumenteerd. Ze doen er fantastische dingen op het terrein van het conserveren van planten, het beschermen van bedreigde soorten. En het zal er zonnig zijn.'

Ze vertelt hem bijna dat George Sand en Chopin ook dachten dat het er zonnig zou zijn, maar ze doet het niet. Ze zegt alleen maar: 'Nou, dat komt goed uit voor mijn George Sandproject. Geweldig idee.'

'Oké, we zullen eens op internet kijken, zien welke vluchten ik kan vinden.'

Laat alles gaan zoals het gaat, denkt ze. Ja, een reisje samen, waarom niet? Tijd besteden aan wat onze belangstelling heeft, en lekker eten, uitrusten; wie weet wat er dan verandert. Samen reizen gaat goed, ze hebben het al twintig jaar gedaan; er zullen zich weinig verrassingen voordoen. En hij, Sean, zal gewoon moeten wachten tot ze terug is. Ze zal een manier moeten vinden om contact te houden, natuurlijk, anders zou het onverdraaglijk zijn. Ze stelt zich voor dat ze in een onbekende straat staat, haar mobieltje tegen haar oor gedrukt, zijn stem als een transfusie. De woorden die vanaf satellieten weerkaatst worden, of hoe dat ook heet, die over de wereld circuleren, om bij haar oor terecht te komen. Of dat ze, als een verliefde tiener, naar het kleine schermpje zit te staren in afwachting van de weinige verkorte tekens die er moeten verschijnen, omdat anders het leven niet kan doorgaan.

Als je begonnen bent iemand op een bepaald gebied te misleiden, lijkt al het andere in datzelfde patroon te passen. Zelfs de manier waarop Edward daar zit geeft een ongemakkelijk gevoel, en ze wenst dat hij weggaat. Zijn voet op de sport van de stoel, alsof hij iets op zijn plaats probeert te houden. De manier waarop hij zijn handen in elkaar heeft gevouwen. Maar ze wil niet tegen hem liegen; ze kan alleen nog geen manier vinden om hem de onmogelijke waarheid te vertellen. Als hij het haar zou vragen, zou ze tegen hem zeggen dat ze van hem houdt. Natuurlijk houdt ze van hem. Van hem houden is een gewoonte die nog niet is verwaterd, hij heeft niets gedaan om die te doen verdwijnen.

Hij is de kamer uit gelopen en naar de keuken gegaan om iets te eten te pakken, en ze heeft zich niet verroerd, is hem niet gevolgd om het gesprek voort te zetten, en ze weet dat hij dat zal opmerken, haar afwezigheid zal voelen alsof het tocht achter zijn rug. Normaliter zou ze mee naar beneden gaan, al pratend, vragen stellend over Majorca en de zeven procent van alle plantensoorten op de wereld en het moerasgebied. Zij zou vragen, en hij zou vertellen; meer dan ze zou willen weten, waarschijnlijk, maar het zou hem laten merken dat ze bij hem is. Maar ze blijft zitten, laat hem alleen. Als hij wil praten kan hij hier terugkomen. Ze hoort hem een kastdeur dichtgooien, stelt zich hem voor terwijl hij in het koude licht van de koelkast tuurt. Een eerste teken van ontrouw: je man in zijn eentje naar restjes laten zoeken.

Ze zoekt de bladzijde weer op; waar was ze gebleven? Emily komt in de deuropening staan, haar meisjeslichaam lang en zacht in een wijd T-shirt, met afzakkende sokken, een trui over haar nachtkleding.

'Mam.'

'Wat is er, liefje?'

'Niets, eigenlijk.'

'Echt niet?'

'Je zei dat je welterusten zou komen zeggen.'

'Ik wou al komen. Ik praatte alleen even met pappa. Wat is er, Em?'

'Ik weet het niet. Ik heb je gemist vanavond.'

'Ik was hier. Ik zat gewoon te lezen. Ik dacht dat je naar muziek luisterde. Je had naar me toe kunnen komen.'

'Ja. Maar het voelde niet alsof je er was.' Ze wisselt tegenwoordig af tussen stoutmoedige puberale pogingen tot raffinement en kinderachtig gesoebat, alsof ze ergens tussen deze twee uitersten in probeert te besluiten wie ze eigenlijk moet zijn.

'Kom eens hier.' Ze strekt haar arm uit. Emily glipt erin, en zij slaat hem om haar meisjesmiddel heen. 'Je kunt altijd binnenkomen, zelfs als ik aan het werk ben. Eigenlijk ben ik alleen maar aan het lezen. Kom me maar storen.'

'Je gaat niet weg, hè?'

'Nee, ik ga niet weg. O, pappa en ik gaan misschien een reisje maken. Oma Jameson komt dan waarschijnlijk een paar dagen, dat is alles.'

'Ik weet niet waarom, ik was bang, weet je, dat je weg zou gaan.'

'O, waar zou ik dan heen gaan? Zonder jou?'

'Nou,' zegt Emily, 'mensen doen dat. Ouders doen dat. Je weet wel, mensen van school.' Het is niet de eerste keer dat ze begint over de kinderen bij haar op school van wie de ouders uit elkaar zijn, of gescheiden.

'Ik ga nergens heen. Ik beloof het.' Emily staat dicht tegen haar aan, in haar omhelzing. Ze ruikt kruidenshampoo en voelt haar dochters hand licht ontspannen in de hare. De ronding van haar heup tegen haar eigen ribben – een nieuwe welving.

'Alleen voelt het soms,' zegt Emily, 'alsof er niet echt iemand is.'

In de deuropening treuzelt ze, aarzelend om alleen naar boven te gaan, en Maria zegt tegen haar: 'Ik kom zo boven. Beloofd.' Maar dan komt Edward terug; hij slikt de resten door van wat het ook is dat hij beneden aan eetbaars heeft gevonden, en ze ziet Ems gezicht opklaren.

'Pappa! Ik wist niet dat je er was.'

Ze stort zich op hem, hij pakt haar handen en zij leunt achterover; hij draagt haar hele gewicht, haar haar op haar rug, nog vochtig en blond met donkere strengen, haar hoofd bijna tot zijn schouder. Toen ze kleiner was, liet hij haar net zo aan hem hangen en hield hij haar gewicht terwijl ze tegen zijn lichaam op klom, haar voeten schrap gezet tegen zijn schenen, dan zijn dijen, dan zijn buik en borst, tot ze in een rechte hoek van hem uitstak, alvorens vanuit zijn armen kopje te duikelen, een sierkrul op zijn stijve positie, een blond vraagteken dat geen afbreuk doet aan zijn ferme standpunt, waarbij ze van elkaar loskomen in haar ene snelle buiteling. Nu is ze te groot en te zwaar, en hij schudt zijn hoofd wanneer ze aanstalten maakt om te klimmen. Hij glimlacht spijtig, maar schudt zijn hoofd, en zij zet bolle wangen op – jammer – en gaat ostentatief zitten mokken. De tijd dat ze kinderachtig tegen hem kon doen is voorbij. Edward strijkt met een hand over haar voorhoofd en haar vochtige haar, en Maria ziet het gebaar als een soort afscheid van Ems kinderjaren, en haar hart bloedt om haar dochter. Haar eigen vader ging fysiek nooit zo gemakkelijk met haar om. Edward trekt Em naar zich toe in een korte omhelzing, om haar op te vrolijken, en zegt: 'Ik ga Aidan halen. Ben zo terug, liefje.' Emily steekt een lange arm naar hem uit en wijst. 'Kom boven bij me kijken als je terug bent. Jullie allebei! Dat is een bevel!'

Je hoeft George Sand niet te lezen, weet Maria, om te denken dat het geen zonde is er meer dan één man op na te houden in je leven. Maar zij leeft in het eenentwintigste-eeuwse Schotland, en niet in Frankrijk in de negentiende eeuw, en ontwikkelingen lijken te zijn teruggedraaid, zodat er van een lang geleden verworven vrijheid geen gebruik meer kan worden gemaakt. Zou George ooit hebben gedacht dat haar affaires met andere mannen dan haar echtgenoot schadelijk zouden zijn voor haar kinderen? In de negentiende eeuw dachten de mensen niet op die manier over hun kinderen. Het feit dat George die van haar meenam naar Majorca toen ze in de winter van 1837 met Chopin wegging, doet vermoeden dat dit een normale gang van zaken was. (Hoewel Louise Colet in haar sleutelroman *Lui* haar personage Antonia nogal kattig beschrijft als iemand die haar kinderen een slecht voorbeeld geeft door in hun bijzijn verliefd te doen.) In de eenentwintigste eeuw lijkt het noodzakelijk zowel tegen je kinderen als tegen je echtgenoot te liegen. Wat zij doet is gewoon niet wat getrouwde vrouwen – moeders – doen. Niet in dit land, niet in deze stad, tweehonderd jaar na de geboorte van George. Wanneer vond die verandering plaats? Wanneer is de geschiedenis stiekem overstag gegaan en gaan verkondigen dat overspel weer een strafbaar feit was, een misdrijf waar dan wel geen steniging of gevangenisstraf op stond, maar waarvoor subtielere sancties gerechtvaardigd waren? Beschuldigd worden van bedrog, van onvolwassen gedrag – de nieuwe zonde – van incompetentie om kinderen op te voeden? Ze zou Edwards mening hierover willen vragen, maar dat kan natuurlijk niet. Ligt het aan Schotland, wil ze weten, komt het alleen maar doordat ik hier ben opgegroeid, en mijn moeder vlak bij de stad woont, en ik hier op school heb gezeten, en het standbeeld van John Knox hier nog altijd staat in High Street, en er voor het invallen van de nacht tranen vloeien als je niet oppast, en calvinisme uit elke steen sijpelt? Ze probeert zich een andere plaats en tijd voor te stellen waar wat zij doet heel normaal zou lijken. In het verleden, in de toekomst; in Californië, misschien, in de jaren zestig, of in Zuid-Frankrijk. Bepaalt de geografische ligging, de geschiedenis, hoe we ons voelen over wat we doen, en hoe anderen zich erbij voelen, en hoe gaat dat dan verder?

Hij hangt zijn broek over een hangertje en bergt hem op in de kast, zoals elke avond. Een nauwgezet mens, hij hangt zijn overhemd ook op; hij zal nooit zijn sokken op de vloer laten slingeren, waar mannen zo vaak van worden beticht. Hij gaat naar de badkamer om zijn tanden te poetsen, in zijn pyjamabroek, met zijn witte borst met de twee opvallende roze tepels vooruitgestoken, met de bosjes blond haar onder zijn oksels, de licht aangezette taille. Maria zit in bed, ze draagt een T-shirt en heeft haar armen om haar knieën geslagen en roept naar hem of hij een glas water voor haar wil meebrengen. Ze voelt zich prettig, op haar gemak bij hem; het onnadenkende gemak van een langdurige gewoonte. Hij brengt haar het water en ze draaien zich allebei op hun elleboog om hun boek te lezen. Hij leest Philip Roth – een boek dat, naar ze heeft gehoord, overspel niet bepaald veroordeelt. Zij leest Jane Austen, om rustig te worden. Maar Jane doet evenmin aan het veroordelen van mensen, zelfs wanneer ze soldaten achternagaan naar Brighton, zoals het jongste meisje Bennet in *Trots en vooroordeel*. Misschien doen grote schrijvers niet mee aan oordelen geven op sociaal gebied. O, maar Tolstoi beschreef Anna Karenina als overspelige vrouw, en duwde haar onder een trein. Flaubert was vreselijk sarcastisch over Emma Bovary, en hielp haar ook naar de andere wereld. Dus misschien is dat geen houdbare these. Opnieuw denkt ze erover Edward te vragen hoe hij erover denkt, maar doet ze het niet. Het ergste aan ontrouw lijkt te zijn dat je de gesprekken met je echtgenoot op alle onderwerpen moet censureren, zodat Edward haar ongewoon stil moet vinden.

'Hoe ging je les vandaag?' vraagt hij, terwijl hij zijn boek dichtslaat. Misschien heeft Roth hem ergens heen gevoerd waar hij liever niet wil zijn.

'O – goed. Denk ik. Ik ben er niet zeker van of iemand Deleuze echt begrijpt, mijzelf incluis. Maar we doen ons best.' Ze zegt, natuurlijk, niets over wat er na het college is gebeurd, of over ook maar iets wat haar bezighoudt. Geen van beiden hebben ze het nog over Majorca; maar het onderwerp is aanwezig, het bevindt zich tussen hen als een cadeau waarvan je weet dat je het zult krijgen, maar waarvan je niet zeker bent of je het wel wilt hebben. Hij trekt een blonde wenkbrauw op wanneer hij zich omdraait om haar met dichte lippen te kussen, en reikt dan naar de lamp om het licht uit te doen. Ze vraagt zich af of hij het weet. Dan denkt ze: zolang hij het niet weet, zijn ze veilig. Allemaal. Maria beëindigt haar dag dicht tegen de stevige warme rug van haar echtgenoot, in het bed waarin ze bijna twintig jaar heeft geslapen, en slaapt vast zonder zich iets van haar dromen te herinneren. Het is een drukke dag geweest.

2

De bittere paden van Majorca

WIE WAS ZIJ? STAAND OP HET DEK VAN EEN GEHAVENDE OUDE BOOT, El Mallorquin, op deze herfstdag vanaf Barcelona op weg naar Palma de Mallorca; een vrouw van vermoedelijk rond de dertig, met een gelaatskleur als van een zigeunerin, in haar bewegingen zo snel als een jonge man. Ze schreeuwde het uit terwijl ze om zich heen keek. Ze had een directe blik, zwarte, heldere ogen. De zeelui zagen een vrouw die gekleed ging zoals ze geen enkele andere vrouw ooit hadden gezien, in een lange jas en een broek en met een soort bandana om haar hoofd. Een gouden schittering op haar borst. Haar voeten op het dek, klein, in stevige laarsjes. Haar hoofd achterover, zodat er strengen zwart haar onder haar sjaal uit kwamen en haar keel bloot was. De mannen wendden hun ogen af en keken toen weer, stiekem.

Er was een jongen die er min of meer normaal uitzag, en een jonger kind dat ook een broek droeg en een lichtblauwe jekker, dat schreeuwend over het dek rondstoof terwijl niemand haar zei dat ze stil moest zijn. Er was een lange magere jonge man met een bleek gezicht en blond haar, die hoestte. Er was een erg jong uitziend dienstmeisje, zelf niet veel ouder dan een kind. Ze hadden allemaal koffers en tassen die ze verspreid over het dek lieten liggen, in de weg. De dekknechten wisten dat ze binnenkort de trossen los moesten gooien en dat ze dan alle ruimte op het dek nodig zouden hebben om de touwen op te rollen en de zeilen te hijsen, maar niemand stak een vinger uit om de bagage te bergen en zij zouden het zeker niet zelf doen. Uiteindelijk kwam de kapitein en riep tegen een paar matrozen dat ze ze benedendeks moesten opbergen, en toen kwamen de mannen in beweging; ze behandelden de vreemde spullen behoedzaam. De passagiers stonden naar de zee te turen alsof ze die nog nooit hadden gezien en de vrouw wuifde met haar handen in de lucht, expressieve handen als die van een danseres, haar ogen waren groot en donker als die van een Spanjaard of een Moor wanneer ze naar je keek, en haar haar, dat onder haar gestreepte sjaal uit piepte, was zwart en golvend. Ze keek om zich heen met een blik alsof ze het recht had alles te bekijken, en zelfs het kind dat over het voordek van haar weg danste leek haar geen zorgen te baren; ze was zelf als een kind, wreef in haar handen, veerde op om van de haven naar stuurboord te kijken en weer terug, hief haar gezicht op naar de zeewind, met wapperende haren. Misschien was het een jonge man. Maar nee, er was de vorm van haar boezem en de blos op haar wangen, als van een appel; weer keken ze weg.

De buitenkant en de binnenkant. Een vrouw gezien door een groep mannen, in het voorbijgaan. Een excentrieke vrouw, een vreemdelinge. Gekleed als een man, met een brutale blik in haar ogen. Ze zijn gewend aan onderdanige vrouwen, hún vrouwen, en aan hoeren.

Zij denkt in feite aan haar moeder, en aan de laatste dagen van haar leven de afgelopen zomer van 1837, het vreselijke kamertje in het verpleegtehuis en daarna de kamer die ze voor haar hadden gevonden, en de manier waarop haar moeder op het laatst haar hand vastpakte, en de liefde waar ze altijd naar had verlangd vlamde op, een laatste sprankje, toen de dokters zeiden dat het hopeloos was, leverkanker, een grote tumor; en Sophie die tegen haar zei: 'Parijs, het is zo mooi, Aurore, je kunt niet doodgaan in Parijs!' Haar laatste dagen. Het zwarte haar grijs vervaald op het kussen. De vergane schoonheid. De korte kreet die het leven is.

Niemand kan van de buitenkant zeggen wat er binnen is. De uitputting van die dagen, zich het hele land door haasten, haar kinderen bij anderen achterlaten, ruziemaken met Casimir, maar net op tijd teruggesneld naar Parijs. Sophie wilde gebakjes, croissants en *coeurs d'Alsace*. Ze wilde perziken, pruimen en druiven. Ze wilde naar de Champs-Élysées. Ze wilde leven, en alles wat ze niet had gehad in haar leven, arm vrouwtje, arm kind, arme moeder die niet had geweten wat ze voor haar kinderen moest doen, omdat ze het voor zichzelf nooit had geweten.

Lef en optimisme aan de buitenkant, zelfs als je diep in je hart voor je leven vreest, dat is wat haar dochter kent. Wat er ook gebeurt, je gaat door. Je bent soldaat in Napoleons leger. Je voorouders zijn de maréchal de Saxe en de koning van Polen. Alles in je leven heeft je uitgedaagd om dapper te zijn. Dus kijk je naar zee en schreeuw je het uit van opwinding, je kijkt niet achterom.

De stoommachine tussen het grootzeil en het stagzeil blies stoom de lucht in. De bootsman greep het kind in de blauwe jekker dat een meisje leek te zijn net toen ze naar de boeg rende om op de reddingslijnen te klimmen, en bracht haar terug naar haar moeder, als ze een moeder was, en zei: 'Señora, uw kind, hou haar alstublieft bij u.' Toen gooiden ze alle trossen los en manoeuvreerden de haven in om de zeilen te hijsen en ook de machine te laten draaien. De kapitein aan het roer en de uitkijk hielden de jongen op de boeg in de gaten die in Barcelona schichtig en barrevoets aan de kade was gekomen, smekend om aan boord te mogen om aan de soldaten te ontkomen. Nu konden ze doorgaan met hun werk. De jongen bij de boegwacht schreeuwde het uit, alle trossen waren los. De wind wakkerde aan en deed de opgelapte zeilen opbollen. De passagiers stonden aan de reling naar de kust te turen. Misschien waren het ballingen, misschien misdadigers die voor straf weggestuurd werden. De bootsman maakte een kruisteken. De roerganger sloeg zijn ogen neer en trok zijn sjaal over het onderste gedeelte van zijn gezicht.

El Mallorquin vervoerde varkens van Majorca naar Barcelona. Het schip ging zonder vracht terug naar zijn thuishaven, maar ze waren niet gewend vreemden aan boord te hebben, en dit gezinnetje bestond uit bijzonder eigenaardige mensen, een soort zigeuners, of zwervers, alleen al vanwege de bagage die aan boord gebracht en opgeborgen moest worden en in de ochtend weer tevoorschijn moest worden gehaald, terwijl zij zwoegden en zich druk maakten om de veiligheid. Het schip stonk, klaagden ze; nou, natuurlijk stonk het, het was een vrachtschip voor vee; de zeelui konden hun klacht opmaken uit de manier waarop ze tegen hun kapitein spraken, en al helemaal uit de manier waarop hij zijn schouders ophaalde en zijn dikke wenkbrauwen fronste en hen zonder iets te zeggen met een gebaar naar hun hutten stuurde. Verder was wat ze zeiden onbegrijpelijk. Iemand zei dat het Frans zou kunnen zijn. Maar ze leken geen woord Majorcaans te spreken, of zelfs maar Spaans, en de roerganger zei dat het geen Arabisch was wat ze spraken, en nee, hij had die taal nog nooit gehoord.

Dan is er Frédéric. Een jonge man die zo'n tederheid in haar heeft gewekt dat het soms pijn doet. Wat is liefde? Volledig betrokken zijn bij de zorg voor iemand. Het hart openstellen.

Toen ze hem voor het eerst over haar Majorcaplan had verteld, en over hoe goed het Maurice zou doen, had hij meteen gezegd: 'Het zou mij goeddoen, niet alleen Maurice.'

'Wat bedoel je?'

'Nou, hoe zit het dan met mij? Waarom nodig je me niet uit?' Hij keek naar haar, met wat ze 'zijn blik' noemde, bijna een beschuldiging. 'Je denkt altijd aan de kinderen.'

Hij heeft de gewoonte te pruilen – een verwend kind. Maar dat is niet zijn schuld; hij is een balling, ver van huis, hij is een genie, hij is gevoeliger dan andere mensen. Dat houdt ze zichzelf voor. Toen ze net geliefden werden: het kinderachtige graaien, de mond aan haar borst, de licht ontvlambare jaloezie, dan het afkeren. Ze moest lachen om het jongensachtige gepruil, en de manier waarop ze hem kon overhalen ermee op te houden: kom op, kop op, de wereld wacht, Chop-Chop-Chopinet, mijn sprinkhaantje, meneer Fluwelen Vingers, mijn Frycek.

'Ik dacht aan Maurice, je weet hoe neerslachtig hij de laatste tijd is geweest.' Ze zei niet: ik dacht aan mezelf. Ze zei niet: ik ben uitgeput, ik ben ziek geweest, mijn moeder is pas gestorven. Ik ben dwars door het land gejakkerd om nu eens voor dit en dan weer voor dat te zorgen. Casimir is een enorme last. Ze zou zich nooit verontschuldigen. Maar haar jongen, haar echte kind, kon ze met het volste recht op de eerste plaats zetten.

'Maar hoe kon je erover denken zonder mij te gaan?'

Ze waren nog geen jaar geliefden. Die avond in het appartement van Marie d'Agoult toen Liszt en hij quatre-mains hadden gespeeld en iemand Schuberts Erlkönig had gezongen en Marie ijs en thee had opgediend, en zij haar witte broek en een jasje met brandebourgs in de kleuren van de Poolse vlag had gedragen, alleen maar om hem een plezier te doen; ze had niet geweten hoe hij haar zag, hoe hij zich misschien voelde, en toen waagde ze het hem uit te nodigen op Nohant, en dat was het begin geweest. Hij was verlegen geweest, terughoudend op een manier die haar verbaasde en ontroerde. Ze had niet naar zijn ex-verloofde, Marie Wodzinska, durven vragen, maar vermoedde iets, dat hij zich niet gemakkelijk voelde bij hofmakerij, en misschien had ze hem afgeschrikt door al te direct te zijn.

'Liefste, ik was niet van plan zonder jou te gaan; we moeten samen gaan, het zal een geweldige, heerlijke reis worden. Maar je weet toch dat ik aan mijn kinderen moet denken, en jij, m'n liefje, kunt ook deel uitmaken van de familie.'

Hij was heel gevoelig, als iemand die elk moment straf verwachtte; hij bloosde en keek haar aan en ze suste hem zoals ze gewend was, zoals ze de kleine Jules had gesust, haar negentienjarige minnaar Jules Sandeau, jaren geleden. Jongens-mannnen, jonge genieën, zo broos en teer, allebei met zo'n zachte huid en zo nerveus, als jonge paarden, dacht ze, klaar om ervandoor te gaan.

Maar ze had een echte zoon, een echte jongen aan wie ze ook moest denken. Sinds hij teruggekomen was van een verblijf bij zijn vader, had Maurice erg bleek gezien, alsof hij uit zijn krachten was gegroeid. Hij was een magere vijftienjarige, knokig, vel over been, maar dat kwam niet alleen door de leeftijd. Wat de dokters zeiden – reumatiek – was erger. Hij was degene die, het meest van hen allemaal, verandering van klimaat nodig had. In haar geest begon een plan vorm te krijgen als de opzet voor een plot van een roman. Ze zou Mendizobel om hulp vragen. Introductiebrieven krijgen, misschien van de Marliani's in Parijs, en andere Spanjaarden die ze kende. Een boot uitzoeken, voor zover je boten kon uitzoeken. Een huis vinden, tussen de palmbomen. Maanden vertoeven onder een helderblauwe winterlucht. Waar ze niet steeds klaar hoefde te staan voor mensen die de hele tijd langskwamen, zoals in Parijs, of weken bleven logeren, zoals op Nohant. Overdag zou ze de kinderen lesgeven. Maurice zou sterk en bruin worden en op gewicht komen; ze vond het vreselijk hem zo bleek en mager te zien, met een kippenborst, zijn hoofd groot op zijn dunne nek. Sol, wilde Sol, haar *chamois*, haar wildebras, kon haar gang gaan op een manier die in Parijs onmogelijk was zonder binnenshuis het meubilair te beschadigen en rijtuigen tot een noodstop te dwingen wanneer ze zonder uit te kijken de straat over denderde. Het zou een heel ander leven zijn.

De binnenwereld en de buitenkant. Het leven sleurt je voort, en je moet er zijn, voor anderen, voor je moeder, je kinderen, de jonge mannen die je vertrouwen, de jonge genieën die je hulp zo hard nodig hebben. Je staat niet stil bij wat je zelf nodig hebt. Niemand heeft je ooit gevraagd waar jij behoefte aan hebt; dat idee komt bij niemand op. Je bent een kind van je tijd, van de revolutie, van Napoleon. Je raapt jezelf bij elkaar en marcheert verder.

Maar god, wat heeft ze het nodig: rust en vrede, na dat vreselijke jaar waarin haar moeder stierf. Ze zal vrij zijn, om te slapen, te werken, onopgemerkt in blouse en broek rond te struinen, zonder hoed, met laarzen. Ze heeft niet geslapen; haar ogen doen pijn, ze heeft vaak last van haar maag; ze heeft de donkere kringen onder haar ogen gezien. Het is begonnen met de scheiding van Casimir, vervolgens kwamen de langdurige gerechtelijke procedures om de voogdij van de kinderen, het proces waarbij ze haar eigen geliefde huis evenals haar geld dreigde te verliezen, het geroddel waarmee het allemaal gepaard ging, haar gedrag, zijn gedrag, mensen die partij kozen en haar beschuldigden van losbandigheid en god weet wat nog meer. Toen Sophie, die in het heetst van de zomer stierf in Parijs. Sophie die toegaf dat ze van haar hield, jaren te laat. En daarna die vervloekte Michel, die haar altijd ontliep en die stomme dikke vrouw van hem als excuus gebruikte. En de jonge mannen die met champagne kwamen aanzetten en allemaal de halve nacht bleven, de Didiers en de Mallefilles met hun eisen en hun jaloezie, en ze zaten allemaal, altijd, om geld verlegen en kwamen bij haar om gevoed, geholpen en gefinancierd te worden en een luisterend oor te vinden.

· Frédéric zei: 'Het zou me geweldig goeddoen uit Parijs weg te zijn, de mist, die vreselijke lucht achter te laten, en dit leven, urenlang opblijven, salons, feesten, concerten, je weet wat voor leven ik leid, hoe het me uitput, mensen klampen zich aan me vast en zuigen mijn bloed op, je weet dat ik nooit nee tegen iemand kan zeggen, en jouw gezelschap doet me zo goed, *chérie*, ik heb je nodig. Ik begrijp niet hoe je erover kunt denken zonder mij te gaan, Aurora, dat is beslist een belediging.'

Hij staat erop haar altijd Aurora te noemen, wil de mannen-naam George niet gebruiken. Ziet haar niet graag in een broek. En wat die laarzen betreft...

'Liefste, dat was ik helemaal niet van plan. Ik zou het niet in mijn hoofd halen. We moeten met z'n allen gaan.' Haar hand, als altijd, naar hem uitgestoken, zodat hij die kon pakken. Hij brengt hem naar zijn lippen, verwarmt hem lichtjes met zijn adem; ineens wil ze dat hij in haar knokkels bijt.

Hij was nog maagd, daar was ze vrijwel zeker van. Hij raakte haar aan met een soort van ontzag, heel teder, alsof ze zou kunnen breken. Ze wachtte, hield haar adem in, die eerste keer. Leidde hem naar binnen. Hoorde hem uitblazen, zijn adem stokken toen hij klaarkwam. Lag daar zelf als een moeder, als een piëta. Vroeg zich af welke van zijn ervaringen hiermee te vergelijken viel, en hoe zij er met hem over zou kunnen praten, en hoe ze zelf aan die kinderlijke pijnlijke behoefte kon voldoen, die haar volkomen negeerde.

Ze hield van de muziek. Het was uitzonderlijk wat hij op een piano kon doen, wat hij kon laten gebeuren. Die eerste avond, toen ze vlak voor het instrument zat, was het alsof ze had gehoord hoe de wereld geschapen werd, de zuivere essentie van het leven. Hij verzon het terwijl hij bezig was, net zoals zij met haar verhalen. Ook hij opende zijn aderen en stroomde leeg in het vertellen. Ze observeerde hem, haar zielsverwant; ze stelde zich open voor zijn improvisatie, zijn muzikale inval, die avond, ze werd verliefd. Het was muziek die ze niet genoeg kon horen, het pure spel der verbeelding. Zijn vingers op de claviatuur vonden flarden van zang, vogelzang, de geluiden van verafgelegen plaatsen; ze grepen de essentie van de avond, van alle mogelijke avonden, dit moment, waar ze ook waren; en de mensen die er waren, de atmosfeer, de wijn en het eten, de kleding die ze droegen, de vibraties tussen hen, de geest van vriendschap, het begin van passie, de aanraking van de liefde.

Zijn muziek maakte haar debuut op die betoverende avonden, wanneer ze allemaal aten en dronken, praatten en discussieerden, in het huis van de *contessa* of bij de Marliani's, waar ze ook waren. Hij speelde laat in de avond, en de liedjes van de dag, de grappen van de avond, zelfs de jaloezie tussen mensen werden opgepikt en verweven in zijn speciale magie, gespeeld in een andere toonsoort. De piano trok hen allemaal naar elkaar toe, was hun magneet. Hij was de tovenaar die het leven van allen die hem hoorden in zijn hand had.

Ze vroeg hem: 'Wat hoor je in je hoofd wanneer je speelt?'

'Alles. Alle stemmen, uit verleden en heden. Ik hoor ze allemaal tegelijk, als een orkest.'

Het stroomde door hem heen en vloeide naar buiten, zuiver gevoel, zoals noch met woorden, noch met vrijen kon worden bereikt. Leven, de essentie van het leven.

Wat dit voor basis zou zijn voor een moeizame gezamenlijke reis en maanden die zouden worden doorgebracht op een onbekende plek, had ze niet echt beseft. In weerwil van haar beslissing voelde ze twijfel opkomen. Zou hij in staat zijn om te reizen? Zou hij last hebben van de ongemakken? Zou hij zich gaan vervelen? Nou, ze kon voor hem zorgen, zij kende de wereld beter dan hij, ze was naar Italië geweest met Musset, naar de Pyreneeën met Casimir.

Laat dat maar aan mij over, hoorde ze zichzelf met betrekking tot steeds meer aspecten van het leven tegen hem zeggen, laat dat maar aan mij over. Ze zag zijn opluchting.

'We zouden dokter Gaubert kunnen vragen wat hij denkt. Laat het nu maar even aan mij over.'

'Scheep me niet af, alsjeblieft.'

'Natuurlijk niet. Dat zou ik niet eens kunnen.'

Voordat ze minnaars werden, had ze een lange brief geschreven aan een van zijn naaste vrienden, graaf Albert Grzymala. Een oudere man, hij zou vermoedelijk niet geschokt zijn door wat ze hem wilde vragen. Tweeëndertig pagina's waarvan Chopin niets te weten zou komen, om hem te vragen of hij dacht dat Marie Wodzinka Frédéric gelukkig zou kunnen maken, als ze nog steeds in beeld was, en, in vertrouwen: dacht hij dat Frédéric lichamelijke liefde verachtte? Ze vreesde dat haar Chopinet, zijn Frycek, een van die mensen was die geen echte seksuele hartstocht konden voelen. Had misschien een of andere vrouw hem afkeer van lichamelijke liefde ingeboezemd? Was hij overdreven vroom? Want ze kon instemmen met een platonische relatie met hem, als zijn vriend dacht dat dat wenselijk was, maar ze kon niet echt van iemand houden die het lichaam gescheiden hield van de ziel en niet begreep dat beide voor haar onverbrekelijk met elkaar verbonden waren, en dat het bedrijven van de liefde, zoals zij het stelde, van alle menselijke daden de meest serieuze was. Maar Frédéric betoonde zich als nieuwe minnaar roerend voorkomend, hij had dat jaar het grootste deel van de zomer bij haar op Nohant doorgebracht, hij had een verzameling etudes gecomponeerd en gepubliceerd, waarvan hij zei dat hij ze niet aan haar durfde op te dragen, maar dat wel wilde; hij wilde geheimhouding, om haar te beschermen, niet hemzelf; hij leek alles over Marie Wodzinka en haar bleke Poolse kuisheid te zijn vergeten.

En nu waren ze dan hier, op de boot, echt onderweg naar Majorca. Ze voelde de vochtige zilte bries op haar wang en draaide zich met haar extatische glimlach naar hem toe, ze vlocht zijn lange vingers in de hare, en samen stonden ze aan de reling van het schip, naar het westen gericht, terwijl de mannen over de boot renden in hun bizarre vodden en lompen, die vreemd uitziende zeelui, en de zeilen vielen slap en klapperden en trokken strak in de wind, de eigenaardige kleine machine blies stoom en de zon stond op het punt in de kopergroene westelijke zee te zakken, een rode bal, groter dan ze hem ooit had gezien. Hier was het: vrijheid. Ze waren ontsnapt. Het avontuur was echt begonnen.

Daar naast hem aan de scheepsreling twijfelde ze niet meer aan hem, omdat ze besloten had de twijfel uit te bannen. Hij fixeerde haar met zijn lange intense blik toen ze in zijn hand kneep. Ze adoreerde zijn manier van lopen, de manier waarop hij zijn schouders hield, de aristocratische kromming van zijn neus; ze wilde op een afstandje van hem staan en hem simpelweg bewonderen, en ze wilde dicht bij hem komen, zo dichtbij mogelijk, en de volle lengte van zijn lichaam tegen het hare voelen, witte huid tegen bruine, koel tegen warm, zijn knokige borst tegen de warmte van haar borsten, zijn lange handen die haar haar naar achteren streken en zijn stem met het stevige accent die haar zei dat ze de mooiste vrouw ter wereld was. De kinderen imiteerden de manier waarop hij sprak, de rollende Poolse 'r' en het af en toe pedante Frans, en hij voer tegen ze uit en zag ze snel buiten bereik verdwijnen terwijl hun kindermeisje annex dienstmeid wanhopig achter hen aan rende; ze lachte, ze lachte altijd, omdat haar kinderen zo volkomen vrij en natuurlijk waren, net als Rousseaus Emile, zulke kinderen van hun tijd.

Ze moet ook de nachten met Michel de Bourges vergeten. Al die avonden dat ze op haar zwarte merrie in galop de dertig kilometer naar Bourges had afgelegd om hem te ontmoeten, of dat hij naar la Châtre was gekomen en zij over de weg was gereden waar haar vader op een nacht van zijn paard was gevallen en gestorven, langs diezelfde dertiende plataan in de bocht waarbij ze elke keer weer aan hem moest denken, haar papa Maurice, dood toen ze vier was. Ze hadden elkaar daar vaak getroffen, zij en Michel, zodat ze tegen de ochtend weer thuis kon zijn. Haar lichaam zong, de herinnering aan zijn handen en tong op haar huid en hij in haar, de woorden die hij in haar oor prevelde, zijn Varois accent, zijn mediterrane ogen, de botten van zijn schedel onder haar handen wanneer ze zijn lelijkheid verkende, zijn frenologische kenmerken bewonderde. Michel was getrouwd en zou haar niet vaak zien, vanwege dat Persoon, zoals hij haar noemde, madame Michel, en omdat hij bezeten was van de republikeinse politiek en zijn carrière als jurist. Everard, zo had ze hem gedoopt toen ze elkaar voor het eerst tegenkwamen, en in haar brieven, die altijd dubbelzinnig moesten zijn en de waarheid dienden te verhullen, soms Marcel, of zelfs Marie, ze sprak hem aan als vrouw als ze dacht dat Casimir of dat Persoon haar brieven in handen zou kunnen krijgen en zou kunnen lezen. Louis-Chrysostome, Michel, haar Everard, haar bandiet. In werkelijkheid een man van bijna middelbare leeftijd, klein, met een rond brilletje en kalend.

Ze heeft hem verteld dat ze niet meer van hem houdt. Ze kan niet liefhebben als er geen sprake is van gelijkwaardige wederzijdse liefde; dat is haar credo. Maar wat doe je tegen de verlangens van het lichaam naar een hartstochtelijke man?

Frédéric weet hier niets van, en zal het ook niet te weten komen. Ze wil niet dat hij in zijn zedigheid gechoqueerd raakt of dat zijn mening over haar verandert. Dus houdt ze zichzelf opnieuw in de hand. Ze was maar net dertig toen ze met Michel kennismaakte; nu ze halverwege de dertig is zegt ze tegen zichzelf dat ze te oud is voor zulke avontuurtjes, 's nachts weggalopperen – haar halfbroer Hippolyte heeft haar leren rijden als een huzaar – om vermomd en buiten adem naar herbergen op het platteland te gaan om een man te ontmoeten die al in de gevangenis had moeten zitten vanwege zijn republikeinse ideeën en die geloofde dat een gewelddadige revolutie het enige was dat de samenleving van het verval kon redden. Een man die niet bang was haar te laten merken wat haar lichaam kon ervaren; voor het eerst, na jaren van frustratie met Casimir, die meestal dronken bij haar kwam en haar onbevredigd en gekwetst achterliet. Ja, ze zal hem missen. Maar ze is gaan houden van het jonge genie, Frédéric Chopin, die haar liefde zo waardig is, haar zo nodig heeft. De buitenkant en de binnenwereld. Je neemt een besluit en handelt ernaar. De binnenwereld blijft verborgen, onvermoed, onvertoond.

De nacht van de oversteek naar Palma de Mallorca was warm, erg donker, maanloos maar met veel sterren; hij leek hen dicht te omhullen en hun tocht tot een geheime onderneming te maken. Achter hen bruiste het kielzog door de fosforescerende zee. De boot ging langzaam vooruit, bijna alsof ze helemaal niet bewogen. Ze voeren alleen op de zeilen nu, het kraken van de giek die in zijn bek rustte, het grootzeil dat klapperde en vervolgens straktrok toen ze zuidwaarts koersten.

Ze was klaarwakker, en luisterde. Wat was dat andere geluid? Een mannenstem, aanzwellend en afzwakkend op een lange toon. Ze stond op om te gaan kijken en zag de man die zong: de Arabische stuurman, zijn hoofd omwikkeld, zijn lichaam onbeweeglijk, alleen zijn handen bewogen op het roer, hij zong om zichzelf wakker te houden op een slapend schip. Het was alsof hij alle andere zeelieden in slaap had gezongen, of ze niet wakker wilde maken, zijn stem verhief zich ijl en licht als rook in de lucht. Een lange siddering, aanzwellend, afzwakkend, regelmatig als ademhalen, alsof de zanger simpelweg zijn ziel uit zijn longen en keel liet opkomen en ongecontroleerd liet gaan, het kwam dichter bij ademhalen, of zachtjes huilen, of gekreun tijdens het vrijen dan wat voor muziek ook die ze ooit had gehoord. Een meditatie? Een gebed? Een liefdeslied? Ze luisterde een ander leven af, een dat ze nooit zou kunnen kennen. De man keerde zich niet om, maar draaide het rad rustig met zijn ene hand, en het schip ploegde voort in de zwarte glinstering van het water. Ze dacht dat hij haar niet hoorde of zag. Ze stond in de schaduw van het grootzeil te luisteren, en tranen welden in haar op en stroomden langs haar wangen, zodat ze ze weg moest likken. Tranen waarvoor, ze wist het niet; voor Sophie, voor alles wat er dat jaar was gebeurd, voor de kwetsbaarheid van haar gezinnetje op die reis, de hulpeloosheid van liefde? De zilte wind droogde haar tranen, waardoor haar wangen prikten. Ze wreef met haar knokkels in haar ogen, streek haar haar terug, maakte geen geluid. De muziek leek, net als die van Frédéric, al haar levensverwachtingen los te maken. Er waren in haar hoofd geen woorden voor, geen enkel dat toereikend kon zijn. Het was een vreemde taal. Het koesterde haar en liet haar vrij.

Ten slotte stapte ze barrevoets over het dek, dat onder haar bewoog, en liet die hele wereld van de nachtelijke zee en het witte kielzog en de paar heldere sterren die door de hemel schoten achter. De kampanjetrap af, terug naar bed. De hele nacht het gezang van de ingepakte roerloze stuurman terwijl hij daar aan het rad stond en zijn ene hand bewoog om koers te houden, afgaand op de sterren die hij zag.

Toen ze ging liggen wist ze dat Frédéric ook wakker was en in het donker lag te luisteren, ze kon het horen aan het geluid van zijn ademhaling, hoogstens een halve meter verderop. Hij moest het ook voelen. Hoe kon een mannenstem zo zacht zijn? Bestond er een ras van mannen die werden geboren en grootgebracht in zulke zachtheid dat ze het niet konden helpen dat ze die de hele nacht bezongen? In het daglicht had het onderlinge gekwebbel van de zeelui onbegrijpelijk geklonken. Nu was er dit eindeloze tedere gezang over de eenzaamheid van een man. In de ochtend zag ze na een blik op hem wat de nacht hem ook had verteld. Hij zei nooit iets over het lied van de Moorse zeeman, maar toen ze de nocturne hoorde die hij maar een paar weken later schreef, wist ze het. Een interval in mineur ingebracht in een melodie waar je majeur zou verwachten. De *blue note*.

Een heldere ochtendzon boven het dek, daarna, en wolken van zeilen die naar beneden kwamen om te worden opgedoekt en geborgen, en de zee die in witte wervelingen tegen het schip sloeg, blauwgroen verderop, bijna paars bij de horizon; Solange die rondrende in haar broek en blouse, helemaal hersteld van haar aanval van zeeziekte de avond tevoren, het uitroepend bij alles wat ze zag. Maurice stond naast de roerganger terwijl deze de boot de haven binnenvoer, de arme Amélie, het jonge Franse meisje dat verondersteld werd voor hen te zorgen, lag ziek in de hut.

Chopin stond met zijn lange jas om zich heen gewikkeld, ze wierp een snelle blik naar hem om de intensiteit van haar gevoelens te delen – kijk, we zijn bij een vreemde kust aanbeland! Hij hoestte, ze merkte op dat hij een zijden sjaal om zijn hals droeg; was hij ziek? Ze stak een hand naar hem uit, greep de zijne, die koud was. Maar het was zo'n uniek moment! Kijk! Palmbomen, zandstranden, verre bergen, de watervlakte tussen de boot en de kade die plotseling kromp zodat ze dichtbij waren, aanleggen in Palma, touwen rolden af, geschreeuw, overal mannen; langs de grote stevige oude huizen alsof ze een straat waren binnengevaren; het schip legde aan tussen de vreemde boten, de enorme kathedraal daar recht voor hen en de bomen die eruitzagen als de dierenfiguren in de Jardin des Plantes, zei Solange, en zouden er ook giraffen zijn?

Achter elkaar zetten ze voet aan wal, nadat een bemanningslid een loopplank had uitgelegd. De zeelui met hun bruine gezichten, handen waaraan vingers ontbraken, hun afgebroken tanden. De woorden van vreemde talen die hen naar de wal volgden. Sol zei tegen de man die haar veilig aan land bracht: 'Je lijkt op een aap,' maar gelukkig verstond hij het niet.

Maria en Edward zitten in de stationsrestauratie in Soller, op Majorca. De spoorweg, zo weet Maria, werd pas ruim nadat George Sand en Chopin het eiland hadden verlaten aangelegd, en het station dus ook. In 1938 was er geen weg naar het binnenland tussen de ruige heuvels. Nu trekt de stoomtrein zijn wagons vol toeristen helemaal vanaf Palma naar boven, snijdt door bergen, rijdt door rotstunnels en komt er met een lange stoomwolk weer uit. De banken zijn gemaakt van hout, afgewerkt met koper en leer. Het uitzicht is verbazingwekkend. De mensen op de banken drommen samen bij het raam, turen naar buiten. Het is winter, en er liggen donkere schaduwen over de bergwanden, maar boven hen is de hemel diepblauw. Er zijn maar enkele mensen in de trein wanneer hij op het station in Soller aankomt en zijn lange gefluit laat horen.

Maria en Edward zijn met de trein gekomen, maar omdat ze honger hadden zijn ze in de stationsrestauratie gaan zitten, het witte tafellaken op een klein tafeltje voor hen uitgespreid, maar met nog niets anders dan brood in een mandje. Edward zit te tekenen in een boekje met bladzijden van dik wit papier met een ringband en een grijze kaft met zwarte inktfiguurtjes erop. Hij tekent de zaal waarin ze zitten: de prachtige kale muren zoals hij ze ziet, de tafels met hun witte kleedjes, de grote ijzeren kachel die de ruimte verwarmt, de zacht glanzende tegels, de vaas met gele bloemen. De wijnkruik. Een stoel. Maria schrijft in een notitieboekje, twee of drie bladzijden bedekkend met een dik puntig handschrift, zonder op te houden. Een jonge man met gemillimeterd zwart haar en zwarte ogen komt rustig aanlopen en brengt een kruik wijn. De ruimte is niet warm genoeg voor Maria om haar donkerblauwe wollen winterjas uit te trekken. Ze schenkt een glas wijn in, proeft, gaat door met schrijven. Ze praten niet met elkaar, maar de stilte heeft een bepaalde kwaliteit, een van tolerantie, gebrek aan spanning, omdat ze allebei bezig zijn, opgaan in wat ze doen. Ze hebben ieder hun eigen bezigheid en beoefenen die zij aan zij. Maar wanneer de jongeman terugkomt met het menu kijken ze allebei snel op, opgelucht, en beginnen het te lezen. Ze willen hete soep om warm te worden, heerlijke vis, allerlei soorten groente, en de wijnkruik raakt steeds leger – afleiding, vervulling; ze hebben dit vele keren eerder gedaan, en misschien blijven ze het de rest van hun leven doen.

Maria, die weet dat ze opvalt met de gelaatskleur die ze van haar Keltische voorouders heeft meegekregen, de witte huid met enkele sproeten, blauwe ogen, dik steil zwart haar dat waarschijnlijk ooit heel plotseling grijs zal worden, die in robuuste schuine hanenpoten schrijft, die haar nagelriemen afbijt, die snel loopt, die in bed een gestreept lang T-shirt draagt, die vaak koude voeten heeft en ze tegen zijn kuiten legt om ze warm te maken. Edward die verziend is en ineens begonnen is een goudgerande bril te dragen, wiens haar nog fijn is als maïspluimen, die in bed op zijn rug ligt te lezen, die als een leeuw zijn tanden ontbloot om ze te poetsen, die de neiging heeft zichzelf te herhalen, die zolang ze zich kan herinneren haar echtgenoot is geweest. Ze zijn zonder twijfel de mensen die ze altijd zijn geweest.

Edward zegt tegen haar: 'Schiet je een beetje op?' Doelend, zo veronderstelt ze, op haar werk met betrekking tot George Sand. Het heeft nu de status van werk gekregen, niet alleen maar lezen, sinds Maria heeft aangekondigd dat ze een boek over haar zou gaan schrijven en deze reis heeft gerechtvaardigd door dat te vertellen. Maria heeft een beurs van de Arts Council gekregen om over haar heldin te schrijven en heeft het zo geregeld dat ze tien dagen geen les hoeft te geven. Dat betekent dat Edward haar vraagt of ze opschiet, omdat ze iets heeft om aan te werken, dat hij het begrijpt.

Maria zegt: 'Hè? O, goed. Ik schrijf over het uitzicht vanuit de trein, dat zij natuurlijk niet heeft gezien. Ik zal er meer aan hebben als we doorgaan naar Valdemossa.'

Hij zegt: 'Ik ben deze zaal aan het tekenen, om te beginnen. Alleen om er weer handigheid in te krijgen.' Hij tekende vroeger altijd; nu gaat zijn hoofd op en neer als dat van een vogeltje, opkijkend, neerkijkend op zijn papier, controlerend wat hij ziet en wat hij tekent. Misschien is het een vorm van afleiding waar hij behoefte aan heeft, nu op dit moment. Ze vindt het aandoenlijk, de manier waarop hij tekent, met ouderwetse aandacht voor details. Zijn geslepen potlood aarzelend op het papier. Het is zo gemakkelijk om in plaats daarvan foto's te maken.

De jonge Majorcaanse ober brengt de soep. Maria verkruimelt haar brood. Dit is niet het hele verhaal – o nee, absoluut niet; maar werken, reizen kan zoveel verhullen, net als in restaurants eten, gerechten bestellen, je gedragen zoals je je altijd hebt gedragen. Er is iets waar ze niet over praten, en als een van hen erover begint, zou het weleens een vloed kunnen worden die de hele ruimte overstroomt en hun hele leven vanaf dit moment verandert. Ze voelt zich tegelijkertijd zwak en nieuwsgierig bij de gedachte. Ze glimlacht naar hem, besluit van de soep te genieten, en haar glimlach herinnert hem, zonder dat ze het weet, aan al die duizenden keren dat hij haar op die licht uitdagende manier boven een opgeheven lepel soep heeft zien glimlachen. Honderden en honderden lepels soep, honderden gezamenlijke maaltijden, instemmende glimlachjes, samenzweerderige glimlachjes, tactvolle glimlachjes.

Ze zegt: 'En jij?'

Hij werkt aan zijn boek over de mediterrane flora. De flora van dit eiland en de geologische gesteldheid zijn een microkosmos van die van het hele Middellandse Zeegebied, hij heeft haar dat diverse keren verteld. Hij verzamelt specimens, en tekent ze, en wanneer ze gaan wandelen, vertelt hij haar iets over elke boom. Hij heeft de man gebeld die de zadenbank in de botanische tuinen in Soller heeft opgezet en met hem gesproken over de plant waarin hij geïnteresseerd is, die in de bergen van het noordelijke deel van Majorca groeit en op het punt zou hebben gestaan uit te sterven, als de zadenbank er geen zaad van had opgeslagen. Hij vertelt Maria hierover, en ze luistert plichtmatiger dan anders, omdat het veilig terrein is. Het plantje – hij laat haar een foto zien – maakt deel uit van de familie waartoe de selderij behoort, de Umbelliferae, en ziet er nogal klein en gewoon uit, met witte bloemen en donkergroene blaadjes. Er zijn nog maar zo'n honderd afzonderlijke planten over, omdat geiten ze hebben opgegeten, en die zijn nu alleen nog te vinden op een stukje van een halve vierkante kilometer in de Sierra de Tramontana.

'Hoe heet het?'

'*Ligusticum huteri.*'

'Heeft het niet ook een gewone naam?'

'Nee.'

Ze bedenkt dat het bijzonder bewonderenswaardig is om zo gefascineerd te zijn van het overleven van dat kleine, zo gewoon lijkende plantje dat de geiten hebben opgegeten. Het herinnert haar aan Sean en zijn witte muizen die hij soms midden in de nacht gaat opzoeken. Mannen hebben de eigenschap dat ze zich kunnen concentreren op iets wat helemaal buiten henzelf staat – of in elk geval de mannen van wie zij heeft gehouden. Het is een karaktertrek die ze bewondert, maar die haar ook irriteert. Waar denk je aan? Een plant met een Latijnse naam die dreigt uit te sterven; hij is 's winters onzichtbaar, en groeit op een bepaald plekje hoog in de bergen in het noorden van Majorca, waar hij grotendeels door geiten wordt opgegeten.

Ondertussen zijn haar gedachten bij George Sand en Chopin: George, op wie ze gesteld is, en Chopin, die haar woede opwekt. Maar wanneer Edward haar zijn tekeningen laat zien, nauwgezet en prachtig, van planten die zij nauwelijks heeft opgemerkt, bewondert ze hem weer net zoals toen ze elkaar voor het eerst ontmoetten. Hij houdt van dingen zoals ze zijn, en dat is een beminnelijke eigenschap.

Hij heeft een orchidee getekend die hier in de zomer groeit; hij heeft die nagetekend van een foto, aangezien er in de winter natuurlijk geen orchideeën te zien zijn. Hij vertelt haar dat er net zulke orchideeën voorkomen in de Burran, in het westen van Ierland, en ook op Cyprus en Kreta. Doordat kalksteen ze in barsten en spleten warm houdt, kunnen ze daar groeien, zelfs in een koude streek als Ierland, ver van de Middellandse Zee. Ze vraagt zich af vanuit welke gespleten barsten in zijn diepste gevoel hij nu over Ierland praat.

Edward zegt: 'Goed. Maar ik zou nog een paar weken extra hier wel kunnen gebruiken. Ik zal in het voorjaar terug moeten gaan.'

Ver van huis is het voor hen makkelijker samen te zijn. Het samen reizen gaat hun goed af, ze hebben het jaren gedaan; het verloopt soepel, zoals ze het zich heeft voorgesteld. Zoveel in het leven is gewoonte geworden. Er lijkt geen reden te zijn, terwijl ze daar zitten, om hier niet de rest van hun leven mee door te gaan. En toch komen, als twee vliegers die aan de handen trekken die ze vasthouden, hun geheime dromen naar boven en rukken en fladderen, en de vraag kwelt hen – Stel dat we ermee ophouden? – en nog steeds zijn de woorden niet uitgesproken die dit allemaal voorgoed zouden veranderen.

Ze zegt: 'Wat mensen over hem zeggen, dat haar afwijzing tot zijn dood heeft geleid, is absoluut niet waar, weet je. Hij weigerde de liefde met haar te bedrijven toen ze hier waren. Het kan door zijn ziekte zijn gekomen, maar het had ook sterk met zijn moeder te maken. Katholiek schuldgevoel dat zijn tentakels vanuit Polen uitstrekte. Maar hij bracht zeven zomers door op Nohant, naderhand. Hoewel ze na Majorca geen minnaars meer waren.' Nu, denkt ze, hier; op dit moment moeten we erover beginnen te praten, omdat er niets anders op zit. Omdat ik begonnen ben met praten over mensen die al dan niet de liefde bedrijven. Omdat ik die vreselijke term 'seks hebben' van tegenwoordig niet meer over mijn lippen kan krijgen.

'Mensen geven de voorkeur aan leugens.'

'Maar het eigenaardige is dat de leugens eerder blijven hangen dan de waarheid. Waarom vinden ze leugens interessanter?'

'O, mensen willen glamour en extremen. Ze willen dat artiesten hun dat voorbeeld geven, een ander soort leven dan dat ze zelf leiden, denk je niet? Maar zelf willen ze niet zo'n leven.'

Nu, denkt Maria, zouden we alles op tafel kunnen gooien. Maar waarom? Wanneer ze hierover praten als een losstaand gegeven, elkaar begrijpen, eigenlijk in beslag genomen zijn door iets anders, zouden ze daar net zo goed de rest van hun leven mee door kunnen gaan. Dat is misschien wat liefde inhoudt – wie heeft dat ook alweer gezegd? Rilke. Liefde is elkaars eenzaamheid bewaren. Naar buiten kijken, naar de wereld, zij aan zij.

Edward zucht en begint, duidelijk met genoegen, aan zijn vis, opgelucht. Hij zou vermoedelijk haar begrip, haar tact missen, haar vermogen om dingen onuitgesproken te laten. Ze denkt nog steeds na over Sand en Chopin, niet over henzelf; ze ziet zijn opluchting. Dus is het voor hem veilig genoeg om weer te denken aan de planten waarvoor hij hier is gekomen, om ze te bestuderen, die hele mediterrane flora die hem blijft verrassen en fascineren. Alles past, in Edwards geest, in elkaar: rots, water, bodem en wat daar groeit – alles hangt zo nauw met elkaar samen, en ze weet dat het hem genoegen doet die samenhang overal om zich heen, binnen zijn bereik, te ontdekken. Een klein eiland, microkosmos van de hele mediterrane wereld, bevloeid door beekjes en bruisende stromen die aan een ondergrondse waterhoudende laag ontspringen. Een korte tijdspanne, van zijn eigen leven, die, volgens zijn theorie, op dezelfde manier een microkosmos zou kunnen zijn van het leven van alle mensen overal, van het leven zelf, zonder dat híj er al te veel moeite voor hoeft te doen. Zijn gevoel voor ecologie sust hem, neemt bedenkingen weg, maakt hem bewonderenswaardig, ergerlijk kalm. Als hij een deel van het geheel is, hoeft hij niet méér te doen, zo zit dat. En deze houding doet hem misschien zelfgenoegzaam klinken, maar beschermt zowel hem als haar tegen ongerustheid. Als hij niet de hele tijd aan planten dacht, had hij kunnen merken dat ze hem ontrouw was. Zolang hij zijn aandacht nodig heeft voor rotsen, waterlopen, bodemgesteldheid, bijna uitgestorven planten, hoeft hij geen aandacht te besteden aan alles wat er overblijft, inclusief de warboel die wordt veroorzaakt door het menselijk hart. Háár hart. Haar lichaam, eigenlijk, de lastige verlangens die het heeft. Als wetenschapper is hij gevrijwaard van de morele dilemma's waaronder mannen eeuwenlang hebben geleden en kan hij zijn vis in alle rust opeten; daarom kan zij het ook. Wat er ook in de spleten, onvergeeflijk bloeiend, op mag komen.

'Waar denk je aan?' Ze weten allebei dat ze een korte vraag van de ander kunnen verwachten om te worden opengesteld voor elkaars gedachten, en soms vindt hij het vervelend, soms doet hij het zelf. Het is als een gat in een tuinhek tussen twee huizen: als het eenmaal is gebruikt, is het lastig om te doen of het er niet is of het dicht te maken, en het lijkt weinig zin te hebben dat te proberen. Maar soms loop je om naar de voordeur, en klop je aan.

Hij zegt het niet, dat van de planten die door de geiten worden opgegeten, of hoe de waterlopen de moerassen van vers water voorzien. 'Ik dacht er eigenlijk aan hoe het hier zou zijn zonder jou.' Dan is het waar, hij is haar een stap voor, hij denkt niet alleen maar aan planten. Ze hebben, toch nog, het rijk van de mensen betreden.

'Altijd zonder mij, of tijdelijk?'

'Altijd. Ik bedoel niet als je dood zou zijn of zoiets. Ik bedoel, zonder getrouwd te zijn, zonder jou in die zin.'

'Dank je wel. Ik bedoel, dat ik niet dood ben.'

Ze verkruimelt nog wat brood, wil meer wijn. Nu staan er alleen koffie en de onvermijdelijk lijkende brokstukken van de middag tussen hen in. Hij heeft zich voorgesteld daar zonder haar te zitten, en dat verstoort haar eigen gevoel van kracht. Zij had zich het liever het eerst voorgesteld, daar te zitten zonder hem. Of het op z'n minst het eerst gezegd. Hij moet het wel weten, denkt ze. Natuurlijk weet hij het; maar hij moet op het punt staan iets te zeggen, zodat er woorden aan worden gewijd, en zo zal het echt worden, op een manier die dat niet helemaal is, nog niet. Hij heeft zich voorgesteld zonder haar uit te varen, baas over zijn lot, kapitein van zijn ziel. Of wat dan ook. Haar maag krimpt ineen. Ze is hier nog niet klaar voor. Ze denkt: het is, zelfs in de eenentwintigste eeuw, gewoon net zo moeilijk als het altijd is geweest. Niet zo moeilijk als in de eerste helft van de negentiende eeuw, misschien, maar bijna. Ze denkt aan Aurore Dupin, die naar Parijs vertrekt om George Sand te worden; en Casimir Dudevant, die zich waarschijnlijk geen leven zonder haar had voorgesteld, die haar liet gaan. Zij, Maria, leeft in een eeuw waarin het allemaal mogelijk is: alleen wonen, broeken dragen, huwelijken beëindigen, minnaars hebben, zelfs minnaars van beide geslachten, verhuizen naar andere werelddelen, op zolder wonen, boeken schrijven. Het is gedaan, talloze keren, en door vele andere vrouwen. Waarom verkrampt haar maag dan en krijgt ze een droge mond? Waarom is het zo moeilijk?

Wanneer ze weggaan uit het restaurant, halverwege die wintermiddag, lopen ze bergopwaarts, langs een weg die versmalt tot een landweg, die op zijn beurt verengt tot een paadje dat tussen groepjes sinaasappelbomen en kleine moestuinen achter stenen muren door kronkelt naar de steilere hellingen van de berg, waar vuren branden, rook opstijgt, stemmen naar elkaar roepen door het dal, maar ze niemand zien. Ze praten niet, en iets is nog niet gezegd, zal misschien nooit gezegd worden; allebei kijken ze rond alsof ze alleen zijn, werpen ze een blik op de kleurenpracht van sinaasappels tegen donker gebladerte, snuiven ze de koude rokerige lucht op. Wat ze ook besluiten, wat ze ook zeggen, dit zal er altijd nog zijn: de blijvende, geruststellende buitenwereld. Wanneer ze bij de mensen komen die de vuren stoken, drie mannen en een vrouw, die met hout en takken lopen te zeulen om de wintervuren aan de gang te krijgen, en van een afstand naar elkaar roepen, zeggen ze: 'Buenas tardes!' en 'Adiós!' en krijgen antwoord van mensen die hun rug rechten om naar hen te kijken en te zwaaien. Ze zijn gezien door andere menselijke wezens, eindelijk. Dus blijft alles nog open, of op z'n minst mogelijk.

Ze keren om om het bergpad weer af te lopen, met algemene instemming. Ze zijn zo gewend samen te wandelen, het is een van de dingen die hun als getrouwde mensen goed afgaan, lopen in hetzelfde tempo, zorgvuldig in de pas. De aanblik van die mensen, in de purperachtige schemering met hun heldere vuur, vormt voor haar een rechtvaardiging om zijn arm in de tweedmouw vast te pakken, en dicht tegen hem aan te gaan lopen. Zolang er niets is gezegd, kan ze dit blijven doen.

Misschien, denkt ze, zeggen we over tien, twintig jaar tegen elkaar: Weet je nog, die middag op Majorca, bij Soller, toen we bijna uit elkaar waren gegaan, het allemaal bijna afgelopen was geweest, toen we echt even dachten dat we niet door konden gaan? Kun je je de vrees daarvoor nog herinneren, toen we die landweg op liepen? En hoe fijn het was die mensen vuurtjes te zien stoken, en door hen gezien te worden? Veilig, onder het eten, samen in bed, zouden ze dat kunnen zeggen en, door die tijd op ironische toon op te roepen, zachtjes de huidige en toekomstige stabiliteit van wat ze samen hadden benadrukken. Ze hoopt het.

Op de terugweg naar beneden zien ze het stadje voor zich, een en al geel licht en donkere steegjes. Sinaasappels aan bomen glanzen in het schemerlicht, versterken het. Over alles ligt een karmozijnen gloed, als een laagje stof. De winkeldeuren zijn open en er staan potten en pannen en stoelen in de ingang, en een geur van houtskool, rokend hout en gebakken uien komt naar buiten. In de huizen komen families bij elkaar. Maria voelt een plotselinge behoefte; en ze is er bijna zeker van dat Edward die ook heeft. Wat hebben ze gemist? Wat heeft hun eigen land, familie, thuis, hun nooit gegeven? Waarom zwerven ze daarbuiten rond, verloren, buiten hun eigen taal, vol verlangen?

Edward schudt haar hand van zijn arm en draait zich op straat ineens naar haar om, zodat hij haar de weg verspert. 'Er is iemand anders.' Het is geen vraag. De geuren van eten, de warm verlichte interieurs; ze zijn zo ver van alles wat vertrouwd is. Het lijkt alsof hij zijn woorden naar haar blaft.

'Ja.' Ze wil zeggen: Maar het betekent niet dit, het betekent dat, en ik was van plan het je te vertellen, en ik wilde dat ook, maar op de een of andere manier – en dat is waarom we weg zijn gegaan, nietwaar: om erover te praten, om er open over te zijn, te begrijpen, te vergeven. Maar ze zegt niets van dit alles. Ze zullen dat gesprek niet voeren, over tien of twintig jaar, over hoe ze bijna uit elkaar waren gegaan. Nu is het breekpunt, ze kan het zien aan zijn gezicht. Maar waarom, waarom? Het komt niet doordat ik niet van je hou, wil ze zeggen, het komt alleen maar doordat ik van hém hou, of misschien is het over, dat kan ik niet eens zeggen, misschien heb ik het allemaal verzonnen, is het een verhaal, iets wat ik me heb verbeeld, iets wat niet serieus moet worden genomen; wij zijn degenen die echt zijn, en dit moment, deze plaats, en wijzelf daarin, komend van de berg, toch, zo is het toch? Maar ze kan het niet zeggen. Ze ziet zijn gezicht, bleek in de toenemende duisternis. Er is een grote vogel vreselijk aan het krassen op de bergtop en de rokerige vuren zijn helder als sterren in de nacht, maar gaan een voor een uit wanneer de eerste echte ster aan de hemel verschijnt. De laatste trein staat op het punt van het station te vertrekken. Ze kunnen zich maar beter haasten als ze die willen nemen.

Kale platanen flankeerden de oprit; de laan maakte een bocht, kwam uit op een binnenplein. In het grijze winterlicht waren sprankjes zon. Ergens uit het zicht klaterde water, wat de kou en de stilte versterkte. Tussen de platanen, over de indrukwekkende rond lopende laan, naderden ze het grote huis. La Granja. George had de introductiebrieven bij zich die ze had meegebracht uit Frankrijk, om aan de Majorcaanse adel te geven; ze werden verwacht.

Op het binnenplein, op de grond, brandde een vuur. Een zwijgende man gooide er hout op, pookte zwarte kolen op, regisseerde de loop van de vlammen. De knoestige stukken hout waren de wortels van olijfbomen. In het brandende hout maakte as holten, zwarte gaten; vonken stegen op naar de windloze hemel. De man die het vuur voedde ging rechtop staan toen hij hen aan zag komen. Hitte trilde in de lucht. Ze stak haar handen uit naar het vuur. De man hield het paard bij zijn hoofd vast. Het duurde even voor er iets werd gezegd. Ze was verbijsterd, door de binnenplaats, het huis, het vuur, de ontvangst. Het was de eerste keer dat ze verwelkomd werd door iemand van de Majorcaanse adel. Er kwam een vrouw naar voren die lange rokken droeg, over elkaar heen, en iets zei wat ze niet konden verstaan, maar haar glimlach was gemakkelijk te begrijpen; die zei: welkom. George ging in een impuls naar haar toe, maar Frédéric hield zich afzijdig. De kinderen renden om het vuur en stoven heen en weer, schreeuwend in het Frans.

Het huis was geel, en gebouwd als een klif. Het zat vol gaten die opgevuld waren met kleine stenen, de muren zagen er pokdalig uit. Er hingen strengen gekleurde dingen: gedroogde tomaten, pepers, knoflook. Het wijde overwelfde binnenplein kwam uit op een binnenplaats. De ramen, klein en met gesloten luiken, deden de reusachtige muren nog groter lijken. De enorme boom in het midden van de binnenplaats strekte zich met zijn brede gebogen takken boven hen uit. Er was een flauwe schaduw toen de zon doorbrak. In een van de bijgebouwen brandde nog een vuur en een vrouw stond ernaast en schortte haar rokken op om haar blote benen te warmen, de vlammen kwamen vlak bij haar en maakten haar huid rood. Achter haar stonden potten van ongebakken roodachtige klei. Op de binnenplaats stond ook een lange schragentafel, met een kruik vol witte bloemen aan het ene eind, en een grote bruine aardewerken schaal. De glimlachende vrouw gaf hun glazen met donkerbruine zoete wijn erin en wees op de schaal, waarop kleine dampende beignets lagen. George nam een hap, proefde. Frédéric glimlachte maar schudde zijn hoofd: nee. De beignets lieten suiker achter op haar lippen en olie op haar tong, en ze brandde zich eraan, ze kwamen heet van het vuur, en de wijn gleed zoet en eveneens brandend naar binnen. Ze glimlachte. Ze probeerde enkele woorden te spreken, maar Spaans was niet hetzelfde als Majorcaans, zo leek het. Ze wist het weer. De Spaanse woorden, de geuren, iets in de lucht? Ze wendde zich naar haar gezellin, op zoek naar uitleg. Er was geen uitleg, er was alleen de geest van een herinnering, van ver weg. Maar met de wijn stroomde er iets als volmaakt geluk door haar heen, zo natuurlijk en totaal als ze niet voor mogelijk had gehouden. Het was als het moment in de kapel in Parijs toen ze nog een meisje was, toen ze zich opgenomen voelde in de aanwezigheid van God. Hoe vreemd was het leven zoals het zich aan je openbaarde, dacht ze, geluk wanneer je het het minst verwacht, een verlichting van lasten waarvan je niet wist dat je ze met je meedroeg.

Achter de grote poort, in het huis met de uitgesleten gele treden naar de bovenverdieping, achter de cactussen en geraniums, zat iemand op hen te wachten. Er stond een tafel gedekt met fijn linnen, misschien, en volle schalen en kruiken gevuld met delicatere wijn dan deze; maar hier buiten in de grillige winterzon, in de kou, voelde ze het al, een natuurlijke stroom van geluk. Ze zou dit nooit vergeten, en ze zou nooit echt weten waarom. Later zou ze zich afvragen of het kwam doordat er hier niets van haar werd verwacht; ze was te gast. Iemand, een onzichtbare figuur, had hier allemaal opdracht toe gegeven, en binnen die structuur was ze veilig. Iemand bevond zich beneden in de gang, uit het zicht maar aanwezig en wakker, met zijn lange zwaard aan zijn zijde.

Buen día. De woorden smaakten net zo vreemd in haar mond als de wijn en het eten. Er heerste vandaag een gevoel alsof er grote afstanden moesten worden overbrugd. De lege ruimtes van een binnenplein, de ruimte van de stilte en de kalme bijna-onbeweeglijkheid van de mensen hier; de vrouw die glimlachte, zich warmde, de man die het vuur oprakelde met de neus van zijn laars. Iets eenzelvigs, iets onschendbaars, dat voor haar komst al bestond en zonder haar zou blijven bestaan, dat geen rekening met haar hield, haar zelfs als mens buiten beschouwing liet. Een enorme ruimtelijkheid waarbinnen je eenvoudigweg kon bestaan.

In het huis stonden rijen stoelen, gemaakt van donker hout, tegen de muren opgesteld, en hingen donkere portretten, en er waren tegelvloeren met patronen in blauw en goud, en meer ruimtes, stoffig, hier en daar flauwtjes aangeraakt door zwak zonlicht. Er was een haard waarin nog meer olijfhout brandde. Aan het einde van een lange kamer op een bovenverdieping zat een man een sigaar te roken. Het was allemaal heel anders dan de Franse burgerlijke familiehuizen die ze gewend was; er was daar een grandeur die ze niet had verwacht, en tegelijkertijd een kaalte, een leegheid die de verhoudingen van de menselijke wezens die zich binnen deze muren bewogen anders maakte. Toen ze van de bovenverdieping naar beneden de tuin in keek, zag ze sinaasappel- en citroenbomen, met tussen de donkergroene bladeren de zware pracht van het fruit, bedekt met stof. Een bladloze granaatappelboom met vruchten als kerstballen. In de verte strekte zich een zee van olijfbomen uit, het koninkrijk van één man, met golven van zilver en groen.

Ze dacht: ik ben hier eerder geweest, of ergens waar het hier erg op lijkt.

De man aan de overkant van de kamer die zijn sigaar zat te roken, staarde haar aan. In de verder gelegen kamers moest zijn familie zijn, vrouwen die zich bezighielden met borduurwerk, bedienden, kinderen. Hij zat daar alleen. Er lag een nonchalante hooghartigheid in zijn starende blik die iets van acceptatie inhield. Zijn ronde bruine ogen onder golvende, fijne zwarte wenkbrauwen. Een deel van haar wilde daar blijven en onder die starende blik vertoeven die haar welkom heette en haar toch op een armlengte afstand hield, die nooit ofte nimmer de gang van zaken in twijfel had getrokken. Hij boog lichtjes zijn hoofd: señora. Hij stond niet meteen op, en toen hij dat deed, boog hij opnieuw, over haar hand. Een lichtere nijging van zijn hoofd naar Chopin. Een armzwaai zette hen naar het tij van zijn wil. Hij zou hun zijn landgoed laten zien, dat hijzelf was.

Later zal ze denken: waaruit bestond de aantrekkingskracht van een man die zich zo vereenzelvigde met zijn bezit, in samenhang met zijn lot; die intensiteit van bestaan? Het trok haar aan als een magneet. Ze zou hier nooit meer komen.

Ze hield een sinaasappel in haar ene hand, een citroen in de andere. Kleine planeten in haar handpalmen. De man had ze aan haar gegeven toen ze naar buiten waren gegaan. De schil voelde compact, stevig, een beetje olieachtig aan. Ja, zei hun gastheer in het Spaans, pak aan, voel, ze zijn goed. Het rook naar Kerstmis, tussen de groene bladeren, in de kou, in de naar sinaasappel geurende invallende duisternis. In de tuinen, toen ze naar buiten liepen, het eindeloze ruisen van koud water, dat het vergaan van de tijd ongedaan maakte, gisteren gelijkstelde met vandaag, alles terugbracht tot dit: deze eenvoud, een sinaasappel, een citroen, in evenwicht gehouden. De donkerbruine blik van een man die ze nooit terug zou zien, die niet haar taal sprak. Mediterrane ogen, warme ogen die licht absorbeerden, ernstige ogen.

De wintermiddag was kort. Schemering verduisterde de sinaasappelbomen, maakte sinaasappels blauw. De aarde werd stoffig en landerig bij het invallen van de nacht. Op de binnenplaats stampten de paarden en stierf het vuur uit. Een ezel balkte vanachter de stallen. De kale bomen, de glanzende stammen, waren nog bleek. De muren van het huis zouden haar altijd hier houden. En hier buiten werden de tuin en zijn stevige vruchten voor de nacht opgesloten, het parelhoen en de hanen dutten in de omliggende hoenderhokken. De bladeren van de vreemde planten staken af tegen de hemel. Boven het hoge dak: één ster.

Wéér binnenwereld en buitenkant: een plots besef van verbinding. Iets wat niet uit te leggen viel.

Citroenen, zou ze later zeggen, zo groot als een mannenhoofd. In die geheime Moorse tuin, dat paradijs waarin ooit monniken hadden gebeden en waar nu een donkerogige man zijn sigaren rookte en hun stompjes fijntrapte op de verfijnde tegelbestrating, was alles onvoorstelbaar vruchtbaar geweest. De Arabieren hadden de stenen waterlopen eeuwen geleden aangelegd om vers water van de bergen naar beneden te brengen, en die waren gehandhaafd. Er was overal water, in dit droge gebied. Ze had haar hand uitgestoken om het fruit aan te nemen en de eigenaar had het haar zo gemakkelijk gegeven; er kwam geen inspanning aan te pas, geen moeilijke omstandigheid of ongemak. Alleen overvloed en gulheid. Citroenen, ja, en sinaasappels, zó groot. Ze liet haar handen zich herinneren wat ze hadden gevoeld, kritiekloos.

Frédéric vond het koud. Ja, het was allemaal best, die grote huizen met hun ongemeubileerde kamers, hun kale tegelvloeren, zelfs zonder glas in de ramen; maar het was al winter en de kou van de onbedekte vloeren was tot in zijn botten doorgedrongen. Het was erger, zo zei hij, dan haar eigen huis op het platteland, waar het dan wel tochtte, maar waar tenminste wat concessies gedaan konden worden op het gebied van comfort, je hoefde niet te trillen als een espenblad in totaal onverwarmde kamers. Ze had aan hem moeten denken, aan zijn gezondheid. Het was nog lelijk ook. Het stond hem niet aan zoals het eruitzag, zoals het voelde, rook, hij had het zich anders voorgesteld, iets veel beters dat deze wilden nooit konden hopen te verwerven. Hij had geen idee wat zij erin zag, en in hun gastheer, met die belachelijke verhaspeling van de weinige Franse zinnen die hij kende, zijn rollende ogen en de gewoonte in hoeken te spugen – en de manier waarop hij, dat moest ze beslist hebben gemerkt, naar haar keek. Hij was onmogelijk, erger dan iemand zich kon voorstellen. Toen de monniken hier waren, voor de huidige eigenaar het had overgenomen, al het land van de heilige broeders had genomen, was het waarschijnlijk nauwelijks comfortabeler geweest. Ze had hem hier niet mee naartoe moeten nemen, ze had aan hem moeten denken voor ze zo'n uitnodiging aannam. Hij had kougevat, in die tochtige kamers en de koude tuin. Zijn ziekte zou waarschijnlijk verergeren.

Ze vroeg zich toen af waar zijn woede uit voortkwam: was hij misschien jaloers?

Later, toen ze het er met hem over had: 'La Granja, weet je nog?' deed hij alsof hij de hele gebeurtenis was vergeten. De herinnering, dacht ze toen, is iets wat we met elkaar moeten delen: het is de lijm die ons gemeenschappelijk leven verbindt. Als je geen herinneringen hebt, is het alsof je alleen hebt geleefd.

Er zijn andere dingen die ze de laatste tijd heeft gedaan waarvan Maria zich niet kan voorstellen dat ze ze hem zal vertellen: dingen die niets met Sean te maken hebben. Bijvoorbeeld die middag die ze bij haar vriendin Cathy MacTavish had doorgebracht, in Cathy's lege huis – Cathy's kinderen waren naar school, net als die van haar – en ze geen van beiden naar hun werk waren gegaan; ze hadden naaktfoto's van elkaar gemaakt. Cathy trok de gordijnen dicht, deed lampen en kaarsen aan. Ze schonk rode wijn in grote wijde glazen, en om beurten wikkelden ze zich in sjaals met franje om te poseren als odalisken van Matisse, lagen ze met een hand op hun dijen als Monets hooghartige naakten, spreidden hun benen als de modellen van Picasso. Cathy, de fotograaf, zorgde voor de apparatuur, een grote oude zware Leica die van haar vader was geweest, en voor de wijn. Een digitale camera leek niet zwaar genoeg voor de hele onderneming, hadden ze besloten. Maria bracht de zijden sjaals mee, de droogbloemen, de kleine lapjes satijnen ondergoed die ze noch voor haar echtgenoot noch voor haar minnaar droeg, die ze allebei waarschijnlijk hadden afgekeurd. Cathy en zij, giechelend, wijn zwelgend; de kille Edinburghse middag die buiten tot avond verdonkerde; het gevoel dat ze allebei hadden, dat als ze geen gebruik maakten van dit moment, deze tijd, om hun eigen lichaam te huldigen, het het eeuwige leven te geven, dat dat leven dan te snel ongezien en ongewaardeerd weg zou glippen. Ook al waren ze allebei getrouwd en had Maria een minnaar, er was iets wat alleen tussen vrouwen gevoeld en gezegd kon worden. Het was dat gevoel van een gedeeld geheim leven: het toegeven aan een fantasie, een verlangen dat geen echte plaats in hun leven had maar die middag in hen leefde. Een droom van fetisjisme, van kunstenaars en modellen, van de grote cameralens gefocust op kwetsbare vleselijkheid, van boudoirs en veren en de zwoelheid van harems; het was lastig om dat alles in het donkere, sombere Edinburgh in november op te roepen. Daarna, toen ze ontnuchterd waren, hadden ze het er nauwelijks meer over; maar Cathy had afdrukken laten maken in de donkere kamer van een vriendin, omdat de fotolaborant mogelijk ophef zou maken over al dat naakte gedoe als ze het filmpje in de stad op de normale manier zouden laten ontwikkelen. De afdrukken die terugkwamen waren in sepia en in zwart-wit – ze hadden zich tegen kleur uitgesproken. Ze waren mat, op ansichtkaartformaat, en erg mooi, vond Maria. Cathy had een verfijnd gevoel voor vormen, en de schaduwen die het witte vlees van hen allebei omgaven en accentueerden maakten schoonheden van hen. Hun lichamen glansden, gehuld in een zachte duisternis van veren, zijde, bont, de schaduwen van de kamer, het flikkerende licht; terwijl ze ernaar keken, werden ze verliefd op zichzelf. Allebei bewaarden ze een serie, weggestopt in een la. Om naar te kijken wanneer ze oud waren, zei Cathy. Om onzelf eraan te herinneren hoe prachtig we waren. Het was waarschijnlijk iets wat je eens in je leven moest doen, en rond de veertig was de aangewezen leeftijd, omdat je lichaam ineens zou veranderen, je zou nooit helemaal meer zijn zoals je gewend was. Ze hadden allebei een paar grijze haren, en Cathy's achterste werd dikker – 'Kijk, ik begin de Hottentot Venus te worden, of op z'n minst een Rubens' – en dus was het nu het moment, terwijl de kinderen naar school waren, de echtgenoten naar hun werk, de wereld buiten bezig was met zijn bezigheden, de zon om vier uur onderging en er weer een grauwe winter aankwam, terwijl ze allebei nog jong genoeg waren om te giechelen en midden op de dag dronken te worden en oud genoeg om de sterfelijkheid en de tekenen daarvan te vrezen. Allebei zeiden ze dat ze zeker wisten dat hun echtgenoot het niet zou begrijpen, hoewel ze de foto's misschien wel mooi zouden vinden. 'Maria, we zijn verdomde sexy, vind je niet? Jeetje, als ze eens de helft wisten van wat we van plan zijn!' Op dat moment had ze Cathy bijna over Sean verteld. Het zou zo gemakkelijk zijn, nog een paar slokken wijn, de zijden sjaal om zich heen getrokken, haar vriendin met blote schouders en haar lange haar over haar rug. 'Cath, ik moet het je vertellen. Beloof je dat je het niet verder vertelt?' Maar ze deed het niet. Ze zag af van het directe plezier van het delen van haar geheim met haar beste vriendin omdat een geheim, zodra het aan iemand was verteld, geen geheim meer was, en op de een of andere manier in de wereld zou uitlekken. Maria wist dat ze haar geheim bijna net zo graag wilde bewaren als dat ze Sean wilde houden. Zolang het niet was uitgesproken, zolang er geen woorden aan besteed werden, was ze veilig. De wereld lag nog steeds wijd open.

Dus verstopten ze de wijnfles tussen het afval, spoelde Cathy de glazen om, trokken ze hun wollen winterkleding weer aan, broeken en truien en sokken en laarzen, en werden de zijden sjaals en stukken kant weggeborgen in Maria's tas, en werd de scène die ze hadden gecreëerd alleen weerspiegeld op geheime filmrolletjes, om herschapen te worden tot beelden die er alleen van zouden spreken als verleden tijd. Die keer, die wintermiddag, halverwege hun leven.

Dan was er die keer dat ze zich als man hadden verkleed en naar de bar in Leith waren gegaan. Ze droegen een mengeling van kleren van hun mannen en zoons: herenoverhemden, jongensschoenen, zwarte broeken en leren jacks met de capuchon diep over de ogen getrokken. 'Gewoon om te lachen,' zei Cathy. 'Vooruit, kom op, eens kijken of iemand het in de gaten heeft dat we vrouwen zijn, of we het echt voor elkaar krijgen.'

Ze parkeerden Maria's auto in een achterafstraatje aan het eind van Leith Walk en liepen de rest van de weg heuvelafwaarts, twee slanke jongemannen met een tred die mogelijk wat al te vastberaden oogde. Met hun strakke donkere broek, smoezelige sportschoenen, het wat ruim vallende leren jasje en met iets te veel boezem onder hun witte overhemd, gingen ze onopgemerkt en zonder een reactie te krijgen over straat. Ze kwamen bij het standbeeld van koningin Victoria en liepen naar de kade, naar een van de weinige bars die nog niet waren gerenoveerd, waar mannen aan de toog hingen en bierkroezen over het natte oppervlak lieten glijden om door te geven en de tv over voetbal stond te schreeuwen, en de vloer nog met zaagsel was bedekt, en je jezelf niet kon horen praten.

'Wa moa'je drunke, moat?' gromde Cathy naar haar, met een accent dat zelfs Maria wat al te eigenaardig in de oren klonk.

''n Grote pint. 'k Sal 't wel hoale. He'je 'n saffie?'

Ze rookten en hoestten en drukten hun peuken uit in de tinnen asbak, sloegen hun bier achterover uit rechte glazen en zetten die met een klap neer op de bar. Geld gleed uit hun vreemd kleine handen.

'Wao kommie vandoan, jong'ns?' vroeg de barman hun. 'No' nie 'zien hier.' Maar ze kuchten en grijnsden, wezen met hun duim naar achter in de bar om aan te geven dat ze gingen zitten. Het was misschien wel de laatste kroeg in Edinburgh waar ze nog een aparte ruimte voor vrouwen hadden, daarom hadden ze hem ook uitgekozen. Een echte spuug-en-zaagselplek, waar grote mannen in blauwe jekkers met plastic op de schouders en met veiligheidsschoenen aan, mannen van bouwplaatsen en wat er van de oude dokken over was, de zware werkdag kwamen verdrinken; waar niemand het leuk zou vinden een stel vrouwen te ontdekken die als kerels waren verkleed. Ze vonden een tafeltje, maar zitten gaf een te kwetsbaar gevoel en ze kregen al blikken te verduren van de mannen aan de bar. Rook hing in wolken in de lucht, het pla-

fond was bruin gevlekt van eeuwen vol tabak, de plek was warm en
vochtig en zweterig, en de mannen die zich breedgeschouderd
een weg naar de bar baanden zagen er ieder voor zich nog wel tamelijk ongevaarlijk uit, maar de vrouwen zouden hen geen van
tweeën als groep tegen het lijf willen lopen. Ze goten zoveel mogelijk van hun warme bier naar binnen, fronsten hun wenkbrauwen
naar elkaar en vertrokken door de deur naast de heren-wc, waar iemand stond over te geven. Buiten op de hobbelige straat het gele
licht en het geroezemoes van de bar, en zwart water dat tegen de
kade klotste. Er stond een lage maan, en ineens was hun adem vlij-
mend koud. Verder op de kade verdrongen mensen zich voor de
wijnbars; er stonden auto's geparkeerd die daar nooit eerder waren gezien. Het was alsof ze zich in een vervormde tijd bevonden.
'Jezus, Maria en Jozef,' zei Cathy, 'ik had het er niet veel langer uit-
gehouden.'
    'Denk je dat ze het in de gaten hadden?'
    'Geen idee, wijfie, en kamme nie schele ook. Kom op. Genoeg
avontuur voor een avond, la'we op hus an goan, oangezien we 'n
hus hebbe om noartoe te gaon. Mannen! Wat denk'n Schotse
manne wel nie da'ze zijn?'
    Maria, wier afstudeerscriptie Roland Barthes als onderwerp
had gehad, moest toen denken aan zijn idee dat iedereen een masker draagt en ernaar wijst om te laten zien dat hij het opheeft. Het
idee van grenzen overschrijden leek daardoor effectief te zijn. Van
twee walletjes eten, zou je kunnen zeggen.

Dus er zijn meer dingen die ze Edward nooit zal vertellen, en geen
daarvan lijkt verraad aan het leven dat ze samen hebben, hoogstens een beetje vreemd en moeilijk uit te leggen. Zijn jullie als
man verkleed uitgegaan? Hebben jullie naaktfoto's van elkaar gemaakt? Waarom in 's hemelsnaam? Het zou allemaal onnodig lijken, niet bedreigend. Het valt buiten zijn opvatting van de norm,
maar hij zou, als ze het hem zou vertellen, het wegwuiven als raar,

maf, wie zou dat hebben gedacht, wat er niet in vrouwen opkomt wanneer ze niks beters te doen hebben. Hij zou haar er waarschijnlijk voor waarschuwen al te veel tijd met Cathy door te brengen. Of hij zou denken: hmm, zwoele foto's, wie zou hebben gedacht dat Cathy MacTavish dat in zich had? Meer niet. Die wapenfeiten, die – ze weet het – te maken hebben met het verkennen van de grenzen en tegenstellingen met betrekking tot dat rare gegeven, de menselijke seksualiteit, dat wat ze geacht wordt volledig met haar echtgenoot te delen, die wapenfeiten zouden hem hoogstens lichtelijk eigenaardig voorkomen, onbegrijpelijk zelfs. Maar vrijen met Sean, twee keer per week in zijn – Edwards – eigen huis, dat was iets anders. Dat zou echt zijn, omdat er een man bij betrokken was, en er echte seks in het spel was, wat penetratie inhoudt. Dat is nog altijd andere koek.

Het huis, nogal toepasselijk So'n Vent geheten, lag in Establiments midden in Palma. Ze werden Palma uit gereden, met al hun bagage op een kar, de kinderen zaten vooraan naast de voerman te springen, een stevig paard trok hen, Solange wilde het paard met de zweep aanvuren om harder te lopen, Maurice pakte haar beet en hield haar vast, haar armen tegen haar aan geklemd. De schreeuw die Solange gaf toen haar broer haar vastgreep deed hen allen opspringen, net toen ze bij het huis kwamen.

'Is dit het? *La casa?*'

'*Sí, señora.*'

Het was een schuurtje, wit gepleisterd, zonder ruiten, met een uitstekend balkon en een rood pannendak. Chopin trok zijn wenkbrauwen op en kneep zijn lippen op elkaar, zoals hij altijd deed wanneer iets hem niet beviel. Meteen begon ze te bedenken hoe ze hem kon opbeuren. Er waren altijd dingen die je kon doen om het jezelf comfortabeler te maken, en ze zou daarmee beginnen zodra ze erin waren getrokken. Het huis van de wind.

'Ik weet zeker dat we glas kunnen vinden, en we kunnen vast

wel wat meubilair kopen. Ik ga terug naar Palma zodra we alles op orde hebben.'

Solange zei: 'Ik vind dit huis niet leuk, het is geen echt huis, we hoeven hier toch niet te blijven, wanneer gaan we weer naar huis?'

Maurice zei: 'Mama, maak je geen zorgen, ik ga met je mee.'

'Maar kijk eens,' zei ze, Solange vangend om haar stil te laten staan. 'Zie je die palmboom? En de citroenboom? En kijk, er groeien zelfs citroenen aan.'

Eind oktober, begin november was het prettig en zonnig. De piano die ze na een lange zoektocht in Palma had gevonden om te huren, was gebracht. Frédéric mopperde over ongestemde vochtigheid en een blikkerig geluid, maar het was in elk geval een piano. Er waren citroenbomen en palmen, zoals ze iedereen had beloofd, en alles was, zoals Frédéric zei, net als in de Jardin des Plantes in Parijs, alleen een beetje groter. En de hemel! Je vergat het huis helemaal als je naar die diepblauwe lucht keek. Maar half november waren de regens gekomen; het huisje had geen schoorsteen en ramen zonder glas. De enige verwarming kwam van een *brasier* die midden op de vloer kon worden aangestoken, en zodra die begon te roken, begon Chopin te hoesten, zodat Maurice er water op goot om het vuur te doven en ze allemaal in de koude, rokerige kamer zaten, die al rook naar de onaangename geur van koude as, en de wind uit alle hoeken voelden komen. Amélie zat in een sjaal gehuld, mopperend dat haar moeder haar nooit Frankrijk uit had laten gaan als ze dit had geweten.

'Ik ga glas halen. Er moet ergens glas te vinden zijn, en een glazenmaker.'

Ze struinde de provincie af voor ruiten om in de ramen te zetten, beeldde met haar handen een raam uit, en stuitte op onbegrip van de inwoners. Ze troonde een man mee die naar de lege vensteropeningen keek met een even lege blik in zijn ogen. Ze blies haar wangen bol en demonstreerde: wind! Maar niemand had glas, en de man haalde alleen maar zijn schouders op en liep weg, met het eenzame verslagen loopje van de eilanders, die hun schouders bogen voor het weer en alles namen zoals het kwam. Ze verscheurde oude lappen en maakte proppen om de kieren in de muren dicht te maken. Ze haalde de kisten waarin ze hun boeken hadden vervoerd uit elkaar en spijkerde de latten voor de ramen, zodat ze in het donker zaten. Er was een jongen die geiten hoedde, ze zag hem op de tegenoverliggende heuvel voorbijkomen, ze ging hem achterna en vroeg hem om verse melk voor de kinderen en Frédéric. Deed het weer voor: melk, melk. Wees op de dichtstbijzijnde geit, die met vijandige spleetogen terugstaarde en toen wegliep, met zwaaiende uier. Tikte in haar handpalm, om geld aan te duiden. Geld, ik zal je ervoor betalen. Melk!

Elke dag. Ze begon zich idioot te voelen bij al die pantomimes voor geiten en starende vreemden. Maar de jongen knikte en begon de volgende dag met het leveren van een kan warme melk. Ze wilde hem omhelzen; het was voor het eerst dat de communicatie resultaat opleverde. Hij keek haar met grote donkere ogen aan, stak de francs in zijn zak en liep weg. Maar het was een begin.

Dan was er het eten. Met warm weer kon je wel vol verrukking roepen hoe heerlijk het was fruit van de bomen te kunnen plukken, maar ze hadden meer nodig dan dat. Ze gingen op zoek en vonden – geit. De dorpelingen in de buurt teelden pepers en uien op hun stukje grond, en zij ging erheen en deed weer een toneelstukje: verkoop me daar alsjeblieft wat van. Geld – bespottelijke bedragen – ging over in andere handen. Je kon je er niet druk om maken, het gezin moest toch eten. Geitenvlees, geitenmelk, geitenkaas. Was dat wat ze zes maanden lang zouden eten? Maurice liep achter een kip aan en vond een nest eieren, die hij een voor een in water liet drijven om te testen welke nog eetbaar waren. 'We zouden er een kunnen laten uitbroeden! Dan zou die er meer leggen!'

'Je bent een goede boer, Bouli. Maar hoe lang zouden we moeten wachten tot ze groot zou zijn geworden?'

Waar waren de varkens? Wachtten die er allemaal op naar Spanje geëxporteerd te worden?

Ze vond paardenbloemen en wilde peterselie, maakte een salade, en luisterde naar de kinderen die klaagden dat de melk vreselijk smaakte.

'We willen Franse melk. We vinden deze niet lekker, hij smaakt anders.'

'Nou, hier is geen Franse melk. Als je een koe vindt, hebben we Franse melk. Maar dit is wat we hebben, drink, het is heerlijk.'

Frédéric zei: 'Ik kan niet werken zonder een goede piano, deze hier is een belediging. Wat is er in godsnaam gebeurd met de piano die we in Frankrijk hebben besteld?'

'Ik zal het uitzoeken. Hij moet onderweg zijn, Frycek. Ik ga morgen weer naar Palma om een brief te sturen.'

Mañuel Marliani had er voor hen een besteld bij Pleyel. Het zou misschien maanden duren, en kostte zevenhonderd franc. Maurice tekende het huisje met de bomen eromheen; maar hij moest 's ochtends echte lessen volgen om bij te blijven. Ze begon hem Thucydides te onderwijzen. Hij liep heen en weer door het huisje terwijl hij in het Grieks declameerde. Solange was weggestuurd om bladeren en vruchten te verzamelen en er tekeningen van te maken, wat ze algauw beu was, dus dwaalde ze rond en werd ze aangetroffen terwijl ze een zwerfkat pestte die niet met haar spelletje mee wou doen. Tussendoor, en wanneer de dag voorbij was, schreef George. 's Avonds, tot in de kleine uurtjes, met een dikke cape om haar schouders en terwijl de wind door de kieren floot, en Frédéric in de kamer ernaast lag te hoesten. Er kwam een dokter langs die vijfenveertig franc vroeg voor de boodschap dat er niets aan de hand was en niets anders voorschreef dan marshmallows, waarom de kinderen moesten giechelen, en ze noemden hem dokter Marshmallow. Een andere dokter gaf hun een recept dat ze naar een apotheek in Palma moesten brengen, maar toen ze daar helemaal heen ging om het medicijn te halen, ontdekte ze dat er niets op de planken stond. De regen viel en het huisje lekte; Chopin hoestte; en ten slotte kwam er een brief van hun huisbaas, de afstandelijke señor Gomez, die hun zei dat ze iemand huisvestten die een ziekte onder de leden had die bijzonder besmettelijk was en zijn huis zou verontreinigen en zijn hele familie zou aansteken, en of ze alsjeblieft direct wilden vertrekken.

'Solange, je moet die kat niet mee naar binnen nemen, hij heeft waarschijnlijk vlooien, breng hem meteen naar buiten! Amélie, kom uit je schuilhoek en zorg voor haar. Gaan jullie maar allebei naar buiten om kwarts te zoeken, en niet terugkomen voor je het hebt.'

'Maar madame, het regent.'

'Van een beetje regen gaat niemand dood. Toen ik nog klein was speelde ik altijd buiten in de regen. Ga nu maar!'

Ze voelde haar humeur verslechteren naarmate ze vaker werd gedwarsboomd. Nu moesten ze inpakken en een andere plek vinden om te wonen, en ze had er geen idee van hoe ze dat in vredesnaam voor elkaar moest krijgen, dus ging ze praten met de Franse consul in Palma. In een rok, en met haar witte kasjmier sjaal om, vastgemaakt met de gouden sierspeld.

Frédéric – 'onze zieke', zoals ze naar hem verwees toen ze er later over schreef – was tegen die tijd in staat om vervoerd te worden. Nieuws doet snel de ronde in een plattelandsgemeenschap, zoals ze wist van de roddels over Nohant, en waarschijnlijk zou iedereen hen als paria's behandelen. Wie zo vriendelijk en vrijdenkend zou zijn om hun onderdak aan te bieden, zou het riskeren op zijn beurt belaagd te worden.

'Maar natuurlijk, u moet allemaal hier blijven tot u iets anders hebt gevonden.' Pierre-Hippolyte Flury, de Franse consul, was opgetogen dat hij de beroemde madame Sand op bezoek had en zei tactvol niets over besmettingsgevaar. Op So'n Vent had ze señor Gomez niet alleen het beddengoed, dat verbrand behoorde te worden, moeten vergoeden, maar ook de kosten voor het opnieuw pleisteren en witten van de muren, wat naar hij zei de Spaanse wet voorschreef.

Ze hadden het kartuizer klooster in Valdemossa al gezien bij een bezoek dat ze er in november hadden gebracht. Daar woonde een echtpaar, de man was een Spaanse politiek vluchteling en heette Iñacio Duran. Ze had met hem en zijn droevig kijkende mooie vrouw gepraat, omdat ze allebei een beetje Frans spraken, en gehoord dat ze van plan waren het land te verlaten: hun eenvoudige cel zou dus vrijkomen. Ze lieten hun meubels achter, dus zou hij zelfs gemeubileerd zijn. Voor duizend franc – 'een bescheiden bedrag,' schreef ze ironisch – hadden ze een compleet gemeubileerd huishouden dat hun in Frankrijk maar de helft zou hebben gekost. Dus verhuisden ze half december naar het rotsachtige Valdemossa in de noordelijke bergen van Majorca, naar het kartuizer klooster dat hoog op een bergwand gelegen was waar 's winters de zon nooit kwam en waar zelfs 's middags geen licht in de cellen binnendrong. Ah, het zou prachtig zijn, het was zo romantisch, het was het klooster waarvan ze de ruïnes in *Lélia* had beschreven, hetzelfde dat ze had geschetst in *Spiridion*. Hier zou ze kunnen schrijven. Leegstaande kloosters boden precies de juiste atmosfeer voor een schrijver. Even vergat ze Chopins ziekte en de kou. Het gebraden gevogelte en de rhônewijn in het huis van de Franse consul, en vijf nachten in een comfortabel veren bed hadden haar weer enthousiast gemaakt. Het was een mooie koude middag aan het begin van de winter, en de bergen, zo herinnerde ze zich, waren paars en roze in de late zon, de lucht schoon genoeg om in te drinken, de stilte van het steile rotsmassief zo intens dat je stemmen door het hele dal kon horen, waar twee onzichtbare mensen naar elkaar riepen; de intimiteit van die uitwisseling in de van mist vervulde vallei.

'Maman, weet je zeker dat dit een goed idee is?' Maurice weer, toen de karren zich de bergweg op worstelden, onder grote krachtsinspanning van de muildieren, terwijl modder aan de wielen plakte.

'Je zult zien dat het geweldig is als we er aankomen. Kun je je de oude cellen van de monniken nog herinneren? En het prachtige uitzicht? En de adelaars op de rotsen? En de zonsondergang?'

Ze woonden in twee kamers, zij en de kinderen in de ene, met Amélie, die gewoon een extra kind met heimwee was en zich op geen enkele manier nuttig wenste te maken, Chopin in de andere. Er stonden een stoel en een tafel voor haar om aan te schrijven, en in de zijne zou ruimte zijn voor de piano. Ze konden er niet koken, dus moesten ze de buurvrouw in de naastgelegen cel vragen dat voor hen te doen. Maar er was tenminste een haard.

'George, ik heb mijn eigen piano nodig als we hier de hele winter blijven.' Hij klaagde er dagelijks over, en zij zei dat ze al het mogelijke had gedaan en nog meer haar best zou doen.

Bij haar naspeuringen ontdekte ze dat de piano was aangekomen – het was vlak voor Kerstmis – en door de douane in Palma werd vastgehouden. Per muilezel legde ze de hele weg naar beneden naar Palma af om de havenautoriteiten om te kopen om hem vrij te geven. Het kostte haar driehonderd franc, bijna net zoveel als de piano zelf had gekost. Toen moest hij helemaal naar boven over de smalle weggetjes vol kuilen naar Valdemossa worden vervoerd. Inmiddels had ze genoeg Spaans geleerd om met de havenbeambten, zeelui, kruideniers, buren te kunnen discussiëren. Ze stond tegen de voerlieden te schreeuwen dat ze de piano niet mochten beschadigen toen de muildieren zich schrap zetten en de touwen straktrokken, en Maurice en zij in de modder stonden te worstelen en Chopin zich binnen verschool omdat hij het niet kon aanzien. Hij zou op haar blijven wachten totdat ze het huis binnenkwam.

'Ik heb verse melk nodig. Er moet olie komen. Deze olie is ranzig. We kunnen niet wéér geitenvlees eten. Haal je alsjeblieft vlees voor me dat niet van een geit afkomstig is?'

'Ja, natuurlijk, dat zal ik vanmiddag doen.'

'Nee,' zei ze tegen iedereen die ze ontmoetten, 'het is niet besmettelijk. Het is maar een nare verkoudheid. Gewoon slijmvliesontsteking.'

En dan, vaak: 'Waar zijn de kinderen? Ik heb je gevraagd ze in de gaten te houden.' Ze wilde het weten wanneer ze terugkwam. Hier, rondrennend over de steile rotshellingen, konden ze gemakkelijk verdwalen, of vallen en zich bezeren.

'Ze wilden per se naar buiten, ik heb ze in geen uren gezien. Echt, Aurora, ze verwilderen helemaal als je niet beter op ze let.'

Ze zocht de kinderen in de bossen, riep ze binnen; een vrouw met een broek en stevige laarzen aan, die in een vreemde taal liep te schreeuwen, de dorpelingen zouden haar horen, denken dat ze gek was, maar daar kon ze niks aan doen.

'Jullie moeten binnenkomen, je lessen volgen. Willen jullie analfabeet blijven, zodat iedereen misbruik van je kan maken?'

Ze zag Maurice' wrevel over het gemok van Chopin. 'Hij doet niets om te helpen, maman, en ik vind die muziek verschrikkelijk, die is zo deprimerend.'

Solange plaagde Chopin door te doen alsof ze een geest was die in de cel rondwaarde. Ze verplaatste zijn spullen en zei tegen hem dat dat het werk van een poltergeist moest zijn. Maar ze keek naar zijn handen op de pianotoetsen en vroeg hem of hij haar wilde leren pianospelen. Hij had het te druk. Later. 'Hij zegt altijd: later! Waarom wil hij het me niet nu leren?'

's Avonds, wanneer iedereen sliep en de muziek uit zijn kamer haar niet langer afleidde, wikkelde ze zichzelf weer in haar sjaal, stak de lamp aan en schreef aan haar nieuwe roman, tot drie of vier uur 's nachts, om het geld te verdienen dat hen allemaal in leven hield.

'Het is koud, je hebt nooit gezegd dat het zo koud zou zijn. De mensen hier zijn zo bekrompen, er is niemand met wie je zelfs maar zou willen praten. Ik wou dat ik nooit uit Parijs was weggegaan. Je besteedt te veel tijd aan de kinderen. Dit brood is niet te eten. Ik moet verse melk hebben, je moet verse melk voor me gaan halen. De piano is bij het transport geruïneerd. Het vocht is er heel slecht voor, hij moet gestemd worden. Waar kunnen we een pianostemmer vinden in dit vervloekte land? De mensen hier zijn wilden. Je houdt niet meer van me, dat is volkomen duidelijk. Dat ik hier ben, Aurora, en mijn leven riskeer, is helemaal jouw schuld; als jij geen leugens had verteld over zonneschijn en warmte, zou ik veilig in Parijs hebben gezeten.' Haar geliefde Frédéric klaagde onophoudelijk. De Majorcanen klaagden eveneens. De man was ziek. Hij had een besmettelijke ziekte. De vrouw was immoreel, haar boeken waren immoreel, de kinderen zwierven zonder toezicht rond, ze had onredelijke verzoeken met betrekking tot eten, ze gingen geen van allen naar de kerk, ze spraken onverstaanbaar. En wat deden ze daar? Waarom waren ze helemaal van Frankrijk naar Majorca gekomen? Waren ze voortvluchtig? Waren het misdadigers?

De bittere paden van Majorca. Hij componeerde de hele dag, zij schreef de hele nacht.

'George, ik slaap liever alleen, als je het niet erg vindt; je stoort me wanneer je zo laat in bed kruipt, dan kan ik niet meer slapen.'

'Best. Ik vind het vreselijk om je te storen, je hebt je slaap nodig.' Maar ze besefte nu dat hij haar van zich af duwde, dat hij zich van haar af keerde. Ze huilde en kreeg last van haar maag; maar tegen hem zou ze niet klagen.

'Ik zou het vreselijk vinden als mijn moeder over ons zou horen. Ze zou er vreselijk onder lijden. Mijn familie mag het nooit te weten komen.'

'Is het daar niet een beetje laat voor?'

'Het was verkeerd om een dergelijke relatie met jou aan te gaan, dit is ons niet waardig, het zal ons allebei omlaag halen. Van nu af aan moeten we als vrienden samenleven.'

Maar ze zou proberen een pianostemmer voor hem te vinden, toch? En ze zou ophouden met waar ze mee bezig was en naar zijn stuk komen luisteren?

De muziek verbijsterde haar. Ballades en preludes, alle muziek die hij was overeengekomen naar Parijs te sturen om zijn deel van de reis te betalen. Twee buitengewone nocturnes, het ene stuk na het andere. Hij was gemotiveerd, en in zijn muziek herontdekte ze de motivatie voor haar liefde voor hem. Ondertussen probeerde ze *Lélia* te herschrijven en het werk aan *Spiridion* af te maken. Ook zij had een contract, met Buloz van de *Revue des deux mondes*, waar ze zich aan diende te houden. Het werk moest doorgaan.

Mensen maken foto's. Ze zijn hier tamelijk gemakkelijk gekomen in enorme bussen, ze zijn afkomstig uit Engeland, Duitsland, Frankrijk, Oostenrijk, de Verenigde Staten. Hen allemaal negerend is, buiten in de kleine tuintjes bij de cellen, tegen een muur, een vrouw bezig geraniums in oude aardewerken potten te zetten, in het laatste beetje winterse middagzon. Achter haar het beroemde uitzicht, bergen, de zwarte gespreide hand van een palmboom tegen de zonsondergang, de baai van Palma ver weg, een streepje donkere zijde onder de hemel. Haar hand die de wortels van geraniums in de aarde stopt, misschien om ze binnen te halen voor de vorst. Vorst is wreed, die bijt planten in tweeën, vermorzelt bloemen op vochtige plaatsen, snijdt door lagen stof in het tere vlees van mensen. De zon verlaat de berg. De steile wanden van de omringende rotsmassieven, de diepe bossen in schaduw gehuld. Chopin moet het als een aanval hebben ervaren, de kou. Hier is het tenminste een drogere koude dan in het huis in het dal. Hier renden de kinderen rond door de bossen en voelden die niet. Ze had in Nohant of Parijs kunnen zijn, maar in plaats daarvan koos ze, zoals veel reizigers doen, voor dit gebrek aan comfort en noemde het vrijheid.

Maria denkt: dus begon ze haar kinderen zelf les te geven, terwijl ze een nieuwe roman schreef om in de materiële behoeften van haar gezin te voorzien – kortom, ze droeg voor alles de verantwoordelijkheid. Probeerde ze Napoleon Bonaparte te zijn, en tegelijkertijd de moeder die ze zelf nooit echt had gehad? Wat drijft ons ertoe het bijna onmogelijke op ons te nemen? Waarom Chopins moeder worden, om godswil, zorgen voor een man die nooit voor haar zal zorgen? Om de muziek? Om de nocturnes en polonaises, om de zoete onvergetelijke klanken die altijd zullen blijven bestaan, lang nadat haar woorden zijn vergeten?

'Kijk,' zegt ze tegen Edward. 'Dat is echt haar handschrift.' Hier zijn de voorwerpen, haar portret, zijn dodenmasker, haar pen, zijn piano: de aandenkens. Ze zijn hier helemaal naar boven gekomen in een huurauto, om de cel te zien waar George Sand en Chopin hebben gewoond. Gisteren is hij naar de botanische tuin in Soller geweest om met de man van de zaden te praten, vandaag is voor George en Frédéric. De idylle. De plaats waar twee genieën woonden en liefhadden. De gids vertelt, maar Maria weet het allemaal al. Ze weet hoe het moet zijn geweest. Niemand had een zo kwaadaardig werk als *Een winter op Majorca* kunnen schrijven als ze niet een heel vreselijke tijd hadden gehad. Ze heeft de klachten ontdekt die zelfs deze auteur niet kon verbergen.

'Jezus, wat is het koud,' zegt Edward.

'Tja, het is winter. Stel je voor hoe het zou zijn om hier maanden te wonen. Ik vraag me af of de winters toen ook zo koud waren. Het is niet echt een plek voor iemand met tb. Maar kijk, ze hadden een haard, dat was tenminste iets.'

Maria kijkt om zich heen, voelt druk midden op haar borst, alsof ze iets in zijn geheel heeft ingeslikt. De dingen, het dodenmasker, haar pen, zijn piano, haar manuscripten in bruin verkleurde inkt die net bloed lijkt. (Stel dat haar spullen en die van Edward voor het nageslacht werden tentoongesteld. Zou iemand kunnen raden wat ze doormaakten? Welke kans maakt de waarheid, zo licht, zo klein, zo moeilijk te vatten, als er mythes zijn opgeroepen?) Hier worden de foto's genomen, mensen kijken door lenzen, klikken onophoudelijk, lichtjes flitsen in camera's, de reisgidsen, ze zeggen allemaal hetzelfde. Aurore Dupin is hier vergeten, of eerder uitgewist, een karikatuur is overgebleven. Het zijn de woorden van de Majorcaanse criticus José Maria Quadrado en die van Robert Graves die in de reisgidsen staan, niet die van haarzelf, omdat de Majorcanen nog steeds kwaad op haar zijn, zelfs na al die tijd. Ze draait zich om en merkt dat Edward naar buiten is gegaan. De grote bussen keren op het plein, de chauffeurs zijn verveeld maar moeten hier zijn om geld te verdienen aan de toeristen, de zon gaat onder, het kille grijs van een januariavond komt boven de bergen uit, je kunt nauwelijks ademhalen, zo scherp is de lucht ineens, het is alsof je ijswater inslikt. Het is vroeg donker, omdat de zon achter de berg verdwijnt. Het zal een lange avond zijn, dat is het altijd geweest. De cellen waarin de monniken woonden waren onverwarmd, waarschijnlijk om het vlees nog meer te kastijden. Nu, vandaag, in deze eeuw, zijn de gangen net ijskasten. Ze haast zich naar buiten om zich bij Edward te voegen, die over de vallei staat te turen, met gebogen schouders in zijn leren jasje, zijn sjaal strak om zijn nek geknoopt. Alleen de lucht in zijn groene-appelachtige zuiverheid bij de zonsondergang geeft een aanwijzing dat de zon morgen weer op zal komen, en de rokerige vuren in het dal vertellen van gezinshoofden die zich warmen in de schemering. De suppoost komt de aandenkens opsluiten voor de nacht. Verderop langs de weg is er een nieuw bouwproject, de *Urbanización George Sand*.

'Heb je genoeg gezien?' Edward draait zich van het grijs wordende uitzicht weg, de auto staat op nog geen halve meter afstand.

'Hmm. Ja. Laten we wat gaan drinken, en eten.' Ze rilt, en de gewoonte om zijn arm te pakken en zich tegen zijn zij te nestelen is zo sterk dat ze het weer doet zonder erbij na te denken. Hij maakt zichzelf los, beweegt zich een paar centimeter van haar af.

'Oké, we gaan eten, we gaan terug naar het hotel, maar we moeten dit uitzoeken, Maria, het heeft geen zin te blijven doen alsof. Ik wil weten wie het is, waar jullie elkaar ontmoetten, hoe vaak het gebeurd is, en wat je van plan bent eraan te doen. Het heeft geen zin te denken dat je kunt blijven doen alsof er niets gebeurd is. Ik ben niet gek. Ik wil het weten.'

'Wat?' antwoordt ze met een klein stemmetje. Duisternis vult het dal, het licht van de vuren is daarbeneden heel klein, alsof de hele wereld hun laat zien hoe minuscuul en onbetekenend ze zijn. Een pathetische misvatting denkt ze, maar het kan ervoor zorgen dat je je toch zo voelt. Waarom moet het hier, waarom kan hij niet wachten tot ze ergens binnen zijn, warm, met een volle maag, op z'n minst? Of is hij eropuit haar zich zo verlaten te laten voelen?

'Wat ik zei. Wie, waar, hoe, hoe vaak, de details.' Hij huivert en draait zich toch nog niet om om te gaan.

'Wat doet dat ertoe?'

'Alsof je dat niet weet, Maria. Christus, als je je dat niet kunt voorstellen ben je een nog grotere sufferd dan ik dacht. Als je ons huwelijk op het spel wilt zetten, als je zou besluiten dit allemaal op te geven voor bepaalde, wat voor seksuele sensaties dan ook die je bij mij niet krijgt, dan zul je ervoor moeten boeten. Ik moet het weten, en jij moet het me vertellen.'

Ze denkt: het is dit gevoel voor orde dat ik heb geschonden; hij heeft behoefte aan categorieën, hij heeft het nodig te weten wat waartoe leidt, en ik heb dit opengebroken en chaos ingevoerd.

'Kunnen we in elk geval hier weggaan, ergens heen waar het warmer is?'

'Jíj wilde hiernaartoe. Jouw onderzoek, zoals je het noemt, heel Europa door achter die verdomde vrouw aan. Ik geef trouwens geen moer om George Sand, of Chopin, en ik ben bevroren, en we hadden nooit aan deze vervloekte reis moeten beginnen. Ik had tot het voorjaar moeten wachten en alleen moeten gaan. Maar, ja, we gaan ergens heen waar het warmer is, of we vriezen dood en dan hebben we het gehad.'

Ze kent hem goed genoeg om aan zijn toon, zelfs nu hij zo nors klinkt, te horen hoe ellendig hij zich voelt, en weer wil ze zijn arm pakken, maar ze waagt het niet.

'Laten we dan gaan. Breng me ergens heen waar het warm is. We zullen praten.' Het kost haar enorm veel moeite deze woorden eruit te krijgen, en in de vrieskou ziet ze haar adem zelfs wolkjes vormen. Maar de gewoonte zich te verzoenen is heel sterk. Ze kan het zeggen. Ze kan lief voor hem zijn. Ze zijn ver van huis. Maar wat er verder gaat gebeuren als hij niet een beetje ontdooit, als hij niet wat van die ellende van zich afzet, kan ze zich niet voorstellen.

De bittere paden van Majorca. Later begrijpt ze dat hij zolang hij niet koud en hongerig genoeg was, en zich niet ver genoeg van huis voelde, niet kon voelen wat hij wilde voelen, wat boos zijn op haar inhield, verbittering, verwijten, haat. Alleen terwijl hij daar staat in de kou buiten de cellen van Valdemossa kan hij zich zo voelen als hij wil, en er lucht aan geven. Ze heeft hem het excuus aangereikt en het klimaat heeft het bevestigd: hij is in de steek gelaten, bedrogen, aan de kant gezet, geïsoleerd, tot haat gedreven. En zij, daar naast hem, voelt zich vreselijk, omdat hij begonnen is hun leven samen te verwoesten. Nu ze het allebei weten, is het onvermijdelijk. De aanzet tot de feitelijke ontknoping is gegeven.

In het restaurant waar ze gaan eten, op de terugweg naar de stad en het hotel waar de bedden, gelukkig, of ongelukkig genoeg, litsjumeauxs zijn, en waar hun gewone intimiteit niet vanzelf tot stand komt, drinken ze wijn uit wijde glazen en bestellen kommen Majorcaanse soep. Hij geneert zich wanneer hij naar haar kijkt. Ineens lijkt alles wat hij bij Valdemossa tegen haar heeft gezegd overdreven, absurd. Het past niet in hun gedragspatroon. Het kwam van buitenaf als een plotselinge koude wind.

Hij zegt: 'Sorry, het was niet mijn bedoeling zo hard tegen je te zijn. Ik meende het niet, dat ik geen moer geef om George Sand. Ik weet zeker dat je boek geweldig wordt.' Ze voelt het belang van zijn poging om beleefd te zijn. Hij wil dit blijkbaar goedmaken.

'Dank je wel.' Ze heeft het wijnglas in haar hand, er flonkert lamplicht doorheen. De soep komt, dik en warm en geurend naar wintergroenten en knoflook.

'Ik meen het niet dat ik alles wil weten. Waarschijnlijk wil ik dat niet. Het zou vermoedelijk te pijnlijk zijn.'

Dus zijn ze weer gestopt boven de afgrond van wat er gebeurd zou kunnen zijn. De rauwe kreet van de adelaar op de bergtop, die George hoorde, en Chopin, heeft geklonken, maar alleen de echo ervan blijft. Wat nu? Ze keren zich bijna teder naar elkaar toe, verlangend wonden te helen, vrede te sluiten.

'Het spijt me vreselijk dat ik je gekwetst heb,' zegt Maria; en weer schenkt ze hem die blik, die van-over-de-soeplepel-blik, die hij heeft opgemerkt tijdens de lunch in Soller. Ze hebben beslist te veel samen om het te kunnen verwoesten. Maar er zijn ook de feiten, de harde feiten. Ontrouw is een feit. Seks met iemand anders een daad. Je moet lijnen uitzetten, dingen duidelijk maken.

'Je kent hem niet,' zegt Maria. 'Althans, jullie hebben elkaar ontmoet, één keer. Maar het doet er niet toe, toch, wie het is?' Ze denkt: sta ik op het punt hem te verraden? Doelend op die andere man, Sean, de jonge man van wie ze houdt, maar op een andere manier dan ze van haar echtgenoot houdt. Het lijkt onvermijdelijk. Mannen snuiven verraad op als honden die een spoor ruiken. Het is overal, ligt op ze te loeren, ergens opgeslagen, wachtend tot er een beroep op wordt gedaan. Ze denkt aan George, die met Chopin terugging naar Nohant na hun reis hiernaartoe, haar 'Chip', haar 'Chopinet', en dat ze wist dat hij, zodra hij in haar huis was getrokken, geen enkele relatie die ze met een andere man zou kunnen hebben zou tolereren. Wist hij van Jules Sandeau? Musset? Aurélien de Seze? Michel de Bourges? Zelf wilde hij haar niet – niet 'op die manier', de manier die hem deed blozen, en hem bezorgd maakte om zijn moeder – maar hij wilde ook niet dat iemand anders haar had. Dus hunkerde ze, en huilde ze soms 's nachts achter in de tuin, en ze ging dan terug naar binnen, om te schrijven.

Dat was toen, denkt Maria, en dit is nu, en is er iets verbeterd? Edward zit tegenover haar aan weer een ander tafeltje te eten en werpt haar een behoedzame blik toe, veegt zijn mond af met zijn servet, en in de hoek brandt een vuur, en de ruimte wordt warm om hen heen en ruikt naar de rook van oude vuren. Ze houdt van hem, denkt ze, omdat hij er is. Dat is de enige reden. Misschien is het genoeg. Maar voor hem is het niet genoeg, voor hem moet ze niet alleen hier tegenover hem zijn, maar van hem zijn, uitsluitend van hem. Ze dient niet iemand anders in gedachten te hebben, in haar geheugen. Met dezelfde bekrompen drang die hem doet focussen op de bijna uitgestorven planten van Majorca, die ene met de Latijnse naam die niemand kan vinden, wil hij haar exclusieve liefde. Plotseling herinnert ze zich een foto van hem toen hij nog klein was, acht jaar, zijn haar in weerwil van de jaren zestig kort geschoren, schoolpet op zijn hoofd, toen hij weggestuurd werd naar kostschool. De jonge Edward, toen al verbijsterd door verlies.

'Als het er niet toe doet, waarom vertel je het me dan niet?'

'Omdat het alles alleen maar erger maakt.' Op dit moment wil ze hem gewoon geen pijn doen.

'Hoe kan het dan nog erger worden?'

'Het is erger aan een echte persoon te denken dan aan iemand die je je voorstelt.'

'Maar hij is echt, toch? Je hebt je hem niet verbeeld?'

'Nee, hij is echt. Maar het is niet zoals je denkt. Het heeft in zekere zin niets met jou te maken.'

Damp stijgt tussen hen op. Zijn lepel half in de lucht.

'Hoe kan het niets met mij te maken hebben? Ik ben degene die je al die tijd bedrogen hebt – en je hebt me nog steeds niet verteld hoe lang – dus heeft het natuurlijk wel met mij te maken.'

Het komt alleen doordat er zich nu een tafel tussen hen bevindt, denkt Maria, en eten, een tafelkleed, bestek, borden, een ober die langskomt om te vragen wat ze hierna willen hebben, dat ze het gesprek op deze manier kunnen voeren. Ze staan niet langer voor een afgrond, met krassende adelaars en een koude berg. Je moet dingen mogelijk maken. Je moet een uitweg vinden die mensen kunnen verdragen. Ze schuift haar zware mes over het tafelkleed heen en weer en kijkt naar hem, smekend, om het te zien, te begrijpen. Ze wil zeggen – alleen zou het te definitief kunnen klinken – dat ze niet eens weet of haar verhouding zal worden voortgezet. Hoe het verhaal zal verlopen is helemaal niet zeker. Nu ze hier bij hem zit, bestaat er geen twijfel over wie van beiden voor haar het meest werkelijk is; het is alsof Sean een vertakking is geworden van de hoofdrivier van haar leven, maar een die ze moet volgen. Ze kan zich hem voor de geest halen, mager en wit en levend, met zijn dikke bos krulhaar, zijn Ierse stem, de manier waarop hij het haar uit haar gezicht strijkt, haar botten bestudeert terwijl hij op haar ligt. Er is de beweging van hen samen, de flits in het donker, eventjes en dan weer weg als hij opstaat om te vertrekken. Maar dit is alles. Vergeleken met hem heeft Edward de talloze facetten van elke dag, stemmingen, onenigheid, duizenden gesprekken. Maar ze kan het niet uitleggen. Bij Sean is ze een nauwe, intensieve versie van zichzelf, een versie waar ze op gesteld is; het is alsof ze zichzelf voor het eerst echt leert kennen. Hij getuigt van zijn liefde voor haar in de Ierse taal, met zijn zachtheid, zijn klinkers als water en zijn medeklinkers als de lichtste aanraking. Ze kijkt naar Edward, die terugkijkt alsof ze allebei op een souffleur wachten, iemand die hun een zetje geeft naar wat volgt.

Hij worstelt nog met de vragen naar feiten, en zij, denkt hij, is waarschijnlijk aan het fantaseren. Hij kan nooit hoogte van haar krijgen, en dat maakt hem dol. Waar, wie, hoe lang, dat zijn eenvoudige feitelijke gegevens die je zo kunt vermelden. Waarom kan ze zich niet bij de feiten houden, zodat ze kunnen zien hoe de stand van zaken is?

Maria zegt alleen: 'Nou, een tijdje. Een paar maanden. Misschien bijna een jaar. Maar niet vaak. Helemaal niet vaak.' Ze denkt: vergeleken met twintig jaar, dag in dag uit, met jou. Alles naast deze aanzienlijke, bestendige duur is licht, zonder substantie. Een vlinder die een olifant voorbijfladdert. Kan hij dat niet begrijpen?

'O. Is dat als troost bedoeld?'

'Ja.'

'Nou, dat is het niet. Waar ontmoeten jullie – ontmoetten jullie elkaar?'

'Overal en nergens. Op de universiteit. In een boekhandel.'

'Een boekhandel?'

'Ja.'

'Je kunt geen seks hebben in een boekhandel.' Hij is gewoonlijk niet zo grof. Ergernis heeft hem aangescherpt, zijn taalgebruik veranderd.

'Ik heb het niet over seks. We hebben elkaar in een boekhandel leren kennen.'

'Dat was niet wat ik je vroeg.' Pedant nu.

'Ja, dat vroeg je wel.'

Hij kijkt dreigend en scheurt brood in tweeën. De ober komt terug. Wat wilden ze nu hebben? Vis, vlees, een stoofschotel, specialiteit van het huis, gemaakt met – hoe zeg je dat – wild varken? Ze knikken vaag bij het wilde varken, om de ober weg te krijgen, om het leven door te laten gaan. Weet je nog, zullen ze misschien op een dag in de verre toekomst tegen elkaar zeggen, dat we 'hoe zeg je dat – wild varken?' aten? Allebei koesteren ze nog iets van hoop bij de gedachte dat dit niet het einde betekent. Dat ze er later om kunnen lachen, zoals je lacht om gevaar waaraan je maar net bent ontsnapt. Ze hoopt dat nog steeds.

Maria zegt, terwijl ze van haar wijn drinkt: 'Je zult je veel gelukkiger voelen als je het niet weet. Mannen willen altijd duelleren, scènes maken, wanneer ze het weten. Die andere man, degene die jij niet bent, dat is het enige waar ze aan kunnen denken, en het maakt ze woest. Dus denk ik niet dat ik je meer ga vertellen.' Ze denkt aan George die Louise Colets kwaadaardige boek Lui, de roman die ze in 1859 uitbracht na de dood van Musset leest, waarin zij, George alias Antonia, beschrijft dat Musset alleen weinig frequente – en pijnlijke – erecties had. Wat voor goeds zou het opleveren om de details te kennen? Zodra je begint uit te leggen, te beschuldigen, te veroordelen, ben je verloren.

'O, dus je weet er alles van? Mannen, hè? Jij bent ineens de expert. Je weet hoe mannen denken, wat we voelen. Nou, ik zeg je, mijn dierbare vrouw: je weet helemaal niets.' Hij klinkt als een vijandige vreemde. Ze denkt eraan hoe George Sand de mannen in haar leven hanteerde, de ene na de andere; terwijl Anaïs Nin, herinnert ze zich plotseling, een echtgenoot had aan elke kust, een in het oosten en een in het westen, en hen bij elkaar bracht bij haar eigen begrafenis, decennia later. Er is nog steeds geen blauwdruk, nog steeds weet niemand wat te doen. Het enige waar je op kunt hopen is wat ruimte waarin je kunt proberen jezelf te zijn.

Er wordt een witte schaal voor hem neergezet, tot de rand gevuld met donker vlees dat drijft in jus met de kleur van pure chocola, en hij snuift een beetje. Maria's schaal komt daarna. De aroma's zijn scherp en divers. Het is een schotel die de volledige aandacht opeist. De ober, met zijn zwarte ogen als olijven die glanzen van de olie, stapt naar achteren en houdt zijn handen omhoog alsof hij het laatste woord heeft gesproken.

Ze beginnen te eten.

Terug in de hotelkamer met de lits-jumeauxs, de bedden voor toeristen, zoveel praktischer, niemand wil tegenwoordig nog een tweepersoonsbed, je kunt op deze manier aan iedereen verhuren, weet de hotelmanager; zij gaat op het ene bed zitten, hij op het andere. Het gesprek, of de ondervraging, is onderbroken en wordt misschien niet voortgezet. Aan de andere kant: je moet iets zeggen als je op eenpersoonsbedden tegenover elkaar zit; het is niet zoals op een groot tweepersoonsbed, waar je zo op kunt gaan liggen zonder te praten, uit gewoonte, uit het gewend-zijn aan een lang leven samen in één bed, uit in praktijk gebrachte vrede.

'Ik ga lezen, oké?' zegt Edward ten slotte. Hij doet zijn bed-lampje aan, reikt naar zijn beduimelde *Illustrated Flora of Majorca*. Op de stapel naast zijn bed heeft hij ook de *Botanical Journal* van de Linnean Society en *Observations on Plant Taxa Endemic to the Balearic Islands* liggen. Hij heeft ervoor gezorgd dat hij altijd genoeg te lezen heeft.

'Ik ook.' Maria pakt *Un hiver à Majorque*, de Franse uitgave, omdat ze de oorspronkelijke woorden en zinnen wil weten. Ze lezen tot een van hen het bedlampje uitdoet, en de ander volgt. Het is toch nog mogelijk dat gewoonte, een zekere vriendelijkheid, een ma-nier van doorgaan die steile hellingen vermijdt en uit de buurt van afgronden blijft, uiteindelijk bepaalt wat er nu gaat gebeuren. Le-zen kalmeert hen wanneer niets anders dat doet. Zo gaat het in een huwelijk, denkt Maria. Net wanneer je denkt dat alles om je heen in elkaar stort en dat je in je eentje op de puinhopen zult moeten neerzitten, gebeurt er iets. Er wordt je iets voorgezet – een schaal met eten, een boek met een nieuwe probleemstelling – en je neemt het opgelucht aan, als van een deus ex machina, die precies op het juiste moment arriveert en het bedieningspaneel uit je overhaaste handen pakt. Ja, als er een groot, oud, doorgezakt bed stond, zouden ze wellicht half slapend tegen elkaar aan zijn ge-rold en zijn begonnen met de lome, simpele eerste bewegingen van het vrijen, waaraan ze in meer dan twintig jaar gewend zijn ge-raakt; en wie weet wat er dan verder zou gebeuren. Maar het Ma-jorcaanse Bureau voor Toerisme heeft ervoor gezorgd dat het er niet is.

Op de terugreis zat het schip vol met varkens. Het was weer de oude schuit die de Britten voor een zacht prijsje hadden verkocht, El Mallorquin, die in de jaren dertig van de negentiende eeuw van Barcelona naar Majorca heen en weer voer; hij kwam zonder nietmenselijke passagiers bij Majorca aan en keerde terug met tweehonderd varkens aan boord, en wat menselijke passagiers erbij. De stank was al erg, maar het gekreun van de zeezieke varkens 's nachts was hartverscheurend en hield hen allemaal wakker.

'Maman, de varkens zijn ziek!' zei Solange terwijl ze aan haar jurk trok. 'Maman, maman, de varkens zijn ziek!'

'Ja, ik weet het liefje. Arme varkens. Maar we komen gauw aan.'

Dan was er het probleem van Chopins ziekte. George had geprobeerd die zo goed mogelijk stil te houden, maar hij zag er ziek uit, zijn gehoest klonk verschrikkelijk en de mensen praatten erover.

'Señora, hij kan niet in het beste bed in de hut slapen,' zei de kapitein. 'Want we zullen het moeten verbranden, en ik verbrand liever een minder goed bed, begrijpt u?'

'Nee, dat begrijp ik niet. Ga terug naar uw varkens en laat ons met rust!' Ze was niet in de stemming om compromissen te sluiten of beleefd te zijn. 'Als u ons geen goed bed kunt geven, blijven we niet op deze stomme boot. Wilt u ons alstublieft terugbrengen naar de haven?' Maar daar was geen sprake van, dus brachten ze een dag en een nacht door met luisteren naar de krijsende varkens, en zowel Amélie als Solange moest overgeven, de een begon zodra de ander was opgehouden.

Daarna bleven ze nog twee weken in Barcelona, wachtend op een Franse boot, Le Phénicien, die hen naar Marseille zou brengen. Vergeleken met welke Spanjaard dan ook was de Franse kapitein werkelijk een engel, verklaarde George met ongebruikelijk patriottisme; en natuurlijk was hij geen analfabeet, zoals de Majorcaanse zeelui. Onderdrukking leidt ertoe dat mensen zich als varkens gedragen.

'Ze zijn net varkens,' zei Solange, met haar gebruikelijke eigendunk. 'Varkens zijn net mensen en mensen zijn net varkens.'

George flirtte met de engelachtige Franse kapitein en hij haalde het matras van zijn eigen bed om het aan Frédéric te geven. Toen ze ging betalen, zei de Fransman dat ze te veel bood, terwijl de Majorcaan had geprobeerd haar het dubbele te laten dokken omdat hij een zieke moest vervoeren. Wat heerlijk was het weer op weg te zijn naar hun eigen land! O, wat een opluchting weer Frans te kunnen spreken en verstaan te worden.

Dus kwamen ze, met de aardige, zorgzame en beschaafde Franse kapitein van Le Phénicien – zo'n heer, zo'n engel, zei ze almaar, tot hij het bijna zelf geloofde – terug in Marseille, waar ze tien dagen moesten doorbrengen, tot de stank van de straten, met overal afval, onverdraaglijk werd.

'Ah, wat is deze stad toch onbeschaafd!' Ze probeerden een huis te vinden in Aix, of Avignon, maar er was er geen beschikbaar. Chopin moest aansterken voor ze verder naar huis, naar Nohant, konden reizen. Bij aankomst in Marseille woog hij nog geen vijfenveertig kilo.

Nohant zou groen en koel zijn, zoals het altijd was geweest. (Die eerste keer, toen ze thuiskwam met haar ouders en de zieke baby, haar koele kamer, haar grootmoeders koele handen, de jongen die steentjes tegen het raam gooide en zei dat hij haar broer was...) Chopin zou weer zeggen dat het hem herinnerde aan de met bomen omzoomde lanen in zijn geboorteplaats in Polen, en neerzijgen in het comfort.

Maar de liefdesverhouding was over; hij zei haar dat hij onmogelijk weer het bed met haar kon delen, zelfs als hij beter was, en bovendien was de liefdesdaad iets dierlijks, en hij vond het prettig te denken dat hun relatie daarboven verheven was. Dus ging ze toen maar in het donker naar buiten, roken bij de rivier, luisteren naar de stroom in de nacht onder de wilgen, en soms glipte ze uit haar kleren en ging zwemmen. Dan liep ze naar binnen om te schrijven, tot de dageraad. Overdag gaf ze hem al de aandacht die hij nodig had, ze bracht hem druiven, vijgen, de krant die uit Parijs was gekomen, en glimlachte om haar teleurstelling te verbergen.

Dus als Edward blijft aandringen: 'Hoe lang?' geeft Maria uiteindelijk toe: 'Een jaar.'

'Een jaar! Je hebt een jaar lang tegen me gelogen!'

'Niet gelogen. Alleen maar niet verteld.'

'Dat is hetzelfde.'

'Nee, dat is het niet – niet precies. Er zijn dingen die jij mij niet vertelt, en ik zeg dan niet dat je liegt.'

'Als ik een verhouding zou hebben, als ik een jaar een verhouding had gehad, zou je dat wel zeggen.'

'Misschien. Misschien ook niet.'

'Maria, wat is er met jou aan de hand? Heb je dan alle werkelijkheidszin verloren?'

'Nee,' zegt ze, en ze beseft ineens dat hun huwelijk het niet verder zal redden dan de luchthaven in Palma en de vlucht naar huis. Dat zal het einde zijn. Het is alsof je ziet dat iemand een lijn uitgooit, een vis aan de haak slaat en hem spartelend naar de oppervlakte haalt. Sommige dingen overleven het niet om naar de oppervlakte gehaald te worden, en gaan dood. Ze zegt: 'Ik weet dat het voor jou moeilijk te begrijpen is, maar we werden gewoon verliefd op elkaar, dat was alles.'

'Nee, dat was niet alles, je hebt seks met hem gehad, of niet soms? Je hebt me nog steeds niet verteld waar, en hoe vaak.'

Ze zijn nu op weg ernaartoe, snel en stug doorrijdend in hun huurauto, de laatste middag, ze komen op het luchthaventerrein, hun vliegtuig staat misschien al aan de grond, terwijl de bemanning zich voorbereidt, het vertrek nog maar een kwestie van uren. Rechtuit over de nieuwe weg, geen bergwegen en passen nu, naar de buitenwijk van Palma waar de luchthaven is, naar hun overeengekomen einde. Ze constateert dat het de seks, niet het noemen van liefde, is die hem in woede heeft doen ontsteken, alsof verliefd worden misschien overgaat, maar seks nooit. Het is als een obsessie voor echte maagdelijkheid, een gerichtheid op het feitelijke, een soort fundamentalisme dat haar verbaast. Wat ze voor Sean voelt, uiteindelijk, valt niet uit te leggen: er zijn geen woorden voor, geen van de bestaande uitdrukkingen is toereikend.

'Nee, en dat ben ik ook niet van plan, daar gaat het niet om. Ik ben niet met hem getrouwd, ik heb niet twintig jaar met hem doorgebracht, ik heb niet een huis met hem gekocht, ik heb geen tieners met hem.'

'Maar door wat je hebt gedaan, heb je al die dingen ondermijnd. Geen van die dingen telt nu nog. Ze zijn allemaal uitgewist. Ze bestaan niet meer.' Zijn handen aan het stuur, ogen op de weg, kaak strak, zijn blonde haar lichtjes omhooggeblazen in de wind die door het half openstaande raampje naar binnen waait; een knappe man, haar echtgenoot die haar vertelt dat ze met één beweging – die vloeiende beweging van haar die hij nooit heeft gezien – hun hele leven samen heeft uitgewist.

'Wat, door met een andere man te slapen?'

'Slapen!' snuift hij. 'Seks hebben. Overspel plegen. Echtbreken. Dát heb je gedaan. Slapen kwam er waarschijnlijk niet aan te pas.'

Die middagen, na haar colleges, voor de kinderen thuiskwamen, voor Sean terugging naar zijn laboratorium, om tot laat aan zijn onderzoek naar het menselijke immuunsysteem te werken, de witte muizen en soms ratten die werden getest op hun reactie op wat voor mensen mogelijk dodelijk kon zijn; die besneeuwde middagen die lichter werden tegen het aanbreken van de lente, en zijn auto die in haar straat geparkeerd stond, de gordijnen die waren dichtgetrokken voor de sneeuw en de duisternis, en daarna voor het licht, om het zomerlicht buiten te sluiten; een jaar, doorgebracht achter die gordijnen die wapperden wanneer ze de ramen openzetten, de luiken opzij duwden, en wanneer ze lagen te kijken naar de straatlantaarns die achter hen aanfloepten, wat

hun het gevoel gaf dat ze zich in een cocon bevonden, zich ont-
wikkelden, iets anders werden. De zachtheid van vleugels die zich
ontvouwden en de greep van het vreemde schepsel dat ze hadden
gebaard, dat nog aan zijn tak hing, zich ontpoppend. Je zou kunnen zeggen, wat mensen meestal deden, dat het alleen maar seks
was. Maar hoe zit het met seks die jouzelf als geheel omvat, die je
transformeert, je binnenstebuiten keert zodat je je herboren
voelt, tot leven gewekt? Het probleem is dat seks iets laat gebeuren; en het maakt dat sommige dingen in het leven er niet meer
toe doen. Er komt meer aan te pas dan mensen ooit zullen toegeven. En degenen die het weten zeggen het niet.

Maria zegt niets, omdat er niets is dat ze kan zeggen. Alles wat ze
zegt zal het alleen maar erger maken. In ons huis, in onze logeerkamer, voor de kinderen thuiskwamen. Twee keer per week, wanneer jij op je werk was; ze kan het niet zeggen, hij zou van de weg
rijden. Of: Een keer kwam Emily vroeg thuis en het is mogelijk dat
ze ons gezien heeft. Er is het een en ander, waarschijnlijk veel, wat
hij beter niet kan weten. Maar ze denkt spijtig, kort, aan de flora
van Majorca die zorgvuldig door Edward is getekend, die een microkosmos is van de hele mediterrane wereld, en dat zij nu, als hij
meent wat hij zegt, niet meer daarmee zal leven; ze zal het verhaal
missen over de bergplant met de witte bloempjes die de geiten zo
graag eten, en ze vraagt zich af of hij George Sand zal missen.

Al die honderden details zullen veranderen: gewoonten, gesprekken, blikken in het voorbijgaan, grappen, meningsverschillen, al
die kleinigheden die bijdragen tot de enorme werkelijkheid van
het samenleven. Honderden saaie avonden, duizenden maaltijden. Ze kan het niet bevatten, zal dat misschien nooit kunnen, of
pas na jaren gescheiden te hebben doorgebracht. Edward en zij
hebben samen iets tot stand gebracht, bijna ondanks henzelf, wat
volgens hem gesloopt moet worden. Ze ziet een sloopkogel naar
een stevig gebouw geslingerd worden, en het stof rondvliegen.

Wat zij heeft gedaan lijkt zo nietig naast de enorme omvang van wat hij voorstelt. Wat zij heeft gedaan is als een klein groen plantje dat beton doet barsten; het is geen sloopkogel. Het schokkende verschil in hun beider levensvisie is in de openbaarheid gekomen. Het is alsof ze weer naar het begin zijn teruggegaan, alles vernietigend wat ze samen hebben gedaan. Naar een plaats waar ineens geen toekomst meer is, waar het echte leven niet telt.

3

Het echte leven

ONDER DE BOMEN, FRANSE NEGENTIENDE-EEUWSE BOMEN, DE reusachtige den en de kastanje en de brede citroen, zaten mensen. Iemand gaf de kopjes door. Een kind giechelde en krabde zich in de zon. In de stoelen in de schaduw zaten volwassenen te praten. Een vrouw zat te borduren, haar slanke vingers vaardig met de naald, haar hoofd gebogen, zodat niemand kon zeggen waar ze aan dacht. De middag duurde maar, er waren lange uren tussen de maaltijden. Bleke viooltjes groeiden in groepjes onder de citroenboom tussen de bladeren van het afgelopen jaar. Het huis op Nohant werd dichtgehouden vanwege de zon, maar plotseling sprong er een jongen uit een van de ramen en kwam neer in het gras. Iemand tekende een portret. Het was Eugène Delacroix, die voor een maand uit Parijs was gekomen. Boven had hij een atelier met alles wat hij nodig had, maar buiten was meer lucht. Het model, dat uit het dorp was gekomen, bewoog in haar stoel en het portret was verstoord, een lijn verloren die nooit hersteld kon worden. De kunstenaar veegde zijn voorhoofd af met een zakdoek, begon opnieuw.

Er kwamen die dag brieven met de ochtendpost, ze werden gelezen en weggelegd zonder aan de oppervlakte een spoor na te laten, als stenen die in een rivier werden gegooid, hoewel ze zo'n honderd jaar zouden worden bewaard. Woorden waren er weinig, in de middaghitte, en met grote tussenpozen; het kostte zoveel moeite om te praten. In de verte kon verandering zich ophopen: revolutie, of oorlog. Wat ertoe deed was dat de pruimen werden geplukt en naar binnen gebracht om er jam van te maken, dat het avondeten werd klaargemaakt, dat een paard beslagen werd, een muur gerepareerd, de borders gewied, de bloemen geschikt, de groenten bij zonsondergang begoten, de nieuwe hond op zijn gemak gesteld, dat de kinderen niet liepen te niksen, dat er een nieuwe leraar voor Maurice werd gevonden, die anders maar uit ramen zou blijven springen. George hief haar hoofd op en fronste haar wenkbrauwen. Ze hoorde muziek komen uit de met luiken afgesloten kamers van het huis. Hij kwam 's middags nooit naar buiten en zag altijd zo wit als een doek. De frase werd herhaald, langzamer, in een andere toonsoort. Ze voelde zich vreselijk rusteloos, dacht aan twee mensen die bij elkaar kwamen in een kamer waar het enige licht afkomstig was van een brandend vuur en vlees werd aangeraakt door vlees; ze verjoeg die gedachte. Solange, die had zitten gapen en krabben, sprong plotseling op en liep het huis in. Ze wilde uitroepen: Stoor hem niet! Maar ze hield zich in. Laat het maar gaan zoals het gaat. Toen hoorde ze de samenzang van een duet, de muziek aanzwellen, zijn melodie, haar onstuimige refrein. De middag verstreek, schaduwen werden langer. Iemand bracht een dienblad terug naar het huis. De stoelen raakten allemaal leeg, een loze cirkel onder de bomen. Die zomer, en alle andere zomers, ging het leven door.

Ze vond een ezel voor hem om op te rijden, zodat hij met hen mee kon gaan picknicken zonder uitgeput te raken. De ezel, Margot genaamd, liep haar overal achterna, snuffelend aan haar zakken waarin ze broodkorsten had zitten, en draaide zich om om te trappen wanneer ze haar niks gaf. Op de rug van de ezel Frédéric met zijn bungelende lange benen, een strohoed op zijn hoofd; Solange, zijn lieveling, lopend naast hem.

Een zomer bracht hij een machine mee om ijs te maken.

Het ene jaar kwamen ze aan in een calèche, het volgende jaar was het mogelijk met de trein tot Orléans te komen.

In de vroege morgen liet een uil vaak een klein hoopje botten op de stoep vallen, het eerste wat ze zag wanneer ze bij het aanbreken van de dag de deur opendeed.

Toen ze terugkwamen van Majorca, had ze tien dagen met hem doorgebracht in Marseille, terwijl ze trachtte te besluiten of ze al dan niet door zou reizen naar Italië omdat Chopin een maand absolute rust voorgeschreven had gekregen. Dr. François Cauvière, een vriend van de Marliani's die de Pleyel-piano naar Marseille had laten verschepen, nam hen voor enkele dagen op in zijn eigen huis en vond toen onderdak voor hen in het Hôtel de la Darse, waarvan Mañuel Marliani's broer de eigenaar was. Maar ze had schulden: het fortuin dat haar was nagelaten was helemaal opgemaakt door Casimir; Nohant was van haar, maar het geld dat nodig was om het te onderhouden ontbrak. Ze moest schrijven om het te verdienen. Ze schreef naar Buloz van de *Revue des deux mondes* om hem te vragen een extra voorschot te sturen, aangezien het manuscript van *Lélia*, dat in Barcelona was gepost, in het labyrint van het postkantoor in Marseille was blijven steken en onvindbaar bleek, ook al zat ze erom te springen. Ze zou het terugkrijgen, en het naar Charlotte Marliani in Parijs sturen, en dan kon Buloz haar de in het contract overeengekomen vijfenzeventighonderd franc uitbetalen. Maar het kostte het postkantoor in Marseille een week om het manuscript te vinden, hoewel ze er elke dag heen ging. Buloz stuurde haar vijfhonderd franc en herinnerde haar eraan dat ze hem nog vijfenveertighonderd schuldig was van een voorschot dat hij haar vier jaar eerder had gegeven. Probst, de muziekhandelaar, zond Chopin vijfhonderd franc in plaats van de beloofde vijftienhonderd voor de vierentwintig preludes die hij vanaf Majorca had gestuurd. Dus zat er voor hen weinig anders op dan te blijven waar ze waren, te fulmineren over hun respectieve uitgevers en te klagen over de stank van Marseille.

Ze deed verscheidene keren per dag open wanneer er werd aangeklopt. 'Nee, meneer Chopin kan u niet ontvangen, hij ligt te rusten. Ikzelf ben ziek, en hij ook. Ik raad u aan uit de buurt te blijven.' De volgende keer, zwoer ze, zou ze zeggen dat ze allebei dood waren.

De literaire kliek zat, nu ze hadden ontdekt waar ze uithingen, háár op de hielen, en de muzikale meute hem. Maar hij was aan de beterende hand.

'Ik denk dat ik een glas champagne neem. En waarom huren we niet een rijtuig om een ritje naar zee te maken?' Het was april. En hij begon op gewicht te komen.

'Je wordt nog eens zo vet als een varken, lieverd.'

'Ach, praat me niet van varkens.'

Maar ze sliepen nog steeds gescheiden, en raakten elkaar alleen in het voorbijgaan aan, als jonge studenten die te verlegen zijn om verder te gaan, en ze vermoedde dat het van nu af aan zo zou blijven, en dat hij ook geen andere minnaar in haar leven zou tolereren. Ze dacht even aan Michel, wie ze in geen maanden had geschreven. Zou hij er nog zijn bij haar terugkeer op Nohant? Waarschijnlijk was hij intussen op iemand anders verliefd geworden; en dan nog, ze voelde zich oud, was eroverheen, zei ze tegen zichzelf, en hoe kon ze, nu haar Chopinet zo breekbaar was, net weer tot leven kwam, hem een dergelijk verdriet aandoen?

Maria houdt op met schrijven, alsof ze luistert naar een stem die vervaagd is. Ze gaat er helemaal in op, is gefascineerd, ze is iets op het spoor – maar wat? Ah, ze heeft de telefoon gehoord, die moderne versie van de onverwachte klop op de deur van het chateau en degene die verlangend op de drempel staat.

Het zou hem kunnen zijn. Ze kan niet het risico nemen het aan het antwoordapparaat over te laten. (Ze stelt zich Edward voor: 'Wie was dat? Iemand voor jou, klonk Iers volgens mij.') Hoewel, Sean zou natuurlijk geen bericht inspreken. (Waarom belt hij haar niet op haar mobieltje?) Weer denkt ze dat zolang er geen waarheden zijn verteld, geen misstappen bekend, nergens woorden aan vuil zijn gemaakt, het leven probleemloos en gemakkelijk en volkomen beheersbaar is. Nu is Edward voortdurend achterdochtig, en wanneer hij weggaat en weer thuiskomt, kijkt hij kwaadwillig om zich heen als iemand in een slechte thriller. Ze hebben het er niet over gehad wat ze gaan doen, en Maria is opgelucht, maar ze maakt zich zorgen dat die dag eens zal komen. Ondertussen is het onmogelijk geworden Sean hier te ontmoeten. Ze hebben boven extra dure koffie gebogen gezeten in een café helemaal aan de andere kant van de stad waar niemand, denken ze, hen zal zien, en geprobeerd plannen te maken. Hotels lijken te armzalig, mensen zouden hen naar binnen kunnen zien gaan of naar buiten komen, het is tenslotte maar een kleine gemeenschap hier, en Edinburgh is geen Parijs, waar je een kamer kunt huren voor een uur. Er zijn haar studenten, zijn collega's van de medische faculteit, haar vrienden, Edwards vrienden; de risico's liggen overal op de loer.

Hij kan, zegt hij, niet voor een nacht naar een hotel buiten de stad gaan. Ze hebben niemand die hun een kamer ter beschikking kan stellen. 'Het is veel erger dan in de negentiende eeuw!' roept ze tegen hem uit boven de schuimige koffie en het gebak, iets wat ze gewoonlijk nooit neemt. Hij eet alsof hij uitgehongerd is. Twee koffiebroodjes op en er ligt er nog een.

'Hoezo de negentiende eeuw?' wil hij weten. Zijn gezicht is erg bleek, ze kan de zwarte uiteinden van stoppels door zijn huid zien schemeren, en zijn ogen vertonen blauwe schaduwen. Hij ziet eruit alsof hij niet veel slaap heeft gehad. Een spier in zijn kaak vertrekt.

'O, dat komt doordat ik er zoveel tijd in doorbreng, met George Sand. Ze had minnaars, en het scheen niemand iets te kunnen schelen. Maar ze had een chateau op het platteland, ik denk dat dat wel heeft geholpen.'

'En het was niet in Schotland.'

'Nee, bepaald niet.'

'Of Ierland. Als we in het negentiende-eeuwse Ierland hadden geleefd, waren we nu waarschijnlijk afgeranseld door een of andere onbetekenende oude priester. Geëxcommuniceerd, op z'n allerminst.'

'Ach. Dan zijn we hier beter af. Maar ik kan nog steeds niets bedenken. Hoewel, Anne misschien. Ik zou het Anne kunnen vragen.' Anne Fleming, die alleen woont, college geeft over de achttiende eeuw en een flat heeft, boven bij het kasteel, aan de goede kant van de stad. Maria heeft er een paar keer over gedacht haar in vertrouwen te nemen, aangezien ze ooit een boek heeft geschreven over *Claire d'Albe*, de choquerende Franse roman die in 1799 uitkwam en waarin buitenechtelijke liefde werd voorgesteld als een positieve daad van zelfdefiniëring en bevrijding. Had George Sand, zo vraagt ze zich af, *Claire d'Albe* gelezen? Maar je kunt nooit zeggen wat mensen die academische studies schrijven over boeken over overspel werkelijk denken over het onderwerp, als puntje bij paaltje komt. Bovendien is ze een beetje bang voor Anne, die er als rechtgeaard feministe misschien moeite mee heeft haar flat ter beschikking te stellen voor een rendez-vous met een man.

'Ik heb liever dat je dat niet doet.'

Maria denkt – niet voor het eerst – dat mannen behoefte hebben aan geheimen zoals ze behoefte hebben aan auto's, en kleren, waarmee ze zich kunnen omhullen. 'Tja, wat stel jij dan voor? Bedenk eens iets.' Als ze boos klinkt, denkt ze, komt het doordat ze het koud heeft en teleurgesteld is, en ze niet begrijpt waarom het leven zo onrechtvaardig moet zijn.

'Ik doe mijn best. Nou, Maria, ik moet gaan. Ze verwachten me terug. Het is Matthews verjaardag, weet je. Ik hou van je, echt.' En dan zegt hij het in het Iers, een zin die hij haar heeft geleerd, en ze smelt vanbinnen op een manier die ze niet wil, niet vandaag.

Ze verlaat het café met haar boek onder haar arm en een stel werkstukken van haar tweedejaarsstudenten in haar tas, en voelt zich plotseling eenzamer dan ze ooit is geweest. Wat zou George doen, waarom was het gemakkelijker voor George? Er was altijd een kamer, die moest er altijd zijn geweest, een kamer in Parijs of in de provincie, een geleende ruimte, een afgesproken, toegestane tijd. Misschien deden haar minnaars gewoon meer moeite, in plaats van het allemaal aan haar over te laten.

Maar nee, Chopin zou geen tip hebben gegeven om een kamer voor hen te vinden, toch? Ze probeert zich hem voor te stellen terwijl hij in een Parijs' hotel om een kamer vraagt, maar het lukt haar niet. George zou het hebben gedaan; zij was degene die wist hoe het er in de wereld aan toegaat, regelde alles, en zij, Maria, zou ook zo moeten zijn. Alleen had Chopin geen vrouw en vier kinderen; hij had wel een moeder en een katholiek geweten, vermoedelijk niet zo verschillend van dat van Sean. Sommige dingen veranderen niet echt.

De volgende keer dat ze elkaar ontmoeten is het om zijn auto te keren en de stad uit te rijden in zuidoostelijke richting in plaats van naar het noorden de bruggen over. Ze laten Arthurs Seat stiekem door Portobello en Musselburgh rijden op weg naar Gullane en de stranden langs het fort. Het is een grijze dag, het regent nog net niet, maar het is tenminste wat warmer. Wolken hangen laag en donker boven de bruggen van het fort achter hen, en liggen over de stad met heuvels en torenspitsen die ze achter zich laten, maar vandaag hebben ze tenminste niet de staalgrijze tint van sneeuw. Arthurs Seat bereikt de zwarte kleilagen met uitgegroeid gras in een kring van wolken. Maar naar het zuiden is het lichter. Sean rijdt, zijn ene hand aan het stuur, de andere op haar knie.

'Ik maakte me zorgen, omdat ik niets meer van je hoorde. Is alles goed gegaan?'

'Het spijt me, ik kon mijn mobiel niet opladen, ik was de adapter vergeten, en ik kon echt niet aan Edward vragen hoe ik er in het

Spaans een moest kopen, of dat doen zonder dat hij het merkte. We belden de kinderen met de zijne.' Van zulke dingen is het leven afhankelijk, tegenwoordig. Een Engels apparaat dat niet past op een Spaanse stekker. En daardoor tien dagen geen contact tussen hen.

'Maar hij weet het, toch?'

'Ja, ik heb het hem verteld. Ik moest wel, het was net de inquisitie. Niet de details.' Sean kijkt haar van opzij even aan.

'Wat zei hij?'

'Hij was woedend. Hij zei dat ik ons huwelijk had geruïneerd. Dat ik, door te doen wat ik heb gedaan, twintig jaar huwelijk ongedaan had gemaakt.'

'Goeie help. Dat was toch alleen omdat hij boos en geschokt was?'

'Nou, hij is nog steeds boos en geschokt. Hij staat moreel gezien helemaal in zijn recht. Ik heb geen poot om op te staan. Ik kan het absoluut niet rechtvaardigen.'

'Behalve dat je het slechtste in me wakker roept.'

'Ja, maar dat maakt het nog erger.'

'Denk je dat hij zich eroverheen zal zetten?' Hij neemt een afslag van de hoofdweg en rijdt een kleinere weg op tussen de lagergelegen heuvels en de zee, dichte bosjes hulst en duindoorn aan weerszijden. Er is een glimpje plotselinge zon dat het land even lichter maakt dan de lucht, een typisch Schots effect.

'Nee, ik denk van niet. Dat is de reden waarom ik je nu niet mee naar huis kan nemen. De hele boel is afgezet, het lijkt verdorie wel een luchthaven. Er zouden sirenes afgaan zodra je een voet over de drempel zette.'

Sean parkeert de Seat, ver van de paar andere auto's, trekt de handrem aan en zet de motor af. Hij draait zich naar haar toe en zijn lippen bedekken de hare en zijn warme adem komt bij haar naar binnen, zijn handen trekken haar tegen zich aan, en er is niemand op het parkeerterrein, maar toch is ze nerveus, en het is niet hetzelfde. Ze geven elkaar een arm, eerder als broer en zus dan als geliefden, wanneer ze het smalle zandpad af lopen naar de zee, met zijn grijze veranderlijke randen die drijfhout en plastic op-hoesten en in het komen-en-gaan natte patronen tekenen op het zand. Thuisloos, denkt Maria. Ze lopen langs de rand van het wa-ter, hun laarzen worden donker van het vocht, en trekken zich dan landinwaarts terug achter een grote zandheuvel, waar een pad loopt tussen het struis- en helmgras. Hij doet zijn jas open, schudt hem af en legt hem neer in een holte, onder dekking van een bosje gebogen kleine grove dennen, en ze gaat daar met hem liggen, maar het is te koud om zich uit te kleden en zijn lichte aanraking verdampt in de wind, kippenvel op zijn billen, en zij ligt op een doorn, en alle warmte tussen hen is niet genoeg.

Op de terugweg maken ze er grappen over, maar er is ook droef-heid. Het huwelijk, denkt Maria, heeft altijd een plaats om te zijn; onwettige liefde zelden. Het is alsof ze aan het weer zijn overgele-verd, in een poging te overleven.

Het was een steeds terugkerende droom, haar hele jeugd door, maar George had niet verwacht dat hij in de huwelijksnachten met Casimir zou nagalmen en haar weer zwetend wakker zou la-ten worden toen ze terug was op Nohant met Chopin.

Haar grootmoeder was, voor de revolutie, als jonge vrouw altijd van Parijs naar Nohant gereisd, dwars door de bossen van Orléans. Het was altijd een riskante tocht, langs de diepe sporen waar ineens struikrovers achter de bomen vandaan konden springen en aanvallen. Maar één beeld, iets wat haar grootmoeder had ge-zien, bleef haar bij. In de dromen van een negentiende-eeuws kind bungelde een achttiende-eeuws lichaam, dat van een vrou-welijke struikrover, aan een boom waaraan ze was opgehangen. Ze had lang zwart haar. Aurores moeder, Sophie, had lang zwart haar. Had de grootmoeder een onbewuste bedoeling met het vertellen van dit verhaal aan het kind? Misschien, dacht Aurore, was ze in werkelijkheid helemaal geen struikrover – bestonden er wel vrouwelijke struikrovers? – maar gewoon een arme vrouw, wanhopig van de honger, die had gestolen om haar kinderen te eten te kunnen geven. Ze hing haar hele jeugd te bungelen, soms achter de deur, soms aan een boom in de tuin; andere keren hing ze gewoon in het donker voor haar wanneer ze in bed haar ogen opendeed. Ondanks het feit dat ze volwassen werd, ondanks de Revolutie, ondanks de Eeuw van de Rede en de verbetering van wegen en het napoleontische wetboek, wilde ze niet weggaan. De geschiedenis had haar daar voor iedereen zichtbaar opgehangen, maar vooral voor haar, het kind dat Aurore was. De grootmoeder reisde langs die wegen met hutkoffers en dozen, handschoenen en hoeden, reukzout en lijfwachten. Ze deed het nog toen Aurore een kind was: heen en weer trekken van haar huis in Parijs en chateau Nohant. Ze herinnert zich die reizen, de diepe bossen, de stilte, het gekrijs van de vogels langs de weg; zelfs wanneer er geen rottende lichamen waren, bleef de angst. Ze hoefden maar de volgende hoek om te gaan en daar zou de verschrikking, de verhangen vrouw, op hen wachten.

Gedurende de jaren van haar huwelijk met Casimir werd ze vaak wakker met hetzelfde wanhopige gevoel, steeds weer. Er was iets verkeerd. Er was groot onrecht geschied. De vrouw die er het slachtoffer van was, was er weer, zichtbaar een waarschuwing voor iedereen. Nu, terug op haar veilige plek met haar geliefde jonge vriend, was het er weer.

Het huwelijk, denkt Maria (die het op dit punt eens is met Casimir Dudevant, hoewel ze zich niet bewust is van het verband) is prima zolang je ook een minnaar in je leven kunt hebben. Ze heeft het dagelijks leven met Edward het merendeel van de tijd prettig gevonden en ziet nog steeds geen reden waarom het zou moeten eindigen. Sinds ze elkaar hebben leren kennen, toen zij nog studeerde, is er altijd eerder een aangenaam gevoel van verbondenheid geweest dan dat er sprake was van iets hartstochtelijkers. Ze heeft daar zelf voor gekozen, weet Maria nu, het is haar niet opgedrongen: ze wilde een man trouwen voor wie ze geen hartstocht voelde, ze koos voor iets gemakkelijkers. Net als George wilde ze hem niet opsluiten, of hem veranderen. Als ze zou kunnen kiezen – wat ze blijkbaar niet meer kan – zou ze ervoor kiezen precies zo door te gaan als eerst: met Edward samenleven, en Sean die op bezoek komt. Maar de bungelende vrouw, de opgehangen struikrover, de vogelvrijverklaarde, komt tegenwoordig in haar dromen voor net als in die van George; er zijn dingen die blijven, door de eeuwen heen, beelden waarvan we ons moeilijk los kunnen maken, hoe we het ook proberen.

Het komt nogal snel, het moment dat ze heeft gevreesd zonder dat ze aan zichzelf wilde toegeven dat het ook maar mogelijk zou zijn. Sean zit aan het stuur van zijn auto, die geparkeerd staat in het laagje sneeuw van gisteren; het is een week later, en er is nog meer sneeuw voorspeld, de lucht is er vol van. Hij buigt zijn hoofd wanneer hij praat, en Maria moet zich inspannen om hem te verstaan. Hij praat altijd zachtjes, ze was dol op de zachtheid van zijn stem, niet de zwakte van bedeesdheid, maar een tedere uitspraak van medeklinkers waarin zijn Ierse afkomst hoorbaar is. Hij liefkoost nu elk woord alsof hij er afscheid van neemt. Hij vertelt haar iets wat voor haar onverdraaglijk is om te horen.

Hij zegt: 'Er moet iets veranderen.'

'Hoe bedoel je?' Ze heeft hiervan gedroomd, het is er altijd geweest.

'Wat ik bedoel, is dat we niet door kunnen blijven gaan.'

Het lijkt het moeilijkste dat ze ooit heeft moeten aanhoren. Toch zegt hij het zachtjes, liefdevol zelfs. De sneeuw dwarrelt dik op de voorruit neer. De wielen zullen algauw tot hun wieldoppen in de sneeuw staan. De hemel is donker en laag, vlokken worden dikker en wervelen tegen het duister, er komt steeds meer sneeuw, die rust; hij is al bijna afgelopen, deze speciale middag, en ze zijn niet naar haar huis gereden, ze hebben zich niet gewarmd en snel uitgekleed, en zijn niet lachend naar elkaar toe gekomen. Ze weet nu dat ze alles zal moeten opgeven. Het is al gebeurd, ze hoort het aan zijn stem. Het is te laat om het terug te draaien.

Ze denkt: de wereld is niet zoals ik dacht, totaal niet. Hij is kouder, leger, harder. Er is geen bescherming.

Hij probeert iets te verzachten. Maar afgezien van de meedogenloze zachtheid van de verse sneeuw is hij steenhard: een profiel tegenover haar. Zijn hand op haar knie is een afscheid. Niets is ooit zo moeilijk geweest. Toen Edward wegging was het een kwestie van meubilair, afspraken. Maar nu bevindt ze zich in een gebied waarvan ze het bestaan slechts kon vermoeden, een Siberië van het hart. Het is er al die tijd geweest; hier, in haar eigen land, vlak bij huis, omdat je er net zomin heen kunt reizen als dat je eraan kunt ontsnappen door het te verlaten. Het is nu. Het is deze minuut. Het is wat ze hierna moet hebben. Deze vreselijke stilte, zonder respijt.

Hij zegt: 'Dus zal ik je niet meer zien, in elk geval voorlopig niet.'

Het is alsof er gordijnen van sneeuw naar beneden komen en de hele wereld afsluiten, en er dan voor haar een klein cirkeltje in de witheid is gemaakt om doorheen te gluren. In werkelijkheid is de voorruit bedekt, hij zal eruit moeten en de sneeuw eraf moeten vegen voor de ruitenwissers kunnen functioneren. Ze is niet in staat om te praten. Ze kan zich niet verdedigen. Er zijn momenten als deze, als sneeuwstormen, als een sterke wind, en je hebt er maar voor te buigen. Het heeft niet met Edward te maken, het heeft niet te maken met geen kamer kunnen vinden; haar hele huis staat voor hem open nu Edward net is vertrokken. Hij heeft het over zijn vrouw gehad, zijn gezin – vier kleine kinderen, de jongste nog een baby – en ze beseft dat ze altijd heeft geweten dat het hierop uit zou draaien. Hij zegt: 'Begrijp je het?'

Ja, ze begrijpt het – niet zozeer de woorden, of zijn plannen of bedoelingen, maar de stand van zaken. Zo is het leven. Je kunt er niet mee discussiëren.

Hij praat over zijn huwelijk, zijn vrouw. 'Ik denk dat ze het er moeilijk mee heeft, ik denk niet dat ze het weet van ons, niet precies, maar ze voelt dat er iets aan de hand is. Het leven is behoorlijk zwaar, Maria, met vier kinderen, weet je. Ik wil dat wat we hebben niet kwijt. Ik zou het niet kunnen verdragen mijn gezin te verliezen.'

Ze weet nu dat terwijl zij zorgvuldig bezig was haar eigen huwelijk van binnenuit om zeep te helpen door naar buiten toe te werken, hij bezig is geweest het zijne te versterken. Daar is zij goed voor geweest. Ze heeft het, ondanks zichzelf, willens en wetens gedaan.

Stel dat ze tegen hem zou zeggen: Edward is verhuisd, hij is bij me weggegaan? Zou hij daar nog banger door worden?

'We moeten gaan, we raken nog ingesneeuwd.'

Hij kijkt opgelucht naar de hemel. Die is vol sneeuw – ja, vol van een andere winterse lading. 'Ik zal je een lift naar huis geven.'

'Als je tijd hebt.' Die eigenaardige beleefdheid die je in acht schijnt te nemen tegenover iemand die je zojuist uit zijn leven heeft verwijderd. Er zit iets scheef hier, haar wordt iets aangedaan, zij is niet degene die doet, het beheersingsmechanisme van haar eigen bestaan is haar uit handen geslagen.

'Ik haal de sneeuw even weg.'

'Dat doe ik wel, ik heb leren handschoenen.' Ze heeft het gevoel dat ze stikt, en zo heeft ze iets te doen. Ze houdt de tranen in tot later, wanneer ze alleen is.

Haar leren handschoenen, doorweekt en zwart door de sneeuw. Hij binnen achter het stuur om de motor te starten, en zij buiten terwijl ze hem ziet door de wazige halve cirkel van glas dat een dun laagje ijs krijgt zodra ze het schoonmaakt. De motor slaat aan, de auto start, in de stilte. Ze stapt weer in en zit de hele rit naast hem. Ze zit steeds weer naast een man die net een beslissing heeft genomen en daar opgelucht over is. Zijn hand wordt uitgestoken naar haar knie, niet de versnelling; wat verwacht hij nu? Iets kleins van lang geleden worstelt in haar, diep beneden, met het verdriet. Nog maar enkele weken geleden, op Majorca met Edward, dacht ze dat zij een keuze voor iets maakte, dat ze daartoe in staat was; nu is ze uitgekozen om iemand anders te zijn. Ze is de oudere vrouw die waardig weg moet lopen, haar verdriet inhouden, het niet laten zien. Omdat hij natuurlijk gelijk heeft. Kinderen moeten op de eerste plaats komen. Ze kan op geen enkele manier protesteren, er is niets wat ze ter verdediging van zichzelf kan aanvoeren. Alleen een geluid maken dat spoedig in haar naar boven zal komen en eruit moet.

'Laat me er maar op de hoek uit, ik loop verder wel.'

De wegen door de stad die ze samen hebben uitgevonden, kortere routes, bochten, de snelste manier om de afstand af te leggen in de hun toebedeelde tijd, de wegen van buitenaf naar binnen. Ze wil nu een klein beetje onafhankelijkheid terugveroveren en naar haar eigen voordeur lopen. Ze wil dat hij haar niet ziet, niet weet. In ieder geval, ziet ze, is haar straat nog geblokkeerd door de sneeuw, er zijn nog geen vrachtwagens gekomen om zand te strooien, of zout, en wielen hebben hem nog niet vlak gemaakt. Ze woont in een leeg paleis, in een sneeuwgebied. De oriëntatiepunten van de stad, gewone gebouwen, zijn verdwenen. Katten steken de straat over door voorzichtig diep in de witte zachtheid te stappen. Alles is zacht, afgezwakt, anders. Het scherpe pad van haar eigen leven, als een nog niet aangelegde weg, staat op het punt te gaan knarsen onder de ijzeren snede van een schop. Ze ziet haar buurman, Eric, de straat oversteken en door de sneeuw naar zijn eigen achterdeur stappen. Maar hij heeft haar niet gezien, is alleen maar bezig om thuis te komen, met een uit elkaar vallende doos vol boodschappen onder zijn arm, en hij herkent de auto niet, waarvan het dak toch al bedekt is met een dikke laag sneeuw en die voortkruipt als een voertuig in een spionagefilm.

Sean geeft haar een zachte kus – dag. Ze voelt het, met spijt: er zitten minder botten en spieren onder hun vlees dan vroeger, de greep is minder, de spanning is verdwenen. Zachtheid en hardheid, opnieuw gedefinieerd. Ze doet haar mond open om te praten, ze moet iets zeggen, ze kan niet blijven zwijgen. 'Ik kan het niet, niet zo.'

'Alsjeblieft, Maria. Ik moet wel, sorry.'

Net als Edward. Ik moet, zo gaan de dingen in mijn wereld, het is niet anders.

Ze zal niet smeken. Ze zal zich tegenover hem niet laten gaan, in haar ellende. Ze worstelt zich uit de auto, komt in een diepe hoop op de stoeprand terecht, sneeuw kruipt over de rand van haar laarzen en maakt haar voeten nat, ze zoekt zich een weg. De gladde straat. De treden voor de voordeur verborgen onder sneeuw. Een autoportier slaat achter haar dicht, de motor ronkt, ze hoort hem keren en wegrijden. Haar sleutel morrelt in het besneeuwde slot dat haar geschoeide hand schoon heeft geveegd. De bomen in de botanische tuin achter hun ijzeren hek bewegen en laten hun gewicht afglijden. O god, vervloek die verdomde sneeuw, vervloek alles. Doorgaan, de ene voet na de andere, niet vallen. De pijn is overweldigend, maar wordt gedempt en gestremd door sneeuw, hij zal niet ontdooien en verdwijnen. Maria denkt: je moet de werkelijkheid verkiezen boven een illusie; je moet een keuze maken. Het is de enige manier om bij zinnen te blijven.

Ze morrelt met de sleutel, maakt de deur open en gaat naar binnen. Vochtige verfrommelde brieven zijn door de brievenbus geschoven en liggen op de mat, maar er kan niets belangrijks tussen zitten. Alleen binnenkomen, voor het eerst echt alleen, geen mythe of verhaal of fantasie om haar te troosten. De werkelijkheid verkiezen, een keuze maken – de hartslag, de mantra van verlies. Ze zal de deuren en ramen dichtdoen, haar huis met luiken afsluiten voor de indringende witheid, lampen aandoen, vuren ontsteken, haar ronde lopen, de oude, vertrouwde dingen afhandelen, zichzelf alleen en plotseling ouder zien in de spiegels die nu haar aandacht opeisen. Dat is de negentiende-eeuwse manier natuurlijk. Een klein deel van haar, geboren in de nieuwe eeuw waarin ze nu leeft, protesteert, wijst erop dat er tegenwoordig mobiele telefoons zijn, sms'jes, e-mail, er kunnen online virtuele vergaderingen worden gehouden, er zijn verbindingen uitgevonden zodat niets dood hoeft te lopen, niemand kan volkomen uit het zicht raken. De tijd waarin ze leeft, is, uiteindelijk, haar bondgenoot.

Wanneer de kinderen thuiskomen, gaat Aidan rechtstreeks naar zijn kamer en ze denkt: ik ben hem al kwijt. Op een bepaald moment in deze winter van haar obsessie voor Sean heeft haar zoon gemerkt dat haar aandacht niet meer bij hem is, en heeft hij zich bijgevolg teruggetrokken. Hij geeft geen commentaar, stelt geen vragen. Hij draait rapmuziek en oefent met jongleren. Wanneer ze aanklopt ziet ze zijn ergernis. Hij moest de deur voor haar opendoen, en dat betekent dat hij moest stoppen met het in de lucht houden van de zachte leren balletjes. Het is alsof hij jongleert om zichzelf in balans te houden, alsof hij zonder die balletjes instort. En de muziek, zo lelijk. Het aanhoudende ritme van rap, de lelijk gebrulde woorden. Zijn zus draait tenminste jarenzestigmuziek. Hij werpt een snelle blik op haar. Ze wil niet vragen wat hij weet. Wat heeft Edward hem verteld?

Maria ziet zijn hoekige jongenslichaam van haar weg buigen en ze gaat op het bed zitten, terwijl hij doorgaat met jongleren, de zachte ballen waarmee hij oefent opgooit. Hij laat er een vallen, dan twee, dan allemaal. Zijn haar valt voor zijn ogen wanneer hij bukt om ze op te rapen. Hij staart haar aan.

'Aidan.'

'Wat is er? Kun je me niet met rust laten? Ik probeer te jongleren, zie je dat dan niet?'

'Oké, kunnen we later praten?'

'Als het moet.' Ze gebaart naar hem, maar hij beweegt zich met een ruk van haar vandaan, en ze ziet zijn ellende.

'Kom naar beneden wanneer je klaar bent, goed?'

Emily komt naar haar toe, hunkerend, onstuimig, sprakeloos, boos. Ze smijt haar boekentas op de grond, trapt haar schoenen uit, met een voet de achterkant omlaagduwend. 'Mam?'

'Ja, Em.'

'Ik weet niet waar iedereen is.' Het is alsof ze sinds ze hierheen zijn verhuisd nooit greep heeft gekregen op de omvang en hoogte van hun huis. Het is te groot voor haar, zegt ze steeds. En ze laat haar spullen overal rondslingeren, alsof ze zoveel mogelijk ruimte wil innemen.

'Nou, ik ben hier.'

'Ja, je bent nú hier.'

'Lieverd, ik ga nergens heen.'

'Nou, waarom is pappa niet hier?' Ze schopt met haar voeten tegen het tapijt, een roze teen piept uit een gat in haar sok.

'Hij heeft een andere plek gevonden om te wonen.' Doe je dat zo, kinderen vertellen dat hun gezin uiteengevallen is, dat hun leven is veranderd? Het is allemaal zo snel gegaan, ze kan het nauwelijks geloven. Het is alsof hij de hele tijd een gepakte tas had klaarstaan. 'Em. Kom eens hier.'

'Waarom? Gaan jullie scheiden?'

'Misschien. Maar je weet–'

'Ja, ik weet het: dat doen mensen zo vaak.' Ze slaat met een lange arm in de lucht, alsof ze muggen doodmept, een Emilygebaar, een uitbrander aan de wereld. 'Maar moeten jullie dat doen?'

'Nou, ja, het ziet ernaar uit. Het spijt me, het spijt me vreselijk.'

'Wie was die vent die hier is geweest?'

'Welke vent? Wie bedoel je?'

'Er was een man hier. Ik heb je gezien. Op een dag toen ik vroeg thuiskwam uit school.'

'O, Em, dat was gewoon een vriend.'

'O, een vríénd.' Haar stem slaat over van minachting. Ze is dertien. Maria denkt: toen ik dertien was heb ik dat nooit hoeven
meemaken, dat ik mijn moeder zag met een man terwijl ik wist
dat mijn vader weg was. Mijn moeder zou liever dood zijn gegaan
dan me hiermee op te zadelen. Mijn moeder met wie ik al weken-
lang geen contact heb opgenomen, simpelweg omdat ik bang ben
dat ze iets zal vermoeden door een buiging in mijn stem, een blik
in mijn ogen; zoals ze kon zien dat ik geen maagd meer was, omdat moeders dat soort dingen weten. Maar George dan, die nam
haar mannelijke vrienden in huis en verwachtte van haar kinderen dat ze zich eroverheen zetten. Wie heeft er dus gelijk? En is het
uiteindelijk allemaal een kwestie van het eb en vloed van de geschiedenis?

'Edward,' zegt ze tegen hem aan de telefoon – ze heeft zijn mobiele nummer, en hoort hem antwoorden, maar ze weet niet waar hij
is, wat hij doet; dat recht heeft ze verspeeld.
    'O, ben jij het.'
    'Ja. Moet je zo ijzig klinken?'
    'Ik kan het niet helpen als ik zo klink. Ik heb het druk, Maria.
Wat is er?'
    'Ik heb het de kinderen verteld. Dat wilde ik niet doen zonder
dat jij erbij was, maar ik heb het toch gedaan.'
    'O. Hoe namen ze het op?'
    'Nou, wat denk je? Ze zijn overstuur. En boos. Jij moet ook met
ze komen praten.' Ze hoort zijn stilzwijgen wanneer hij dit tot
zich laat doordringen, wanneer ze het voor hem tot werkelijkheid
maakt: hij is weggegaan, hij gaat weg, niet alleen bij haar, maar
ook bij zijn kinderen. Ze vraagt zich af wat voor soort masochisme
hem ertoe heeft gedreven, en of het blijvend is. Edward houdt van
zijn kinderen, dat weet ze, en niets kan daar verandering in brengen, integendeel.
    'Een heleboel kinderen hebben er tegenwoordig mee te maken,

uit elkaar gaan, scheiden. Ze zullen er wel aan wennen. In elk geval zitten we in dezelfde stad.' Zijn stem kraakt van ellende, maar die zal hij niet met haar delen, als het enigszins kan. Ze hoort hem zijn keel schrapen, daarna is het stil.

Wanneer, vraagt ze zich af, is hij in die vijandige vreemde veranderd? Pas een paar weken geleden zijn ze teruggekomen van hun reisje naar Majorca, en het is alsof hij haar chirurgisch van zich heeft verwijderd, zodat hij het zelfs niet kan verdragen met haar te praten. Een zenuw klopt in haar hoofd, en de hand waarmee ze de telefoon vasthoudt trilt. Ze wil het hem niet dringend verzoeken, maar voor hen moet ze het wel doen.

'Kun je vandaag langskomen om met ze te praten? Het zou niet meer dan eerlijk zijn, Edward.' Ze heeft op het punt gestaan te zeggen: Moeten we dit wel doen, kunnen we niet terug, is er geen andere manier? Maar zijn stem heeft haar buiten bereik gezet, ze kan het niet zeggen. Opnieuw afspelen, denkt ze, terugspoelen, o, konden we maar terug naar die plek, waar was het, op de berg, waar we langs die vuurtjes kwamen, en mensen naar ons riepen, en we etensgeuren opsnoven, en opnieuw beginnen – maar ze kan het niet tegen hem zeggen, niet in het zwijgen dat hij haar heeft opgelegd, dus probeert ze het niet eens.

'Hij is weg, hè?' Aidan staat in de deuropening, zijn lange armen bungelend bij zijn knieën, met zijn broek van zijn magere heupen gezakt, zijn sportschoenen met losse veters. Zijn lange nek steekt uit boven zijn trui, ineens de dikker wordende nek van een jonge man, niet die van een jongen. 'En dat zegt hij niet eens tegen ons.'

'Hij zal het jullie nog vertellen. Hij komt vanavond langs. Lieverd, het spijt me.'

'Komt langs? Waarvandaan? Het klinkt alsof hij hier niet eens woont!'

'Nou, hij heeft iets anders gevonden. Een flat. Voor tijdelijk.'

Aidan schreeuwt: 'Maar hij woont hier! Hij kan niet zomaar een andere flat zoeken! Wat is er gebeurd? Wat heb je hem aangedaan? Ik kan het niet geloven! *Fucking hell!*'

'Aidan!'

Ze steekt een hand naar hem uit. Zal hij op zijn eigen tijd, in zijn eigen tempo, als een veulen dat langzaam op haar af stapt, naar haar toe komen, is er enige hoop dat hij zich ondanks alles niet van haar afwendt?

'Maar het was jouw schuld, toch?' zegt hij van die afstand door de te grote kamer heen. 'Jij hebt iets gedaan waardoor hij is weggegaan. Anders had hij dat niet gedaan.'

Emily komt binnen, iets belangrijks vermoedend; ze huivert alsof iemand haar heeft aangeraakt, komt dichtbij. Haar golvende haar, haar lagen sweatshirts, de sliertende veters van haar sportschoenen, haar geur, warmte, shampoo, gistend en scherp meisjeszweet van een zware inspanning op school.

'Nou, ja.' Ze praat tegen Aidan. Wanneer is haar zoon haar rechter geworden? Emily hangt dicht tegen haar aan, besluiteloos.

'Wat heb je gedaan?' Aidan kijkt haar aan, zijn vlakke, sombere, strakke blik, zijn geheven hoofd, zijn lippen vol en aan de randen hier en daar bedekt met vaag donshaar, de neusgaten opengesperd, zijn hele zelf in evolutie; ze wil hem dicht bij zich hebben nu, en is bang dat hij nooit meer dicht bij haar zal zijn. Hij schudt zijn hoofd in de strakke bandana alsof hij zijn oren leegschudt. Ze ziet haar kinderen scherp, nu ze gedwongen zijn zichzelf te definiëren.

'Ik heb een vriend gehad,' zegt ze kalm.

'Je bedoelt een minnaar? Bedoel je dat?' Zijn stem heeft, sinds hij hier op school zit, duidelijk het Schotse zangerige accent, en het woord, het verrassende woord, komt eruit met een zekere zwier.

'Ja.'

'Wie is het?'

Ze wil zeggen: Alsof dat jou iets aangaat.

'Het is voorbij.'

'O. Nou, alsof dat iets verandert.' Zijn stem is gebroken, ook al, het gebrom is nog steeds een lichte schok voor haar.

'Nou, het verandert wel iets. Het maakt de situatie anders.'

'Maar je hebt nog steeds gedaan wat je hebt gedaan. Ik kan het godverdomme niet geloven. Het is idioot.'

Deze keer stelt ze hem niet op de proef. Hij is afstandelijk, keert zich van haar af, zijn blik op haar vernauwd van afschuw.

'Weet pappa dat het voorbij is?' vraagt Emily. Maria denkt: ik heb dit gesprek met hen nooit, maar dan ook nooit gewild. Dit is iets waarvan ik gewoon niet weet hoe ik het moet doen.

'Ik weet het niet.'

'Want als hij het wist, en je had er spijt van, als je dat zou zeggen, dan zou hij weer thuis kunnen komen, toch?' Em houdt vast aan haar geloof in vergeving: het enige dat je hoeft te doen is je verontschuldigen, dan mag je weer uit je kamer komen.

'Nee, liefje, ik denk niet dat dat kan.'

'O, maar dat is niet eerlijk!' Haar meisje dat eerlijkheid belangrijk vindt, weet nog dat niets te erg is om te vergeven, dat heeft zij haar zelf geleerd. Aidan kijkt met zijn minachtende blik de kamer door, zijn armen over zijn borst gekruist. Hij is ineens de mokkende houding kwijt die hij zo lang heeft gehad, het eenzaam in zijn kamer zitten wachten tot het leven zou beginnen, en nu is dat gebeurd.

'Mam, ik ga met hem praten! Hij moet je vergeven! Als je zegt dat je het niet meer zult doen!' Em houdt vol.

'Lieverd, ik denk echt niet dat hij dat zal doen.'

'Je bedoelt dat het genoeg is om sorry te zeggen?' vraagt Aidan haar. 'Dat is mesjokke. Dit is iets anders dan theepartijtjes voor poppen en meisjesspelletjes, Em, dit is serieus.'

Emily stormt op haar broer af en hij pakt haar bij haar polsen en duwt haar van zich af. 'Hou er alsjeblieft mee op, Em. Je weet niet waar je het over hebt. Je bent nog maar een kind.'

'Dat ben ik niet! Dat ben ik niet!' Jij bent gewoon... gewoon een stom monster!'

'Hou op, allebei. Kunnen we nu ophouden hierover te praten? Jullie vader komt over een uur. Dan zullen we het jullie allemaal uitleggen.' We, denkt ze. Haar kinderen zijn opgehouden met elkaar te worstelen en kijken haar allebei aan.

'Het uitleggen, hè?' zegt Aidan. Em besluit hem na te doen, ondanks alles. 'Het uitleggen, hè?' zegt ze op dezelfde toon. Ze kijken elkaar aan, verenigd, tegen haar nu.

Ze kan het nu niet meer tegenhouden: ze huilt, om hen, om haarzelf, om het verlies van Sean, om de ontoegeeflijkheid van Edward, om het bestaan van dingen in de wereld die niet vergeven kunnen worden, en om de hoop van kinderen dat altijd alles kan worden vergeven. Iets wat heel persoonlijk was, van haar alleen, is nu in de openbaarheid gekomen om beoordeeld te worden, en ze oordelen over haar. Niets kan worden teruggedraaid, ongezegd blijven, teruggebracht in de warme duisternis. Ze hoort haar kinderen boven tekeergaan alsof ze ook aan het verhuizen zijn, en wacht tot Edward aanbelt.

Hij heeft gezegd dat hij binnenkort met een busje terug zal komen voor de meubels die hij niet in de auto mee kon nemen, als ze dat goedvindt. Er zal nog meer ruimte zijn tussen de spullen, meer lege vloer. Toen ze hem de eerste keer, bijna vrolijk, bezig zag spullen achter in zijn auto te laden, voelde ze zich aan haar lot overgelaten. Wat heb je nodig om op een onbewoond eiland te kunnen leven? Een opener, je favoriete muziek? Wat nog meer? Gereedschap? Een toekomstvisie. Geloof in de mogelijkheid om weg te komen. Dat wordt mensen in interviews gevraagd: Zou je proberen weg te komen? Sommige mensen halen hun zakmes tevoorschijn en beginnen meteen een vlot te bouwen; andere gaan gewoon zitten wachten tot er iets gebeurt. De eersten zijn vooral mannen, de laatsten vooral vrouwen. Maar is dat omdat mannen in de eerste plaats de zakmessen hebben, en hun hele leven bezig zijn geweest met oefenen om vlotten te maken?

Ze heeft Edward zien wegzeilen, vlot keurig in orde, een overhemd als zeil, tegen zonsondergang. Zij is geen ontsnapper, zij zit neer onder de takken van de enige boom en zal hem niet omhakken om er een vlot van te maken omdat ze in de schaduw wil zitten. Ze zal het volhouden, dat zal ze doen, daar is ze goed in. Het is het alternatief voor ontsnappen. En het ligt in de aard der dingen dat er als je het lang genoeg volhoudt iets verandert, omdat in het leven altijd alles verandert, het is zoals het er toegaat. (Maar is volhouden het enige dat je kunt doen tegenwoordig? Valt het allemaal buiten haar controle? De stem die haar herinnerde aan mobiele telefoons en virtuele werkelijkheid treitert haar weer.)

Ze gaat ten slotte zitten in een van de leunstoelen die haar zijn gelaten, en schuift hem dichter bij de radiator. Het is koud hier, en de deur, die wijd openstaat, laat tocht binnen vanuit de hal. Dan ziet ze het. Er is een pakje, iets in een gevoerde zak, op een tafel die op een rare plaats is neergezet, alsof hij ineens besloten heeft hem niet mee te nemen. De tafel ziet er vreemd provisorisch uit, maar het pakje is aan haar geadresseerd. Edward moet het dagen geleden hebben opgehaald en het voor haar hebben achtergelaten, om ervoor te zorgen dat het niet door sneeuw werd bedorven. Het is vochtig aan de buitenkant, maar ingepakt in een met bubbeltjesplastic gevoerde envelop, dus zal het boek erin onbeschadigd zijn. Ze scheurt het open. Ah, ja, het boek dat ze al weken geleden heeft besteld: de brieven van George Sand aan Flaubert, en die van hem aan haar. Een briefwisseling. Tweerichtingsverkeer. Het zal haar de hele winter kosten. Godzijdank.

De deurbel gaat. Edward heeft nog steeds een huissleutel, maar misschien belt hij aan om te laten merken dat hij echt weg is, of uit beleefdheid tegenover haar, dat kan ze niet zeggen. Ze gaat opendoen, met het boek nog in haar hand, alsof het bescherming zou kunnen bieden.

'Hallo.'

'Hallo. Zijn de kinderen thuis?'

'Ja. Ze verwachten je. Edward, ze weten het. Waarom, bedoel ik. Over mij.'

Het klinkt en voelt voor haar alsof ze iets toegeeft, het bestaan van een schande die er eerst niet was. Ze heeft het moeten toegeven. Zij is degene die van iedereen de schuld zal krijgen.

'Heb je het hun verteld? Waarom?'

'Nou, ze vroegen het. Aidan vroeg het.'

'En je hebt hem verteld dat je een verhouding hebt gehad?'

'Nou, hij vroeg het. Er was geen andere reden voor jou om weg te gaan, toch?'

'Maar denk je dat dat wijs was, of zelfs verstandig?'

'Ik heb geen idee. Ik weet niet meer wat wijs of verstandig is.'

'Nou, ik bedoel, jij bent hun moeder.'

'Precies. Anders zou het ze niet kunnen schelen, toch? Als ik alleen maar mevrouw MacWieweet hier in de straat was? Het zou niet uitmaken, toch, als zij een verhouding had?'

'Mevrouw Wie? Waar heb je het over?'

'Nou, niemand, ik bedoel zomaar iemand, een vrouw die niet mij is. Dan zou het er niet toe doen, toch?'

'Maria. Hoor eens, kan ik binnenkomen? Het is ijskoud hier buiten.'

Ze stapt opzij, en het geluid dat de deur maakt – *zoef, woesj* – als ze die achter hem dichtduwt, en de manier waarop de regenjassen van hun haak vallen zoals altijd is hun allebei zo vertrouwd dat ze stilstaan, elkaar aankijken, en een seconde lang ziet ze hem, ziet ze dat hij wil dat het allemaal weer gewoon wordt, alleen kan dat niet. Kan het echt niet? Ze kijkt hem die ene seconde aan, en zijn gezicht trekt strak, zegt nee, nee; en dan komen de kinderen uit hun kamers naar beneden, en moet alles worden doorgelopen, be-

144

sproken, uitgelegd, teruggebracht tot de kale feiten, het verhaal over wat er nu met hen gaat gebeuren.

Ze belt hem, natuurlijk. Sean. Zijn nummer staat in haar mobiele telefoon, onmogelijk het te negeren, en ze zit aan haar bureau met de telefoon binnen handbereik; ze toetst het nummer in, ze ziet het licht opflakkeren, hoort de zijne overgaan. Maar ze krijgt de voicemail, de enige twee woorden die worden uitgesproken met het accent waarnaar ze zo verlangt gevormd door zijn naam. Dr. Sean Farrell is niet beschikbaar, laat alstublieft een bericht achter, stuur een fax, wacht voor andere opties, druk op het sterretje voor meer mogelijkheden. De lijst met talloze mogelijkheden waar je tegenwoordig zo vaak naar moet luisteren. Dan kijkt ze naar haar e-mail. Vijftien berichten, en geen ervan is van hem. Ze loopt ze door, wist sommige berichten, kijkt andere vluchtig in, klikt dan op 'Nieuw bericht'. Ze schrijft hem vier woorden. 'Kom alsjeblieft naar Cramond.' Voegt dan toe: 'Morgen 14.00 uur.' Klikt op 'Verzenden'. 'Uw bericht is verzonden.' Nu moet er simpelweg tot morgen worden gewacht. Ze denkt aan Emily en haar geloof, dat ze nu blijkbaar verloren heeft, dat als je spijt van iets hebt en je excuses aanbiedt, je vergiffenis zou moeten krijgen. Die wereld van eerlijkheid waarin ze niet al te lang heeft geleefd. Maar de waarheid is dat ze geen spijt heeft, en dat vermoedelijk nooit zal krijgen. Spijt dat ze haar man heeft gekwetst – ja. Spijt dat ze, hoezeer ook ongewild, de situatie heeft veroorzaakt waarin zij vieren, haar gezin, nu verkeren; maar spijt van wat ze gedaan heeft – nee.

Cramond, waar de Firth of Forth zich begint te verwijden tot het enorme stuwmeer, is de plek waar ze gewoonlijk afspraken voordat ze bij elkaar kwamen, echt bij elkaar kwamen, in haar huis onder lunchtijd van college of universiteit. Weg van overal waar ze herkend konden worden, naar ze dachten; hoewel er in werkelijkheid niet zo'n plek bestond, want iemand zou naar buiten kunnen zijn gegaan om een hond uit te laten, of twee, om te tekenen, om een baby in een buggy rond te rijden, om gewoon naar de zee te kijken. In het begin nam hij de hond van zijn gezin mee als dekmantel; twee mensen die stevig doorstapten met een rode setter die om hen heen rende en neerplofte, met naar achteren wapperende oren en een staart als een vlag, konden er onschuldig uitzien, hoe dicht ze ook tegen elkaar aan liepen, hoe vaak ook de een stiekem de hand van de ander een kneepje gaf. Het was na de allereerste ontmoeting in de boekwinkel, en voor de naaktheid en de glorie van de slaapkamer. Hij in een dikke antracietgrijze tweedjas, spijkerbroek en sportschoenen, een sjaal om zijn nek gewonden, soms met een wollen hoed op. Zij met haar wandelschoenen en haar gewatteerde jas aan, een rode baret over haar oren getrokken. Hun handen, met handschoenen, zonder handschoenen. De vonken tussen hen. En de grauwe Firth, die zich rechts van hen uitstrekte terwijl ze samen liepen, naar het punt waar de snelle bruine kolkende zijrivier bij Cramond aftakt, links van hen wanneer ze omkeerden. De heuvels van Fife, laag, grijs, plotseling belicht tussen wolken door. De grote ijzeren bulten van de spoorbrug, de gladde boog van de verkeersbrug. En altijd meeuwen, die als papiersnippers boven het water wervelden, en heen en weer suisden. Ze waren altijd aan het wandelen, en aan het praten, het gesprek dringend en noodzakelijk, een op zichzelf staande fase. Iers-zijn, Schots-zijn, terugkomen voor haar, hierheen emigreren voor hem; en de geschiedenis, de hedendaagse politiek, de vrees voor Amerika, de afschuw van Engeland, de schande van regeringen, de verloren idealen van hun jeugd, hun verlangen naar een betere wereld. De rode hond rende vooruit en keerde in bochten terug, aan de voet geroepen, en keek naar hen op, met zijn lange tong, zijn dringende bruine blik, en ze voelde de ronde schedel onder de rode vacht, de lange spitse snuit en de zwarte koude neus onder haar hand, terwijl ze zijn baasje niet kon strelen; en de hond, geliefkoosd en voldaan, joeg rustende zeemeeuwen het strand op, de lucht in.

Hij blafte, hij liep met zijn neus omlaag langs de rand van het water, hij was een vlam tegen al het grijs, en voor Maria was hij hun beschermer. Niemand kon, wanneer je zo'n soepele, prachtige hond uitliet, zich afvragen wat je aan het doen was, of met wie. '*Whatever you say, say nothing, say nothing to you-know-who,*' citeerde Sean graag uit het oude liedje, de opvatting en de waarschuwing van zijn voorouders, '*For if you know who knows you know what, you know what they'll do.*' De stiltes, het praten, het hond-uitlaten van die begintijd; en dan reden ze, allebei weer in hun eigen auto, die ze aan het einde van de weg uit de buurt van elkaar hadden geparkeerd, terug naar beneden via Granton de stad in, hun wangen prikkend van de kou, hun lippen gebarsten en uitgerekt van de zoen die ze hadden uitgewisseld – een snelle blik om hen heen, niemand te bekennen – terwijl de hond achter in zijn gedeukte stationcar zat te hijgen, met druipende tong, en hij haar zachtjes uit de wind draaide.

Cramond, een signaal en een smeekbede.

Ze was daar de volgende dag, parkeerde haar auto aan het einde van de weg zoals ze altijd had gedaan, maar het was zo'n sombere dag dat er maar twee andere in het zicht waren, geen van beide de zijne. Ze bleef zitten en keek in haar spiegel naar de lege uitgestrektheid, de weg, de hemel. Twee uur. Tien over. Kwart over. Ze zette de radio aan, hoorde een schelle stem praten over verkeersopstoppingen ergens op de ringweg, zette hem uit. Toen zag ze zijn auto verschijnen, en ze keek toe terwijl hij aankwam en pal achter haar parkeerde, wachtte op zijn gezicht voor de voorruit, zou hij glimlachen of niet, zou hij net zo boos zijn als Edward, hoe zou hij daarna tegen haar zijn? Ze deed haar portier open. De lucht was guur en koud, en wind waaide van de Firth, en de sneeuw die aan het smelten was geweest tot grijze vlekken, lag nog in klompen langs de weg, en het hele landschap was in tinten grijs, bruin, wit. Er was deze keer geen bochten makende rode hond om een weg erdoorheen te laten oplichten. Hij kwam naar haar toe, de kraag van zijn jas opgezet, zijn gezicht bleek als altijd, zijn kuif onder een pet gestopt.

'Hallo daar.'

'Sean. Je bent gekomen.' Het is alsof de woorden spaarzaam, minimaal moeten zijn; ze moet ze zoveel mogelijk terughouden.

'Ja, ik ben gekomen. Niet in de gebruikelijke zin, maar toch, ik ben gekomen.' Hij lacht naar haar, terwijl hij haar op een arm-lengte afstand houdt, naar haar kijkt; hij is gelukkig nog steeds dezelfde persoon, hij is niet noemenswaardig veranderd in de laatste paar afmattende dagen; alsof er niets met hem gebeurd is.

'Hoe gaat het met je?'

'Ik zou zeggen: erg goed. Gezien de omstandigheden.' Hij lach-te weer, raadselachtig, en zei toen: 'Hoe gaat het met jou?'

'Ik... Goed. Ik moest je zien. Ik kon het er niet bij laten; op die manier afscheid nemen voelde alsof ik doodging, als je het wilt weten.'

'Zullen we wandelen? Ik heb Leo niet meegenomen, omdat ik straks naar de tandarts moet en ik denk dat hij zich daar niet al te netjes zal gedragen.'

Ze is dus voor de tandarts ingepast, en vermoedelijk na de lunch. Ze stelt zich hem voor terwijl hij voor een badkamerspiegel zijn tanden poetst, ze ontbloot om er zeker van te zijn dat er geen etensresten op zitten, en dan voldaan het huis verlaat. Ze kent zijn huis, ze heeft het van de buitenkant gezien. Ze heeft geen idee van de badkamer. Hij weet heel wat meer over haar dan zij over hem; ze vraagt zich even af of dit altijd opgaat voor vrouwen en mannen.

Ze beginnen de steile helling af te lopen, nog met plekken met ijs, en sneeuwhopen, het gras plat en glibberig en grijsbruin ver-trapt. Ze glijden en glippen, hij pakt haar arm, ineens rennen en slippen ze, gevaarlijk, en samen komen ze op het pad dat langs het stenige strand loopt. Ze hijgen, happen naar adem. Buiten in de Forth ligt een tanker voor anker. Tussen hen en de kust van Fife gaat de jaknikker van de oliebron op en neer. Er is niemand op het strand behalve een enkele man die drijfhout opraapt en in een zwarte plastic zak stopt.

'Was het lastig voor je om te komen?'

'Nee. Ik zei al: ik heb een afspraak bij de tandarts. Maar echt, ik ben blij je te zien, ik wou het graag.' Zijn gezicht, naar haar gekeerd terwijl hij dit zegt, is plotseling eerlijk en open, het spreekt de waarheid. Zijn mond, die zich om de woorden sluit, zijn directe blik, zijn hele gezicht vrijmoedig en tevreden.

'Hoe is het thuis?' Niet dat ze het echt wil weten.

'Hetzelfde. Het gaat goed met iedereen. Matt is een beetje verkouden. Over een paar dagen is Annie jarig. Maria, ik wou je zien. Ik denk dat ik dat altijd zal willen.'

Ze kan niets zeggen. Ze kijkt naar hem, afwachtend.

'Maar ik kan je niet meer ontmoeten zoals vroeger, dat heb ik je gezegd. Dat valt me niet gemakkelijk, verre van dat, maar ik moet het wel doen. Of eigenlijk laten.'

'Wat gaan we dan doen?'

'Ik weet het niet. Weer de hond uitlaten?'

'Nee, nee.' Ze is sprakeloos door de oneerlijkheid ervan – oneerlijk, het kinderlijke woord, het woord van haar dochter, het woord dat je ophoudt te gebruiken zodra je volwassen bent. Oneerlijk, omdat iets hem buiten haar bereik heeft gebracht, en hij ermee akkoord gaat, het is allemaal zijn idee.

Ze weet, diep vanbinnen, onder de diverse lagen van gedrag en ideeën en visies en beweringen die haar leven haar de afgelopen veertig jaar heeft opgelegd – daar binnen, waar ze leeft, klein, gehurkt, beschermd – dat er groot onrecht is geschied. Daardoor is het leven onherkenbaar geworden. Ze wil weten of het voor hem hetzelfde is. Hij bukt zich, pakt een platte ronde kiezelsteen en laat die met de langarmige boog van een geoefend werper – het gevolg van zijn Ierse knapentijd tussen de meren, een verleden waarvan zij nooit deel heeft uitgemaakt – over het water scheren. Hij zinkt, wit in grijs. De vogels vliegen op en krijsen, en duiken af op iets op de kust, een dode vis, een overblijfsel van een picknick. Opeens ervaart Maria de plek als vijandig, het is te koud, te zeer van kleur ontdaan, te vol met sneeuw en ijs, winters, somber, vreemd. Ze wil nu naar huis. Maar dan doet hij zijn jas voor haar open en trekt haar naar binnen, als in een tent, en houdt haar tegen zich aan, haar hoofd ingestopt onder zijn kin, zijn vertrouwde peperige geur, zijn ruwe trui en sjaal, zijn hand midden op haar rug die haar tegen hem aan duwt, stevig. Ze blijven daar even zo staan, aan de rand van het water, in die stenige, ijzige tijd en plaats, en voor dat moment is een beetje warmte teruggetoverd, wanneer ze onder haar wang het langzame, gestage bonzen van zijn hart hoort. Ze denkt: het gaat niet om seks, niet nu, het gaat om iemand zo tot op het bot kennen als je jezelf kent, en dat moeten opgeven is hartverscheurend.

'Wil je je chocola in je kamer hebben, liefste? Dan kun je rusten tot het tijd is voor het avondeten.' De bel voor het avondeten klonk om vijf uur. Ze ging bij hem zitten, na de kinderen 's middags les te hebben gegeven, en zelf tijdens de siësta te zijn opgebleven. Na het eten deden ze spelletjes, musiceerden, waarbij Solange soms quatre-mains met hem speelde. Hij maakte hen aan het lachen door Liszt te imiteren, door zijn haar over zijn oren te doen en zijn das los te maken om een bohemien te lijken. Hij speelde woest, onstuimig, en roerde hen dan ineens tot tranen met een verandering van toonsoort. Hij was haar kind, haar vriend, haar inspiratiebron.

'We vervelen je toch niet, liefste, met onze plattelandsmanieren?'

'Nee, ik heb me nog nooit in mijn leven zo weinig verveeld. En weet je, je hebt mijn leven gered. Ik heb alles aan jou te danken.' Hij noemde haar nog steeds Aurora, nooit George.

Wanneer zij ziek was - en ze kreeg steeds meer last van haar lever en maag als ze vermoeid was - verpleegde hij haar, hij bracht haar bloemen uit de tuin, las haar voor, streek haar haar naar achteren. Zij had ervoor gezorgd dat hij weer gezond werd; nu kon hij voor haar zorgen, zei hij. Die zomer had hij de sonate in bes-klein, een impromptu in fis-klein en twee nocturnes voltooid. Ze werden gevolgd door een wals, een scherzo, nog een ballade, deze keer in F-groot, twee polonaises, twee etudes, drie mazurka's. Nergens kon hij zo achter elkaar doorwerken als in haar huis. Hun keiharde afspraak werkte: hij had haar opoffering nodig gehad.

Maar zij voelde zijn verlangen naar Parijs. Hij was het meest zichzelf wanneer hij op etentjes van de hogere kringen speelde in voorname huizen, of intieme salons, waar mensen hem smeekten om te improviseren en hij in de woestheid uitbarstte die de muziek eiste, ook al putte het hem uit.

Het allemaal op papier zetten en opsturen was bepaald niet hetzelfde. Ze wist dat ze hem los moest laten; het was niet aan haar hem vast te houden. Ze stond op, stak weer een sigaartje aan en ging naar haar bureau om in rookwolken gehuld Charlotte Marliani te schrijven, en haar te vragen twee appartementen voor hen te zoeken in Parijs, apart, maar niet ver van elkaar, zodat ze ervoor kon zorgen dat hij genoeg te eten had. De kosten deden er niet toe, ze zou beide appartementen inrichten.

Maria ligt languit op haar bank met een geruite plaid over haar benen te lezen. Ze wil nog niet ophouden met lezen. Ze leest de brieven van Flaubert, pakt dan weer de brieven van Musset, wenst opnieuw dat George niet alle brieven van Chopin aan haar had verbrand, duikt dan weer in *Histoire de ma vie*. Ze maakt notities op blocnoteblaadjes, die ze over de vloer verspreidt. Ze heeft een glas wijn bij haar elleboog staan en een halfopgegeten boterham op haar schoot, en de schildpadkat, Gigi, komt aan haar voeten zitten, spint en geeft haar kopjes met een nat bekje.

Emily komt, voor ze naar de stad gaat om de laatste Harry Potterfilm te zien met Harriet en Kirsty, dringend vragen: 'Mam, gaat het goed met je?'

'Heel goed, dank je lieverd.' Je moet erop oefenen het te zeggen, om ervoor te zorgen dat het bewaarheid wordt. 'Veel plezier. Heb je je sleutel, of zal ik de deur openlaten? Kom na afloop direct naar huis, je moet morgen weer naar school, vergeet dat niet. Brengt Harriets moeder jullie thuis?'

'Oké. Weet je zeker dat alles goed met je is? Nou, ik ben weg. Ik heb mijn sleutel.' Emily bukt zich om haar te knuffelen, haar warme gezicht even tegen het hare. Ze heeft haar eigen besluit genomen; ze is nog steeds haar moeders meisje. Als Aidan weggaat verlaat hij het huis met een korte kreet en slaat met de deur, en is het geluid van zijn voetstappen op de stenen treden te horen en weg is hij. Het zal hem meer tijd kosten weer nader tot haar te komen; hij is bezig uit te zoeken wat de juiste reacties van een man zouden kunnen zijn, en neemt zijn vader ten voorbeeld. Afkeuring, een superieure blik en de gewoonte meestal afwezig te zijn zonder aan te kondigen dat hij weggaat, en waarheen. Ze wenst dat ze met Sean kon afspreken. Kon. De triestheid van de aanvoegende wijs. Maria stopt een ansichtkaart in haar boek om aan te geven waar ze gebleven is en hoort dat Emily wordt opgehaald, stemmen op straat, het dichtslaan van een portier. Ze gaan naar de Multi-Plex aan de andere kant van de stad.

'Ga-je goed, wijfie?' Het is een teken van genegenheid, dat 'wijfie', ze gebruiken het om te benadrukken dat ze gelijken zijn, vrouwen onder elkaar. Een paar uur later, wanneer ze binnenkomt, lijkt Emily gegroeid, misschien door het samenzijn met haar vriendinnen. Verandering vindt plaats wanneer je niet kijkt; die komt naar voren in de ruimte tussen gesprekken. Haar dochter, die vraagt of het goed met haar gaat.

'Ja, prima, wijfie. En jij?'

'Ik mis pappa.'

'Ik weet het. Hij komt zaterdag, om jullie mee uit te nemen.'

'Ik wil niet dat hij me mee uit neemt. Ik wil dat hij hier is. Je weet wel, net als vroeger. Waarom kan dat niet?'

'Omdat hij nog steeds boos op me is.'

'Kun je er niet voor zorgen dat hij niet boos is?'

'Nou, dat is lastig, Em. Ik wou dat ik het kon.'

'Weet je, in de film, in alle boeken, gebruiken ze toverkracht wanneer dingen anders te moeilijk zijn. Spreuken, dat werk. Je hoeft ze alleen maar te leren toepassen. Dat vind ik echt gaaf.'

'Nou, als ik een toverspreuk wist, zou ik die zeker gebruiken. Maar je weet dat het allemaal niet echt is, dat het verzonnen is.'

'Ja, dat weet ik, natuurlijk weet ik dat.' Een minachtende Em, die vraagt: Heb je niet gemerkt dat ik volwassen ben geworden? 'Maar soms kun je toch wel een beetje geloven in dingen waarvan je weet dat ze niet echt zijn? Alleen maar voor even? Ik bedoel, gewoon doen alsof je ze kunt gebruiken?'

Het is een lange, strenge winter, de langdurige noordelijke terugtrekking van het licht die haar altijd zwaar is gevallen. Majorca, en de weken daar in januari, voelt als een ander leven. Maria is laat in de avonden alleen met George Sand, en de kat. De kat vindt het heerlijk als ze zo lang stilzit, ze maakt knedende bewegingen en spint en kwijlt. Maria leest George' verzoeken aan Flaubert – zij is in de zestig, hij in de veertig, maar ze komen allebei over als oude mensen, ze maken grapjes over de verschijnselen die bij hun leeftijd horen: Kom logeren, je moeder kan heus wel een paar dagen alleen blijven, het zou je goeddoen, je zit te veel thuis. En ze leest zijn antwoorden: Ik zou het graag doen, maar het kan niet, mijn moeder heeft me nodig, ik moet werken, jij werkt zo hard en bent zo productief, mij lukt soms maar één regel op een dag.

Gustave Flaubert, haar vriend toen ze ouder was. Niet de Flaubert van de wapenfeiten in Noord-Afrika, de prostituees, jongens, orgieën. De Flaubert van herschreven zinnen, donkere avonden op het platteland, pijntjes en kwalen. De Flaubert die voor zijn moeder zorgt, de Flaubert die al opziet tegen een paar uur reizen.

Toen hij George voor het eerst las, dreef hij de spot met haar vloei-ende proza; toen hij haar uiteindelijk leerde kennen adoreerde hij haar. Het is een opluchting voor Maria dat ze nu bij de betrekkelij-ke rust van George' latere leven is aanbeland. Het gebied van de passie heeft plaatsgemaakt voor het gebied van vriendschap. Illu-sies vallen weg.

Ze constateert dat deze twee mensen, hoewel ze van elkaar houden, zelfs nog geen dag samen zullen doorbrengen omdat er zoveel in de weg zit. Maar ze schrijven. Ze hebben hun brieven, en hun leven sijpelt door in hun brieven, en dat is wat de brieven zo fascinerend maakt, daarom heeft ze na het lezen ervan het ge-voel dat ze haar avonden met warme, grappige, edelmoedige, in-telligente mensen heeft doorgebracht. De brieven zijn alles. De mensen die ze hebben geschreven zijn dood, en tijdens hun leven schoten ze tegenover elkaar tekort, maakten elkaar van streek, verzonnen uitvluchten, logen zelfs – Flaubert die idiote excuses bedacht om het huis niet uit te hoeven, George die altijd iedereen bij haar wilde laten logeren. Maar de brieven zijn prachtig, ze zijn twee eeuwen later nog hartverwarmend en fas-cinerend, en geven je het gevoel dat het leven de moeite waard is zelfs wanneer je minnaar en je echtgenoot je allebei verlaten hebben en de ijzige kou van een noordelijke winter je binnen-houdt, en je kinderen vaak op stap zijn met vrienden, en waar-schijnlijk liever bij hen thuis zijn dan in hun eigen huis. Er is een vader in sommige van die huizen, weet Maria, en ze doen er com-puterspelletjes en houden pingpongwedstrijden, en er komt 's avonds iemand enthousiast thuis van zijn werk, en brengt de gloed van een soort van succes mee, of misschien wel een maaltje vis om te delen.

In haar eigen huis is alleen zij er om hen te verwelkomen, en ze laten haar weten dat dat niet genoeg is. Maar George en Flaubert zijn er voor haar, als twee mensen die in de kamer ernaast aan het discussiëren zijn. Ze kan hen door de muur heen horen. Wijsheid komt, hoort ze, wanneer al het andere verloren is; en die laat je niet in de steek.

Cath, haar oude vriendin, komt verlegen aanbellen, staat op de stoep in haar gevoerde jas en haar spijkerbroek, en blaast in haar handen. 'Ik dacht: misschien heb je er behoefte aan er even uit te zijn? Zullen we de nieuwe wijnbar op de hoek eens gaan uitproberen?'

Zittend op hoge, oncomfortabele krukken drinken ze grenache en zien ze jonge mannen in pak binnenkomen met vriendinnen die eveneens zakenkleding dragen, hun nek zorgzaam met kasjmier sjaals omhuld tegen de kou, hun nette jassen worden aan een houten kapstok in de hoek gehangen. De obers dragen lange voorschoten alsof ze in Frankrijk zijn, en er is een uitgebreide, internationale wijnkaart.

'Mis je hem?' vraagt Cathy haar.

'Ja en nee. Ik mis... iets. Niet speciaal Edward, omdat hij zich zo onaangenaam gedraagt dat niemand hem mist. Maar ik mis het zoals het was. Weet je wel? Het voelt alsof je elke ochtend wakker wordt en ontdekt dat iemand al het meubilair verplaatst heeft.' Ze kijkt om zich heen naar de gloednieuwe inrichting, rieten meubels en standaardlampen, een poging tot de knusheid van een zitkamer. 'Was dit vroeger niet de stomerij? Of zat die hiernaast, waar nu de schoonheidssalon is?'

'Ik denk dat die hier zat. Kijk, de deur zit in dezelfde hoek. Maar dat zou niet eens zo'n slecht idee zijn.'

'Wat?'

'Het meubilair verplaatsen. Ze zeggen dat als je je huis anders inricht, er iets in je leven kan veranderen. Dat stond in een boek over feng shui.'

'Tja.' Maria drinkt haar wijn, die weinig smaak heeft, ze had een shiraz moeten nemen. Haar dochter wil dat ze toverspreuken gebruikt, haar oude vriendin wil haar feng shui laten toepassen. 'Ik heb het gevoel dat er al te veel in mijn leven veranderd is. Verdwenen, vooral.' Ze heeft Cath over Sean verteld, nu het voorbij is. 'Maar ik ben het bed tenminste kwijt, het bed dat we altijd hebben gehad, ik heb een nieuw voor mezelf gekocht.'

'Goeie actie. Nou, misschien moet je nog meer nieuwe spullen kopen.'

'Je bedoelt dat ik moet gaan winkelen om mezelf op te vrolijken? Zei de Amerikaanse president dat niet nadat de Twin Towers waren neergehaald: Ga winkelen?'

Cath zegt: 'Ik bedoelde het niet zo. Maar als je wilt, kom ik langs om je te helpen, als je het leuk vindt, wat dingen verplaatsen, misschien een muur verven?'

'O, Cath.' Ze kijkt naar haar vriendin, die net als zijzelf niet echt meer op haar plaats is in deze wijnbar, tussen het jonge en chique, keurig in het pak gestoken hogere kader. 'Bedankt. Het spijt me dat ik zo negatief ben. Bedankt voor het aanbod. En proost op het nieuwe – wat het ook moge zijn.'

'Proost.' Ze heffen het glas, zoals ze vaker hebben gedaan.

'Het lijkt wel een eeuw geleden dat we die foto's hebben gemaakt,' zegt Cathy.

'En dat we naar die kroeg zijn geweest. Ik vraag me af of er nog zoiets bestaat.'

'Maar vertel eens: hoe gaat het met je boek? Hoe staat het met George Sand?'

'Ik ben haar brieven aan Flaubert aan het lezen, en die van hem aan haar. Ze zijn prachtig. Ze houden me gezelschap. Soms heb ik het gevoel dat ze me laten weten wat ik moet doen.'

Cath kijkt ongemakkelijk. 'Nou, als dat je gelukkig maakt. Blijf alleen niet te veel in je eentje zitten, maat, dat is niet goed.'

Edward laat hen alleen, en ze vermoedt dat het is omdat hij zich gekwetst voelt, en onnodig, en nog een heleboel andere dingen. Maar hoe kunnen gevoelens je bij je kinderen vandaan houden, wil ze weten, hoe kan hij dat laten gebeuren, tegenover hen, tegenover haar? Hij heeft een flat genomen aan de andere kant van de stad, even voorbij High Street, en zijn weinige noodzakelijke spullen erheen verhuisd, en is rustig, vastberaden, een ander leven begonnen. Zit hij, zoals Emily denkt, te wachten tot ze haar verontschuldigingen aanbiedt? Is hij van plan haar te vragen wat zij wil dat er nu gaat gebeuren? Heeft hij een advocaat in de arm genomen en denkt hij erover te scheiden; gaat hij misschien om met een andere vrouw? Ze heeft geen idee. Het is bepaald eigenaardig, om twintig jaar met iemand te hebben geleefd en hem dan zo gemakkelijk te zien weglopen, alsof iemand als nieuw uit een stel afgedankte kleren stapt. En dat allemaal omdat zij een kortstondige affaire had met een andere man.

Waarom, wil ze hem vragen, waarom moet het zo gaan?

Op een dag, wanneer de voorjaarsdagen zijn begonnen te lengen, steekt ze de straat over om naar het instituut te gaan, en ziet ze hem vanuit tegenovergestelde richting, van de Meadows, naar haar toe lopen. Hij stapt stevig door, met zijn jas open, omdat het vrij warm is, de lage zon staat nog aan zijn kant van de straat; hij ziet er jeugdig uit, doelgericht, een sjaal achter over zijn schouder geworpen. Ze vindt dat hij er slanker uitziet. En hij heeft nieuwe kleren aan. Ze ziet hem voor hij haar opmerkt.

'Edward!'

Hij komt naar haar toe. Hij is een knappe blonde vreemdeling. Hij is ook de vader van haar kinderen. 'Edward! Dat is lang geleden.'

'Hallo, Maria.' Hij legt een hand op haar mouw, alsof hij bang is dat ze weg zal lopen. 'Grappig, ik moest net aan je denken. Ik ben pas weer naar Majorca geweest.'

'Echt waar?' Ze wil vragen: Waar, waar dacht je dan aan?

'Ja, ik vond dat we eens moesten afspreken, met elkaar praten. Het is ongeveer een maand geleden, toch?' Ja, eenendertig dagen, toevallig, dat je weg bent gegaan.

'Oké. Wanneer je maar wilt. Hoe was het op Majorca?'

'Goed. Ik heb een heleboel gedaan. Nou, wanneer wil je afspreken? Misschien wanneer de kinderen niet thuis zijn?' Blijkbaar wil hij niet gewoon maar wat kletsen.

'Of,' zegt ze behoedzaam, 'misschien ergens anders?'

'Je zou naar mijn flat kunnen komen. We zouden samen kunnen eten.'

'Nee, dat lijkt me geen goed idee. Liever ergens anders.'

'Oké. Neutraal terrein. Niemandsland.'

'Tja, of gewoon een kroeg, misschien.' Ze heeft de verwijzing naar oorlog opgemerkt.

'Best. Ben je op weg naar je werk?'

'Ja, en jij?'

'Ja, ik ben eigenlijk aan de late kant. Nou, tot gauw. Ik bel je. Heb je nog steeds je mobiel?'

'Ja,' zegt ze, 'natuurlijk. We bellen elkaar. Binnenkort, oké?'

Het is vreemd, denkt ze terwijl ze onderweg naar haar lokaal haar jas losknoopt, haar sjaal afdoet, haar haar naar achteren strijkt, in haar tas haar aantekeningen zoekt: vreemd dat er geen middenweg lijkt te bestaan tussen de uitersten van intimiteit en dit stijve, vormelijke gedrag. De ene dag sta je in je ondergoed naast elkaar je tanden te poetsen en in dezelfde wasbak te spugen, de volgende doe je alsof je elkaar nauwelijks kent. Ze vraagt zich ineens af, nieuwsgierig, of Edward een relatie heeft. Zodra er sprake is van intimiteit, naaktheid, tandenpoetsen, wat dan ook, met iemand anders, wordt dat alles aan de eerste persoon onttrokken. Als niemand daar iets aan kan veranderen, is het gewoon een wet, een natuurwet, iets wat zomaar gebeurt. Ze gaat naar binnen om haar studenten te begroeten.

Ze zitten al op haar te wachten, aan de te kleine tafels van het instituut, en kijken allemaal op en glimlachen wanneer ze binnenkomt, ze mogen haar graag, ze vinden haar colleges leuk, ook al geven ze, naar ze vermoedt, geen barst om Franse literatuur, laat staan de structuralisten, die nog steeds verplicht lijken te zijn. Bij haar kunnen ze alle grote onderwerpen bespreken, liefde, ontrouw, dood, alles gezien vanuit het gezichtspunt van die boeken, waarvan sommige eeuwen geleden zijn geschreven, andere rechtstreeks uit Frankrijk over het Kanaal naar ze toe komen, waar mensen ze misschien oppakken zodra ze verschijnen, het omslag eraf rukken en ze verslinden, waarbij ze de ideeën direct in de bloedsomloop van hun leven brengen.

Vandaag ziet ze glanzend haar, strakke huid, heldere ogen. Een zaal vol mensen die veel jonger zijn dan zijzelf. De lentezon laat hun witte gelaatskleur zien, hun onbesmette jeugd. Ze wil hun vertellen dat boeken je leven veranderen. Morgen word je gevormd door wat je vandaag leest. Het is uiteindelijk niet zomaar een tekst, het is een reddingslijn.

Een van hen begint, het gebruikelijke protest: 'Ha'gien tied om de opgegev'n pagina's te lezen, dr. Jameson. Het leven zat tegen, min of meer. Begrijpt u?'

De anderen lachen. De jongen, die Ruaridh heet, een van de weinige Schotten in de klas, begraaft zijn hoofd in zijn armen op de tafel, grijpt zijn stekeltjeshaar vast. Dr. Jameson, die zichzelf is, zegt: 'Tja, soms zit het tegen, soms zit het mee. Misschien heb je er nu geen behoefte aan, Ruaridh, misschien wel nooit, maar wie weet zul je het je ooit herinneren en blij zijn dat je het gelezen hebt. Nou, wie wil er beginnen?'

4

Corambe

DE OCHTEND NA CHOPINS CONCERT DACHT ZE: IK BEN JARENLANG tegen mijn diepste wensen ingegaan. Ik heb het allebei nodig: muze en minnaar. Ik heb altijd gedacht dat ze een en dezelfde persoon waren, maar dat is niet zo. We leren van het leven. Ze stond op en deed de luiken open om het daglicht binnen te laten. Buiten de glooiing van de heuvel van Montmartre met zijn wijngaarden en tuinen, boven de daken. De Parijse hemel, paarlemoeren wolken en scherp licht. De daken donker en glimmend van de vroege regen die ze niet eens had horen vallen maar nu kon ruiken, zelfs van hieraf. De frisheid van april boven de stad.

Na gisteravond en zijn triomf, wist ze dat het voorbij was, echt voorbij deze keer, hoewel ze vrienden zouden blijven, te midden van andere vrienden, hoewel de tederheid niet minder zou worden nu hij haar niet meer nodig had. Ze liep op blote voeten in haar peignoir naar de kamer ernaast, haar groene kamer waar de lelies van de markt hun nachtelijke geur verspreidden. Dit was wat ouder worden, wijsheid vergaren inhield: droefenis vermengd met de kennis van wat juist was, begrijpen. Op een dag zou Maurice haar verlaten, en Solange ook. Ze zouden allemaal weggaan. Ze maakte haar warme chocoladedrank, door de bittere chocola door hete melk te roeren. Frédéric, mijn lieve jongen, zei ze, je hebt je concert gegeven, je bent doorgebroken, niets kan je nu nog weerhouden.

Ze was die ochtend ontwaakt met de levendige herinnering aan een droom. Ze was op Nohant, en Hippolyte, haar halfbroer, nam haar mee naar buiten om naar de varkens te gaan kijken. De vertrouwde angst kwam in haar op, maar ze kon hem natuurlijk niet laten weten wat ze voelde.

De varkenshoeder heette Plaisir. De eerste keer dat Hippolyte haar had meegenomen om hem te zien, in de werkelijkheid, ging ze lichtelijk onwillig, maar tegelijkertijd nieuwsgierig met hem mee. Ze was nog maar een kind, en hij bijna een jongvolwassene, haar grote broer, dus zou hij haar wel beschermen. Ze was nooit dol geweest op varkens, omdat ze zo lomp en dom leken; er was het oude mannetjesvarken, de beer, de *cadi*, zoals ze hem noemden, die gemene ogen had en je een boom in joeg zodra hij je zag. Maar Plaisir was hem de baas, sprong op zijn rug als een circusartiest, hij commandeerde de bende plunderaars die langs de rand van het bos al snuffelend, gravend en wroetend hun gang gingen, met hun vreselijke kleine oogjes kinderen aanstaarden en samenspanden om ze aan te vallen. Aurore keek naar ze, deinsde terug, dacht aan de vogel in de kooi in Spanje die naar haar had gekrijst en haar duidelijk dood wilde hebben. Plaisir was een woeste man, een *loup-garou*, half mens, half wolf, aardkleurig; hij at wortels, was tegen varkens opgewassen, en het fascinerende aan hem was dat hij de varkens, die booswichten, begreep. Hij behoorde tot de aarde, net als zij; terwijl zij knorden en grote stukken land blootlegden en verwoestten, bevond hij zich midden tussen hen in met zijn driehoekige ijzeren werktuig, en hij groef en grabbelde in de grond zoals zij, of kroop door het kreupelhout op zoek naar slangen en kleine dieren. Terwijl het bleke winterzonnetje de rijp op het graafwerk van de varkens deed glinsteren, en Aurore en Hippolyte stonden te kijken en zagen dat het leven hier helemaal draaide om het ondergronds uitgraven, morrelen en rondwroeten.

'Ik vind ze eng,' zei ze tegen Hippolyte en ze pakte zijn hand vast.

'Maar Aurore, het zijn eigenlijk mensen! Die zijn alleen maar in varkens veranderd.' In haar droom was ze er niet zeker van wat ze waren. Mensen konden half dierlijk zijn. Dieren konden de gedaante van mensen aannemen. Waarom niet?

In de droom stond er iets verschrikkelijks te gebeuren, en ze wist niet hoe ze het kon voorkomen. Welk verband zou er kunnen zijn met Frédéric Chopin en zijn enorm succesvolle concert op het conservatorium van de vorige avond? Ze liep heen en weer door haar kamer, nog steeds niet aangekleed, en rookte een zelfgerolde sigaret.

Plaisir kon met een enkele steen een vogel uit de lucht halen. Hij schoot met zijn katapult op eksters en kraaien, die vooral in de winter bij de varkens rondhingen en de wormen of de ontkiemende zaden opvraten die ze naar boven haalden. Hij droeg altijd hetzelfde aardkleurige overhemd, zijn handen en gezicht waren zo grof als aarde, en hij sprak weinig. Zijn naam betekende 'plezier'. Corambe, zijn tegenpool, was de god van het bos, een volmaakt schepsel. Hij schemerde door de bomen, mooier dan Jezus, menselijker dan de Griekse goden. Ze wachtte op Corambe.

De varkenshoeder was maar voor tijdelijk veroordeeld tot het leven van een varkenshoeder, om de ziel van iemand anders te redden, zo fantaseerde ze, om boete te doen voor zijn zonden. De oude beer, de cadi, was een kwade geest, die uiteindelijk door Corambes geweldige zachtaardigheid werd overwonnen en getemd; de vogels in de struiken waren luchtgeesten die Plaisir kwamen troosten bij zijn zware werk. Als de varkens mensen waren, zou Corambe hen bevrijden.

Wanneer Plaisir in het diepe woud de oude *chant des porchers* zong, het nooit opgeschreven lied van de varkenshoeders uit de Berrichon van eeuwen her, zong ook zij haar eigen zelfverzonnen lied met zijn duizenden regels, waarvan er geen enkele hoefde te worden opgeschreven. Het lied, het verhaal van Corambe, het ritme van haar innerlijke leven. Dit was haar wereld, de wereld van een buitenkind, tussen mythe en werkelijkheid haar eigen weg zoekend.

In haar droom was ze van de wroetende varkens naar Corambe gevlucht, die tussen de bomen verdween. Er was geen Corambe. Alleen de varkenshoeder. Alleen Plaisir was er.

De kindertijd, waar het allemaal begint. De flits tussen de bomen, iets wat voorbijschiet, half gezien, prachtig. Maar ook de angst.

Toen ze haar altaar voor Corambe ging bouwen, koos ze de wilde verafgelegen tuin op Nohant waar jonge boompjes groeiden tussen dicht kreupelhout waar niemand kwam. Drie olmen groeiden daar uit dezelfde stam, de plantjes eromheen raakten verstikt in hun schaduw, zodat er een kleine groene ruimte was ontstaan, van precies de juiste grootte. De aarde was bedekt met mos, de takken vlochten zich dicht dooreen tot een dak tegen de hemel. Ze was daar helemaal alleen en volkomen veilig, zelfs als er maar een paar meter van haar af mensen over de tuinpaden wandelden. Ze zocht kiezelstenen, slakkenhuisjes, mos, richtte een altaar in aan de voet van de hoogste olm en hing er een bloemenkrans boven. De aaneengeregen slakkenhuisjes vormden een kroon aan de laagste tak. Ze sneed een paar takken af om de plek mooi rond te maken, ze vlocht klimop, ze hing kransen en slingers van bladeren op, met vogelnestjes en schelpen als lampen.

Ze lette erop dat ze alleen was voordat ze de tempel betrad, wat een pijnlijke en schrammen veroorzakende aangelegenheid was, omdat ze ervoor zorgde steeds vanuit een andere hoek naar binnen te gaan om geen sporen van gebroken gebladerte of een pad achter te laten. Wanneer alles klaar was, ging ze op het mos zitten en begon offers te bedenken die ze haar god kon brengen. Dieren of zelfs ook maar insecten doodmaken voor zijn plezier leek barbaars en niet passend bij zijn zachtaardigheid. Dus zou ze iets volkomen tegenovergestelds doen: dat betekende leven en vrijheid naar zijn altaar brengen door vogels en dieren erop vrij te laten. Ze jaagde op vlinders, hagedissen, kikkers en vogels, zette vallen uit, hing kooien op. Liset, de jongen van de boerderij, bracht haar wilde vogels die hij in de velden en bossen had gevangen, zodat ze elke dag op haar altaar een zwaluw, roodborstje of lijster kon vrijlaten. De kleinere offers, wantsen en kevers, telden niet echt. Ze stopte ze in een doosje, zette dat op het altaar en deed het open, prevelend tot de god van vrijheid en veiligheid.

In die tijd was er ook monsieur Dumai, de arme gestoorde man die altijd van La Châtre kwam, onberispelijk gekleed en beleefd, die door de tuin het huis in liep, tot hij iemand tegenkwam, die zelfs een keer de kamer van Aurores grootmoeder binnen was gewandeld en naar haar had staan kijken terwijl ze las.

Als iemand monsieur Dumai vroeg wat hij wilde, antwoordde hij: 'La tendresse.' Tederheid. Ik ben op zoek naar tederheid.

'En hebt u die al gevonden?'

'Nee, nog niet. En toch heb ik overal gezocht.'

'Hebt u in de tuin gekeken?'

Als door plotselinge hoop bevangen liep hij dan naar buiten en begon achter struiken te kijken, terwijl hij over de paden heen en weer liep, en gaf alleen antwoord als iemand hem de vraag stelde. 'Tederheid.'

Op een dag hoorde ze dat hij in een put was verdronken, misschien terwijl hij in de diepte nog naar tederheid zocht.

Noot bij Corambe: muze, god, animus. Geest, oplichter. Seksloos, geperfectioneerd. Onzichtbaar. Om naar uit te zien, verwacht, uitgelokt. Ander. Andere zelf. Menselijk, bovenmenselijk. Held. Schaduw. Zelf.

Het probleem is hem in te lijven. Algemeen aanvaarde ideeën van de twintigste eeuw: dat de muze voor vrouwelijke auteurs ook vrouwelijk is. Maar wie is dan degene die we op de rand van de slaap tegenkomen, op wie we wachten bij de open plek, voor wie we een schrijn bouwen, een tempel, een huis; voor wie inderhaast het bed wordt opgemaakt, in hooischuren, tussen schone lakens? Die in ons aanwezig is en binnendringt, die de spot met ons drijft, ons achtervolgt? Die niet echt aankomt, maar ook niet echt weggaat?

Tweeling, broer, speelkameraad. Tweelingbroer die stierf bij de geboorte. Andere helft. (Broze broer met blinde ogen, begiftigd met innerlijke visioenen, gestikt bij het ademhalen voor zijn leven echt begon?)

Echtgenoot. Geliefde, maar niet zozeer in vleselijke als wel in geestelijke zin. Buitenlander, vreemdeling; zonder taal of in tongen sprekend.

Ambivalent. Ambigu. Biseksueel. Wiens geslacht geen beperking inhoudt, maar diepte en breedte. God? Plaatselijk, heidens, toegankelijk; op bepaalde plaatsen te vinden: in bomen, op rotsen, langs de rivier, het meer. Weerspiegeling in het water. In dromen gezien. Onbetrouwbaar, maar uiterlijk vertrouwenwekkend. Muze.

Een aardkleurige man die varkens hoedde, wiens naam Plezier was. Een gekke man die rondzwierf op zoek naar tederheid. Wie is dit kind, denkt Maria, als ze niet zichzelf is, of haar tweelingzusje uit haar jeugd? Ze herinnert zich de schuilplaatsen die ze bouwde, de schrijnen, in de wirwar van bomen en struiken aan het eind van de tuin van haar ouders toen ze in Comely Bank woonden. Het rooster in de bestrating van Broughton Street waar stoom uit kwam, waarvan ze wist dat het de ingang van de hel was, waar je heen ging als je vloekte. Herinneringen komen terug, hardnekkig als een droom, net zo moeilijk te plaatsen, maar even levendig. Wie was de oude schoenmaker die aan het eind van de straat woonde in een smerig krot zonder badkamer, met een vrouw die op pantoffels rondliep, en met plakboeken vol vergeelde krantenknipsels over Oswald Mosley? Het oude Edinburgh kwam bij haar naar boven, een stad van geesten en spoken, van lantaarnopstekers en moordenaars, van onder straten verborgen straten, van gehangenen, van Deacon Broadie en Jekyll en Hyde, de verhalen waarmee ze was grootgebracht, die haar vrees aanjoegen en het moeilijk maakten om naar bed te gaan wanneer het buiten eenmaal donker was geworden en er misschien iemand kwam om het licht op de trap uit te doen. De stad van haar jeugd: een en al zwart steen en diepe in rots uitgehakte spleten, straten als kloven, muren als kliffen; een bijna dubbelgebogen man die een oude kilt met tasje droeg en vunzig en zuur rook, die liep te mompelen en een misvormde schaduw op de muur wierp. De dode hertenbokken met hun wazige ogen die buiten de slagerswinkel op de hoek aan metalen haken hingen, de bebloede fazanten en konijnen die in de etalage lagen uitgestald, met hun slappe poten en hun snuiten en snavels geopend in een bevroren laatste grimas. Mannen die op de hoek van de straat stonden te vloeken en te tieren. Een oude vrouw ingepakt in verscheidene wollen rokken die met haar onderbroek zichtbaar bij de Tron één mysterieuze lange noot zat te zingen als het gefluit van een vogel. Niet kijken, er alleen maar langs lopen. Alle gemompelde, geprevelde, gefluisterde dingen die volwassenen wisten en maar half zouden ontsluieren: waarschuwingen, voorspellingen, tranen voor het invallen van de nacht, de Heer helpt hen die zichzelf helpen, geloof zonder werken werkt niets uit, steek de straat over wanneer je de veegwagen ziet, nooit onder een ladder door lopen, stop je geld in je handschoen, praat niet tegen de gekke man, loop vlug door wanneer je langs dit huis komt, of dat. Een wereld waarin Hogmanay werd gevierd, maar Kerstmis nauwelijks; Halloween maar niet Allerheiligen.

Ze denkt aan Aurore en Hippolyte (die de duivel bezwoeren vanonder de vloerplanken, Deschartres' toverboeken aandachtig bestudeerden, nadat ze, op zomermiddagen wanneer hij weg was, *Le petit Albert* en *Le grand Albert* van de hoge plank hadden getrokken; op zoek naar geesten en weerwolven), en zij is daar, in die tijd en op die plaats waar de dubbele aard van de werkelijkheid zich laat zien, zoals die dat zo duidelijk had gedaan in haar geboortestad.

Tegenwoordig is Edinburgh heel anders dan de vroegere oude, donkere, vuile stad die het is geweest. Het parlementsgebouw zit gehurkt onder aan de Royal Mile, doet Holyrood kleiner lijken, poseert voor de grijsgroene heuvel van King Arthur's Seat. De twintigste eeuw heeft ruimte gemaakt voor de eenentwintigste, zoals de achttiende dat heeft gedaan voor de negentiende, net als het bijgeloof en de magische overtuigingen uit de plattelandsstreek in Aurores kindertijd dat deden voor het rationalisme van haar volwassen wereld. De oude cafés en snoepwinkels zijn verdwenen, de schoenmakers en kleermakers, de vreemde oude winkeltjes met door motten aangevreten kilts met tasjes in de etalage; de slagerij op de hoek met zijn stijf geworden hazen en hangende herten. Er heeft een enorme verandering plaatsgevonden, en ze is nog steeds een kind van de twintigste eeuw, van haar jeugd hier, de dagen dat ze op de treeplank van de wit-met-kastanjebruine bussen sprong wanneer ze de hoek van haar straat in Comely Bank omsloegen, met tien penny in haar hand voor het ritje naar Mary Erskine met haar giechelende witgesokte vriendinnen. Maar hoe zat het met haar overtuigingen? Met haar vermoedens? Een romantica die geloofde in seksuele liefde, in vrijheid, in gehouden beloften en geaccepteerde verontschuldigingen; een vrouw die toegewijd was aan de liefde; een anachronisme? Iemand die zonde in haar leven toeliet, die het opzettelijk een plaats heeft gegeven? Een terugkerende Schotse die het thuis dat ze jaren geleden heeft verlaten niet heeft hervonden, een vrouw wier overtuigingen en instincten verkeerd zijn gebleken, een overblijfsel van de afgelopen eeuw, een soort verslaafde?

Corambe, denkt ze. Aurore wachtte op hem toen ze op liefde

wachtte. De muze, de minnaar die in ons allen aanwezig is. De varkenshoeder, plezier, of de god?

Muzen, dacht George, terwijl de zon patronen tekende op de vloer in haar bruine slaapkamer in de rue Pigalle. Ze was weer gaan liggen op haar dikke matras op de grond, ze voelde zich ineens uitgeput; ze keek naar het beetje licht dat zich naar haar toe bewoog. Ze moest opstaan, het moest al na de middag zijn, maar ze bleef nog minutenlang liggen denken aan de vorige avond, en aan haar droom.

De eensklaps rijpe en afstandelijke figuur van Frédéric Chopin op het concertpodium, die statig een buiging vanaf het middel maakte om in ontvangst te nemen wat hij had verdiend. Hij die ze hoestend en doodsbang had meegemaakt, uitgemergeld en helemaal bezweet, die zich aan haar had vastgeklampt omdat hij de kracht van haar liefde nodig had. Aurélien, Stéphane, le petit Jules. Haar jongensachtige muzen met de blanke huid, net faunen, net veulens die hun hoofd in haar schoot kwamen leggen. Musset, Frédéric Chopin. In allen de echo en het teken van Corambe, de god die niet de varkenshoeder was, wiens naam niet Plaisir luidde. De leraren van haar zoon, Didier en Mallefille. Zelf nog jongens bijna, en zij altijd ouder, altijd aan de leiding, de vrouwe van Nohant die hen in dienst kon houden of ontslaan. Hun nek onder hun haar, de holte van hun platte buik tussen schriele heupbeenderen gespannen. Nu zag ze het. Ze was gewend ervoor te zorgen dat ze regelmatig bloedde toen ze nog haar maandstonden had, vanwege het scherpe verlangen dat in haar opkwam, tijdens haar jaren met Michel, wanneer hij er niet was maar bij die stomme echtgenote van hem zat. Michel, die dichter bij de varkenshoeder kwam dan bij Corambe. Hij had haar gekend, hij had haar tot zichzelf gebracht, haar lichaam onder zijn handen, pas twee dagen nadat ze elkaar hadden leren kennen, en met die directe blik van hem, uit ogen vanachter zijn bril, zwarte zuidelijke ogen; hij had haar gegrepen voor ze het wist, haar tot de zijne gemaakt. Maar hij was niet – of toch wel? – haar muze geweest.

In de droom was Corambe verdwenen. Alleen de varkenshoeder was er. Ze was over haar angst voor hem heen gekomen. Op middelbare leeftijd, net toen ze Frédéric Chopin had losgelaten nadat ze hem had zien doorbreken, die nu bij haar weg was, was uiteindelijk het teken naar haar toe gekomen: dit, de aarde, je eigen natuur, is je redding.

Maria wordt wakker in haar grote koude slaapkamer in haar huis in Edinburgh en steekt haar hand uit naar het notitieblok naast haar bed. Ze probeert haar droom vast te houden, waarin ze zich op een groene plek bevindt, een bos met licht dat door de bomen schemert, met een rivier vlakbij. Ze wacht. Er is een open ruimte, met een soort hut, en ze weet dat er iets of iemand zal verschijnen, en mogelijk de hut in gaan, wat ze zelf niet durft. De hut wordt groter, wordt een huisje met een laag dak en houten muren, bijna helemaal begroeid met gebladerte. Degene op wie ze wacht zal haar zowel vrees aanjagen als haar liefde opwekken. Maar de droom staat in het teken van wachten, en ze voelt nog steeds scherp zijn nabijheid, de aanwezigheid van het stel-dat, het als-nu.

Muze, schrijft ze ten slotte. Natuurlijk gaan dromen over jouzelf, niet over andere mensen, ze heeft genoeg van Jung en latere droomtheoretici gelezen, en heeft zelfs droomworkshops gevolgd bij vrouwen hier in de stad. Je droomt over wachten op een deel van jezelf. Je mannelijke deel. Het deel – ze glimlacht – dat vlotten bouwt, beslissingen neemt, wegzeilt.

Ze gaat koffie voor zichzelf zetten en wacht tot haar Italiaanse koffiepot plotseling begint te borrelen. Ze giet de koffie in een mok die ze van Majorca heeft meegebracht, nogal dik aardewerk met een onhandig oor, maar aan alle kanten beschilderd met bloemen en vogels. Het herinnert haar aan zonlicht en schone lucht.

Ze nipt van haar koffie en denkt aan haar boek. Nu is het haar boek dat haar gezelschap houdt, en ze vindt het heerlijk dat ze het elke keer als ze dat wil in haar geest kan oproepen, met niemand die haar kan storen en niets anders dat haar in de weg zit. Telkens wanneer ze Sean mist met de sterke begeerte naar hem die niet is verflauwd, een steek in haar maag, een scheut in haar vagina, keert ze terug naar haar boek. Als ze aan Edward denkt en aan alles wat ze voor elkaar hebben betekend, die decennialange kameraadschap, ook dan keert ze ernaar terug. Het is alsof ze weer kind is en een fantasiespel doet dat dagenlang doorgaat, school en volwassenen ten spijt, en bedtijd en etenstijd, dat als een rivier blijft stromen, onophoudelijk, en alleen af en toe in kleine wervelingen en zijstroompjes wordt tegengehouden, om dan weer geconcentreerd en vloeiend en moeiteloos voort te stromen. Het is echt makkelijker zonder Edward in de buurt; de kinderen lijken haar uiteindelijk als een van hen te hebben geaccepteerd, een zwakke figuur die straf heeft gekregen zoals kinderen worden gestraft; die uit de volwassenenwereld is verbannen. En het is, hoewel ze dat bij zichzelf nog niet echt heeft toegegeven, ook gemakkelijker om te schrijven als ze niet zit te wachten tot ze iets van Sean hoort.

Het is geen biografie, niet in de gebruikelijke zin. Ze heeft biografieën geschreven, of eigenlijk biografische verhandelingen, voor haar doctoraal: over Céline, over Camus, over Gracq; geijkte figuren die haar geen moeite hadden gekost. Haar PhD-scriptie ging over Roland Barthes en zijn *De taal der verliefden*, een populair onderwerp in die tijd. Het lijkt nu wrang. Maar dit boek, waar ze nu mee worstelt, komt haar voor als een olifantszwangerschap die haar deprimeert en misschien wel nooit zal worden voldragen. Zwanger van George Sand? Blijven steken in het moeras van een zo lang, zo vol leven dat het hare volkomen overlapt, een brede rivier vergeleken met haar smalle stroompje, en zij kan er geen greep op krijgen? Barthes had tenminste nog het fatsoen jong te sterven.

Haar boek zal niet iets zijn wat haar tijdgenoten zelfs maar zouden herkennen, laat staan waarderen. Of, misschien toch enkelen van hen, de vreemdere, intelligentere figuren. Degenen die iets nieuws herkennen wanneer ze het zien; dat is wat ze op goede dagen denkt. Ze denkt aan Sartre die over Flaubert schrijft, zijn eigen leven gelijkstelt aan dat van de grote schrijver door hun jeugd aan elkaar te koppelen: een manier om mee te liften naar gedeelde roem? Maar het kind Sartre werd bepaald niet aanbeden. Misschien heeft een schrijver niet zozeer ellende nodig als wel gebeurtenissen. Een leven waarin van alles gebeurt.

Hoe zat dat met George? Waarom Aurore Dupin en niet Hyppolyte Chatiron, bijvoorbeeld? Ze wilden allebei schrijven; zij deed het, hij niet. (Hoe doe je het, Aurore, hoe vind je je vorm? Laat het gewoon gaan, Hippolyte, de vorm ontstaat vanzelf in de loop van de tijd, het enige wat je moet doen is het opschrijven.) Maar zij ging door en hij greep naar de fles. Het kan toch niet allemaal afhangen van stand, en gelegenheid? Het kan niet alleen aan de opvoeding liggen, en aan het feit dat je boeken om je heen hebt. Iets – en ze tilt haar mok op om de laatste druppels op te drinken, voor ze teruggaat naar haar bureau met zijn laptop en printer – bewerkstelligt dat je niets liever wilt dan verhalen vertellen, de wereld daarin nieuw maken, ervoor zorgen dat ze meer betekenen dan wat ook. Iets laat verhalen door je heen stromen, zoals een rivier tussen zijn oevers stroomt.

En er moet iets gebeuren om jou tot de persoon te maken die je kunt zijn. Je zult, als je George Sand gaat worden, naar Spanje moeten gaan en dode lichamen zien, je zult zelf bijna moeten sterven, je zult toverkracht moeten ontdekken in de diepe wouden van het Franse platteland, je zult je vader moeten verliezen en vervolgens je moeder, en in de stilte die door afwezigheid wordt veroorzaakt, op de open plek waar de bomen zijn geveld, zul je weglopen voor de zwijnenhoeder om je muze te ontmoeten, en hem Corambe noemen.

Diezelfde dag moet ze ineens aan Marguerite denken en ze

schrijft in een opwelling een e-mail aan haar schrijvende vriendin die met haar echtgenoot, eveneens schrijver, in het dal van de Creuse woont, niet ver van Nohant. Marguerite, met wie ze al die tijd in Parijs aan vertalingen heeft gewerkt toen ze allebei nog jong waren, die altijd heeft gezegd: 'Je moet naar ons vakantiehuis komen, waar de familie van Jean-François generaties lang heeft gewoond; je zou het er heerlijk vinden.' Ze krijgt meteen antwoord. 'George Sand is zo'n beetje onze naaste buur! Kom wanneer je wilt. Laat het ons weten en we komen je afhalen. *Tendresses, M.*'

'Ja, ik ga naar Frankrijk, ze hebben me uitgenodigd. Ik weet niet voor hoe lang, misschien een paar weken? Ik wil daar wat onderzoek doen, je weet wel, voor het boek over George Sand. Ik dacht eind juli, augustus. Kun je de kinderen dan hebben, misschien iets organiseren, een vakantie?'

Ze is nog steeds onzeker tegenover hem. Ze hoort hem aan de andere kant, terwijl hij in gedachten of werkelijk op een kalender kijkt. Edward is begonnen haar te bellen, om eigenlijk te bezorgd te vragen of het wel goed met haar gaat. Heeft hij gehoord dat het afgelopen is met Sean? Ze weet het niet. Ze vermoedt dat hij haar mist. Ze hebben per slot van rekening twintig jaar in elkaars gezelschap doorgebracht, en dat moet voor hem toch iets hebben uitgemaakt. Ze vertelt hem nooit dat ze soms, wanneer ze 's nachts wakker wordt, ontdekt dat haar kussen nat is van de tranen, hoewel ze zich niet kan herinneren dat ze heeft gehuild, en niet weet om wie ze dan wel huilt.

Ze zijn begonnen met elkaar te praten, uiteindelijk. Misschien komt het allemaal op zijn pootjes terecht als je het genoeg tijd geeft? In elk geval klinkt hij niet meer zo vijandig.

'Ja, ik denk dat jullie allemaal hier kunnen verblijven, waarom niet? Maar ik heb eigenlijk liever dat je dat niet doet. Kun je ze niet ergens mee naartoe nemen, de hooglanden, de westkust? Ze hebben ook vakantie nodig.' Ze zegt niet: Het zou een goed idee zijn om Aidan uit Edinburg weg te halen, hij brengt te veel tijd door met jongelui die waarschijnlijk hasj roken.

Dit is het volgende gesprek, en ze merkt hoe hij haastig beaamt – nee, natuurlijk zal hij niet komen logeren in wat nu haar huis is. Hij zou ze ergens mee naartoe kunnen nemen, als ze willen. Misschien naar het zuiden, naar hun neven en nichten, misschien de westkust. Of naar ergens in het noorden. Een huisje, een kampeerterrein. Hij zal wel zien. Er zit een vreemde, bedwelmende, bijna angstaanjagende vrijheid aan vast; alsof ze allemaal alles kunnen doen en het niemand iets kan schelen, of niemand er veel aandacht aan schenkt, zoals het leven nu zijn gang gaat.

Hij belt haar terug. Hij heeft een kampeervakantie in de hooglanden georganiseerd, een plek vlak bij Aviemore, waar een heleboel voor hen te doen is. Ze kunnen er de lagergelegen hellingen van de Cairngorms beklimmen en vliegvissen.

'De hooglanden?' kreunt Aidan. 'Kan hij ons niet meenemen naar het buitenland? Hij gaat altijd maar naar het buitenland. Kunnen we niet naar Florida gaan?'

Maar dan geeft Aidan zich gewonnen, zegt dat hij wel een tijdje de stad uit wil. Edinburgh is zo saai in de zomer. Natuurlijk is Em er helemaal voor in, ze wil dat hij haar leert vissen. Hij zal later langskomen, dan kunnen ze plannen maken. Er begint iets te ontdooien, te smelten. Aidan die de stad uit wil, Em die wil leren vissen. Moeten ze manieren leren vinden om te zeggen dat ze bij hun vader willen zijn? Maar mensen veranderen. Godzijdank, mensen veranderen echt. Ze slaakt een zucht van verlichting, en constateert dat de lange avonden warmer beginnen te worden, de schaduwen die over haar smalle streepje tuin heen en weer schieten maken strepen op het gras tot na het eten; de seizoenswisseling heeft een lichte verandering meegebracht, nauwelijks waarneembaar, een soort warmte tussen hen, een vorm van respect. Hij heeft het nooit over Sean, net zomin als zij. Sean belt haar nooit; ze hebben elkaar niet meer gezien sinds die keer bij Cramond. Het leven, zo kan ze niet nalaten te constateren, neemt zijn eigen loop, zoals de seizoenen in het jaar. Net wanneer je denkt dat er niets gaat gebeuren, verschuift er iets kleins, een glimpje licht, een stembuiging, een hand op de jouwe, iets wat 's ochtends ineens in de lucht hangt: vogelgezang, afwezig geneurie, een kind dat je bezorgd gadeslaat, een man die vergeet grimmig te doen. Er moet verband tussen bestaan. Hoe kan het dat ze dit niet heeft gemerkt toen ze jonger was? Vol ontzag begint ze de dagen af te tellen.

Ze koopt haar vliegticket naar Parijs, ze zal de TGV naar Tours nemen en dan doorgaan naar Poitiers, waar haar vrienden haar zullen afhalen. Voorjaar maakt plaats voor zomer, en plotselinge onverklaarbare warmte, die de mensen de deur uit lokt om hun kleren uit te doen en in de tuinen van Princes Street en de botanische tuin te zonnebaden alsof ze aan het strand zijn. Het is tenslotte zomer, in een land waar de zomer soms weigert te verschijnen.

Maria wandelt langs het Water of Leith nadat ze zichzelf door haar eigen achterdeur naar buiten heeft gelaten naar het pad dat langs de rivier loopt. Ze ziet dat het water hoog staat, het bruist bruin en snel onder overhangende takken van meidoorn en vlier door. De sneeuw is helemaal gesmolten en heeft dit water gevoed. Een oude bank ligt op de andere oever als een gestrande boot, langzaam wegrottend in de stroom. De rivier lag er altijd vol mee: oude afgedankte stukken meubilair, fietswielen, vuilnisbakken, zelfs winkelwagentjes. De oude roze bank is een restant, een laatste stuk rommel. Al die tijd heeft de rivier achter haar achterdeur gestroomd, en ze heeft het nauwelijks gemerkt. Twee jongens leunen over de brug die naar de Colonies leidt, met een lijn bungelend in het water. Dit is het oude Edinburgh, verborgen achter het geschitter en gebrul van het verkeer, de hardnekkig opkomende nieuwe gebouwen, de promenades, de toeristische trekpleisters, het veranderde stadssilhouet. Ze loopt in de richting van Leith, onder de bruggen door, voor het eerst sinds eeuwen, en bukt zich af en toe om een stok in de stroom te gooien. Je kunt de loop van een rivier niet veranderen. Hij kan minder worden, ondergronds gaan, gekanaliseerd worden, maar hij is er nog steeds, net als altijd – die bank, hoe is die daar gekomen? – en wanneer ze achteromkijkt, zijn de jongens weg. Een man met nieuwe joggingschoenen aan komt haar over het pad voorbijrennen, met gebalde vuisten, hijgend. Ze doet haar jasje open, slentert in het zwakke zonlicht van die dag, de zomer in aantocht, alles komt toch nog in beweging.

5

Het huis aan de Creuse

TWINTIG KILO PRUIMENJAM, OP 1 SEPTEMBER 1844 EIGENHANDIG gemaakt door madame George Sand, in de goed verlichte keuken met de boomgaard voor het raam, aan de tafel die als slagershakblok fungeert, het fruit dat zich opstapelt, in gouden helften opengesneden in de grote gedeukte koperen pan, en de suiker die oplost, smeltend als sneeuw, en de geuren die zich door het huis verspreiden. Twintig kilo pruimenjam, en dan weer schrijven. Toergenjev kwam logeren. Dostojevski schreef dat ze veel betekende voor de Europese literatuur. Maar, de jam. Gasten die vertrokken, het huis leger, koeler, en voor alles moest worden gezorgd voor ze naar Parijs terugging voor de wintermaanden. Chopins kamer moest worden geschilderd, die geur waar hij last van had onderzocht – kon die van de riolering komen? – en Solange moest weer naar school worden gestuurd omdat ze te onstuimig was. Dan moesten er nog brieven worden geschreven, kranten gelezen, de jam weggezet om te stollen. Pas dan...

Laat in de avond, met koffie en sigaartjes om haar aan de gang te houden, terwijl de anderen sliepen, schreef ze; tot drie, vier uur 's nachts, tot het bijna licht werd, gebruikmakend van de stille uren, haar hengel uitwerpend in de stille diepten, haar rivier. 's Zomers in de vroege avond daalde ze af om te zwemmen. De hele nacht hoorde ze hem stromen.

Maria zit onder de grote citroenboom met haar notitieblok en een glas koud water waarin stofdeeltjes op de oppervlakte neerslaan. Het is een warme dag, hoogzomer, en de lucht lijkt te gonzen van een vaag gezoem overal om haar heen, hoewel er geen specifiek geluid is. Ver voorbij de grote tuin, waar een eeuw geleden de wagens volgeladen met hooi zouden hebben gestaan, ziet ze Jean-François heen en weer gaan met gereedschap en een kruiwagen. Hij is een muur aan het repareren die tijdens de laatste storm zijn muurkappen en bovenste lagen stenen is verloren. Ze kan hem de ladder op zien klimmen, zijn benen in een werkbroek gestoken, de mouwen van zijn overhemd opgerold tot over zijn ellebogen. Stof waait op. Heen en weer gaat hij in de hitte van de late ochtend. Binnenkort zal Marguerite uit de keukendeur roepen: 'Lunchtijd!' en zullen ze zich verzamelen vanuit de verschillende hoeken van het domein, hun verschillende bezigheden, om in de koele keuken te gaan zitten en salades en gekookte groenten uit de moestuin te eten, kaasjes van de naastgelegen boerderijen en gestoofde pruimen van de oogst van vorig jaar. Een koude fles wijn uit de kelder die de monniken hebben gebouwd lang voor de Revolutie dit huis in handen van Jean-François' familie bracht. Alles gaat zoals het altijd is gegaan, decennium na decennium, eeuw na eeuw, sinds de grote omwenteling plaatsvond en land dat aan de Kerk had toebehoord ineens aan Jean-François' republikeinse voorouders werd gegeven. Licht valt in dichte kringen tussen de bladeren van de citroenboom en stuurt zijn spiraalsgewijs draaiende zaadjes naar de grond, of haar bladzijde. Ze had niet moeten denken dat ze hier zou kunnen werken, er is te veel afleiding, maar het groene gefilterde licht onder de enorme boom trok haar aan, en de witte tafel in de schaduw ervan, bespikkeld met zaden, en de manier waarop, als ze achteroverleunt, de zon ineens verblindend tussen de geknakte bogen van de takken door komt. Ze heeft dagen achtereen binnen gewerkt, in de verbouwde varkensstal die ze de *porcherie* noemen, met een versleten kleed op de tegelvloer, een bed, een tafel, een Godin-kachel, een pot met gerbera's die daar voor haar is neergezet, en een klein hoog raam waardoor de zon vroeg binnenkomt en haar wekt met een straal zo direct in haar gezicht op het kussen dat ze ervan moet knipperen, verblind.

Maar nu komt er iemand naar haar toe over de grote zonverlichte grasvlakte die haar van het stoffige steen van de binnenplaats scheidt. Verdorie! Ze is vergeten dat er vandaag een neef uit Parijs wordt verwacht voor de lunch. Het gedrieën stilzwijgend overpeinzen en proeven, de inconsequente opmerkingen van drie mensen die ieder de hele ochtend zijn opgegaan in hun eigen gedachten en bezigheden, zullen worden doorbroken. Jean-François die de stenen met de goede vorm voor zijn muur kiest, Marguerite die boven in haar studeerkamer zit te schrijven, zijzelf die haar aantekeningen maakt over George Sand. Nu zullen ze beleefd moeten doen.

De man draagt een colbertje met stropdas en alleen zijn openhangende jasje stemt overeen met het idee dat het een warme dag is. Hij is komen lopen van het grote huis aan de andere kant van het park, een ander deel van het domein van Jean-François' familie. Hij komt wat onbeholpen naar haar toe, een beetje onwennig, zich een weg banend door het ongemaaide gras. Elk geluid dat hij maakt gaat plotseling verloren in het getjirp van krekels. Dat was dus het zoemende geluid, alleen is het nu ineens luider, alsof de man een natuurlijk evenwicht heeft verstoord en de krekels geïrriteerd zijn. Maria staat op van haar tafel en gaat handen schudden, zoals dat hoort in Frankrijk.

'Bonjour, madame. Je m'appelle Xavier, ik ben de neef van Jean-François. En u, u moet de schrijfster zijn die bezig is met een boek over George Sand.'

'Ja. Ik ben hier alweer bijna een week. Het is een prachtige plek.' Ze spreekt Frans tegen hem, ze voelt zich iemand anders, iemand die ze niet is, of nog niet is.

'En uw boek, hoe gaat het daarmee?'

'O, redelijk goed.' Ze heeft er een hekel aan als ernaar gevraagd wordt, in welke taal dan ook. Het boek bestaat uit een reeks rommelige notitieblokken, een schets, een droom, een gesprek, een gedicht, een ruzie, van alles wat, en toch niet echt iets van dat alles, en ze heeft zeker geen woorden om dat aan iemand te vertellen, in het Frans of in het Engels.

'Bent u naar Nohant geweest? Waar ze heeft gewoond? Het is hier heel dichtbij.'

'We gaan er vrijdag heen. Marguerite en ik.'

'George Sand, die had al die minnaars, minstens tien mannen, ze maakte er geen geheim van.'

Ah, op die toer. Maria zegt niets. Het is het eerste wat je van de meeste mannen over het onderwerp hoort.

'Weet u, Chopin is daardoor gestorven, na de reis naar Majorca.'

Maria wil protesteren dat Chopin niet 'daardoor' dood was gegaan, dat het ziekteproces al aan de gang was nog voor ze Frankrijk verlieten. Maar ze zegt vlakjes: 'Ze begon aan die reis met twee kinderen, een roman om te schrijven en erg weinig hulp. Dat wordt vaak vergeten. En Chopin had vanaf zijn jeugd tb.'

'Ah, maar hij stierf na hun terugkeer, dat kunt u niet ontkennen, madame, ze brak met hem en hij ging dood, zo heb ik begrepen.'

'In feite woonden ze zeven jaar als vrienden samen tot twee jaar voor zijn dood. Wist u dat hij zeven jaar lang elke zomer op Nohant kwam logeren? Ze had zelfs speciaal voor hem een kamer ingericht.' Maria, die staat, heeft de zon in haar ogen, en ineens worden het getjirp van de krekels, het verblindende licht van de tuin, de hitte van de dag, de woordenwisseling haar te veel. Ze wil de stilte terug.

'Ah, u bent Engelse, madame,' zegt het Parijse familielid. Onlogisch, maar alsof hij haar gedachten heeft gelezen.

'Schots, om precies te zijn.'

'Schots. Is dat niet hetzelfde?'

'Nee.'

'Nou, misschien moeten we de anderen eens gaan zoeken? Of moet u verdergaan met uw – ah – werk, madame?'

Hij moet in de gaten hebben dat ze maar wat zat te dagdromen, denkt Maria; maar ze bedenkt dat deze man deel uitmaakt van de familie van Jean-François en dat je in Frankrijk vooral beleefd hoort te zijn, en dat je niet met je gevoelens te koop moet lopen.

'Daar is Jean-François, hij komt al van de muur af. En Marguerite – o, daar is ze.' Marguerite die haar lange schort afdoet, de trap afkomt, de brede uitgesleten stenen treden naast de stokrozen die met hun donkere kopjes op een rij tegen de muur staan, Marguerite met haar haar in een lange vlecht over haar schouder, die vlug over de binnenplaats komt aanlopen om haar te redden, om de boel gaande te houden, te zeggen wat er gaat gebeuren.

Tijdens de lunch komt de Parijse neef terug op het onderwerp van Maria's boek alsof hij de gedachte om het onaangeroerd te laten niet kan verdragen.

'Weet u, er zijn al heel veel boeken over George Sand.'

'Ja, dat weet ik.'

'En toch wilt u er nog een schrijven?'

Maria kijkt naar haar bord, waarop een stuk camembert vanonder zijn papierachtige witte korst ligt te druipen. Eigenlijk is het geen moeite om uitleg te geven, maar ze kan gewoon niets zeggen nu iedereen naar haar kijkt in afwachting van een antwoord. Ze herinnert zich dat er op Franse universiteiten zoiets bestaat als 'je stelling verdedigen'. Het heeft niets met aanvallen te maken, het is iets wat bij het afstuderen hoort, een manier die haar, behoedzaam als ze is, vreemd voorkomt maar die in Frankrijk volkomen normaal is. Gesprekken hier verlopen volgens het patroon van aanval en verdediging. Ze neemt een mondvol wijn en slikt hem door. Maar Jean-François schiet haar te hulp.

'Maria's boek zal anders zijn, omdat zij anders is. De meeste boeken zijn geschreven door Franse auteurs, en maar een paar door Angelsaksische. En bovendien is ze Schots. Ze zal nieuw licht op het onderwerp kunnen laten schijnen.'

'Ah,' zegt de Parijse neef, en hij vouwt zijn servet op om er zijn lippen mee te betten. 'Natuurlijk. Die wijn is heerlijk, Jean-François.' Hij is zijn belangstelling verloren voor een vrouwelijke buitenlandse auteur die niet voor zichzelf op kan komen.

'Eigen maak.'

'Welk jaar?'

'2003, denk ik. Ja, 2003.'

'Een goed jaar.'

'Je zou hem misschien wat langer kunnen bewaren.'

En zo gaat het verder.

Na de lunch houden ze allemaal een korte siësta, hoewel de Parijse neef tegenwerpt dat de mensen in Parijs het daarvoor tegenwoordig veel te druk hebben. Hij strekt zich uit op de divan en doet alsof hij een artikel in *Le Monde* van de vorige dag leest, en Maria vlucht door de keukendeur de hete heldere middag in.

Naar de rivier. Naar George' rivier, deze rivier, de Creuse, die hier stroomt en ook langs Nohant. Naar de plek waar de kano aan een overhangende boom is vastgelegd, tussen de holen van waterratten in de zachte meegevende modder.

Ze treft de kano op de gebruikelijke plaats aan, met zijn neus tegen de oever, schommelend in het ondiepe water, en maakt hem los, leidt hem naar dieper water, gooit het meertouw erin en klimt erachteraan, de ene blote voet na de andere, in haar badpak; haar kleren laat ze in een bundeltje achter aan de kant, weggestopt onder bladeren. Ze pakt de peddel en beweegt hem tegen de stroom in, stuurt tussen platte stenen door, laat de neus van de kano naar een vrije doorgang voor haar wijzen, tussen de grijze wilgen en de populieren die op de oevers staan te glinsteren, op weg naar het gedeelte waar de stroming zich bevindt. De scherpe zon prikt in haar borst en hals. Ze is een indiaan in het oerwoud: diep water en het geroep van vogels in de lucht. Ze is weer jong, een kind. Wanneer kun je, als volwassen vrouw, als moeder, zomaar je kano stroomopwaarts sturen, over het pad van de stroom, onder het oog van de zon?

Maar toch, hij heeft gelijk. Ze kan niet nóg een boek over George Sand schrijven. Er zijn er al te veel. Zijn opmerking snijdt hout. Ze verdoet haar tijd, ze zou iets anders kunnen doen, iets wat meer de moeite waard is – maar wat? Ze schrijft waarschijnlijk over George Sand omdat ze haar eigen leven niet in de hand heeft. Peddel, peddel, verder stroomopwaarts. Nee, ze zit op een spoor, op een warm spoor, ze kan het, hij heeft ongelijk, ongelijk. Verbrandend in de smeltoven van de namiddag, in slaap gezongen door het hart van de stilte. Ze steekt de peddel keer op keer in koel diep stromend water, bruin als thee. Dan stapt ze uit op een ondiepe plaats, haar tenen zakken weg in de modder, ze trekt de kano een stukje de oever op. Ze maakt hem met het gerafelde meertouw vast aan een gestrande boomstam. Er groeien hier dicht langs de waterkant overhangende boompjes, die de onderkant van hun stammen bespikkelen met licht. Ze denkt aan de zilveren ribbels op de dijen van ouder wordende vrouwen, de zwakte en schoonheid van het vlees. Water en licht strelen onophoudelijk de onderkanten van de wilgen. De kano, met zijn groene verf die in de zon is afgebladderd, ligt een beetje op zijn zij gekanteld. Ze waadt het koele water in, zwemt tegen de trekkende en duwende krachten in, stroomopwaarts, steeds maar stroomopwaarts, omdat je anders zo snel door de stroom kon worden meegevoerd. Tegen de stroom in blijft ze op dezelfde plek, alsof ze op een trimfiets zit, of op een lopende band staat. Het kost moeite om op dezelfde plaats te blijven en niet te worden meegesleurd; ze doet haar ogen even dicht en voelt de stroom trekken, het water als touwen tussen haar benen lopen. Ze hoort de scherpe kreet van een Vlaamse gaai, het gekwetter van roeken, de plons van een vis een halve meter verder.

Nu weer dit geluid, dan dat. De zon die door takken schittert wanneer ze haar ogen opendoet.

Als ze uit de rivier komt, voelen haar ledematen traag en zwaar aan. De smaak en geur kleven aan haar, de klamme geheime geur van de rivier en zijn metalige smaak. Ze gaat op de grindoever zitten om op te drogen. De stem van de man uit Parijs is vervaagd. Hij was niet eens een literatuurcriticus, godbetert, hij wist niet waar hij het over had; en bovendien was hij nu ver weg, een corpulente man op een divan, die waarschijnlijk lag te snurken, met een pagina van de krant van gisteren stevig vast, die alles onmiddellijk was vergeten nadat hij haar zijn slag had toegebracht. Hij doet er niet toe. Net zoals de Majorcaan José Maria Quadrado er niet toe had gedaan, over het geheel genomen. Ergens achter populieren en walnotenbomen en maïs- en zonnebloemvelden blaft een hond. Libellen scheren met hun gasvlamblauw dicht boven het water dat rimpelt als schuim op melk. Er zijn dansende witte vlinders en grote kruipende zwarte torren, dazen, waarschijnlijk slangen in het gras. Ergens stroomopwaarts zitten mannen te vissen, de lange lijnen die ze strak over het water uitwerpen als speekseldraden. Ze peilen deze rivier met hun glinsterende lijnen, hun haken, deze rivier en de Vienne, diep onder bruggen, en de Indre en de Cher, en de brede grijs glanzende Loire in zijn kiezelbedding. Vissers die, net als literatuurcritici, denkt ze, op die ene grote zitten te wachten en de andere teruggooien.

Wanneer ze stroomafwaarts teruggaat, tikt de zon haar op de rug, een gast die afscheid neemt. De kano glijdt gemakkelijk, ze hoeft nauwelijks te peddelen, maar tilt de druipende dubbele spaan op en strijkt met het glasachtige oppervlak, dat de onderstéboven buigende bomen in de spiegelbeeldige versie van de wereld vertoont. De lucht in het water is spiegelzilver. De echte lucht is van een glanzend middagblauw. Het zou weleens later kunnen zijn dan ze denkt. Schaduwen strekken zich uit over het water en creëren plaatsen voor verborgen beestjes om naar huis te spetteren. Ze schopt scherpe stenen in warm ondiep water en trekt de kano achter zich omhoog, maakt hem op zijn plaats vast met een stevige dubbele halve knoop. Ze pakt haar bundeltje kleren. Als ze niet was teruggekomen hadden ze haar kleren ontdekt, haar voetafdrukken in de modder, gezien dat de kano weg was. Wat zouden ze dan hebben gedacht? Maar nee, ze is terug, ze loopt terug over het pad, met kleren die aan vochtig vlees kleven, voorbij de afgeladen pruimenbomen met hun gouden gewicht dat hun takken doet buigen als de ledematen van vermoeide dansers, langs de moestuin, met de oranje pompoenen die onder bladeren liggen te wachten, de tamme kastanjes, de snelrijpende tomaten, de lange stokrozen en gladiolen scharlakenrood en roze tussen het groen. Ze heeft modderstrepen op haar benen en ruikt naar rivier. Ze steekt de verblindende binnenplaats over met zijn kleine hoekje schaduw bij de schuurdeuren, loopt de stenen treden op de koele keuken in, waar niemand is maar wel een bos wilde bloemen op de vensterbank, en een koffiepot op de tafel, kruimels, en stilte. Haar voeten op de koude plavuizen, die hun vochtige afdrukken achterlaten, die vlug opdrogen.

Maria en Marguerite maken plannen om naar Nohant te rijden om het huis te zien dat George Sand van haar moeder had geërfd en het museum in het nabijgelegen dorp, La Châtre. Vandaar willen ze doorgaan naar Gargilesse, ook aan de Creuse, waar ze zich later in haar leven terugtrok met Manceau, haar laatste minnaar, om in alle rust te schrijven.

Maria belt het museum. 'Is chateau Nohant elke dag open, of is er een dag waarop het gesloten is?'

'Elke dag, madame, het is open van negen tot twaalf en van twee tot zes.'

'En het museum?'

'Elke dag open.'

'Wat valt er in het museum te zien?'

'Vogels, madame. En andere dingen.'

'Vogels?'

Ze rent naar Marguerite om het haar te vertellen. Vogels? Maria vertelt haar vriendin over de vogels aan het begin van het leven van Aurore Dupin. De vader van haar moeder verkocht vogels aan de kades van de Seine. Ze zag duiven stuiptrekken tot ze dood waren op een keukentafel in Spanje, toen haar moeder en haar zieke broertje en zij reisden om haar vader in het leger van Napoleon te vinden. Vier jaar, terwijl de Spaanse Onafhankelijkheidsoorlog rondom haar woedde. Ze hadden niet haar troeteldier gedood, die met de borst die op een kussentje leek, maar ze trokken de andere uit elkaar, de vleugel van de borst, de poot uit de lies, de nek omge-draaid, de snavel wijd open. Ze keek toe, een verschrikt kind met haar ogen op tafelhoogte opengesperd, en vergat het nooit.

Dan was er de bonte vogel in een kooi die met zijn snavel tegen de tralies sloeg en in het Spaans tegen haar schreeuwde. '*Muerta! Muerta!*' De magere twaalfjarige jongen naast haar zei: '*Muerta* be-tekent "dood". Hij zegt dat omdat hij je dood wenst.'

Vogels? Ze barsten in lachen uit om het toeval.

Op de kades van de Seine leeuweriken, een gouden kneu, een lijster, allemaal in kooien. Hij was geen slechte man, haar grootva-der, niet wreed maar arm. Hij moest zijn dochter te eten geven. En zijn dochter Sophie, die in armoede opgroeide, moest háár doch-ter te eten geven, Aurore.

'Het is een kwestie van vorm,' zegt Marguerite wanneer Maria haar het rommelige groeiende manuscript laat zien. 'Je hebt de vorm nog niet gevonden. Maar dat komt wel.' Ze is 's middags naar beneden gekomen, na haar ochtendlijke schrijfsessie in haar werkkamer boven. 'Het doet er niet echt toe wat mensen over schrijvers beweren,' zegt ze. 'Omdat hun leven net een rivier is, een diepe stromende rivier, en alles wat je kunt zien is de opper-vlakte, waarboven de libellen heen en weer schieten. De rest kan nooit helemaal worden gepeild.' Ze rolt haar mouwen op en steekt haar handen in koud water om de sla te wassen.

Haar rivier, de rivier van George Sand, dezelfde watervlakte.

Ze hebben zo vaak samen aan vertalingen gewerkt, waarbij zij voor Marguerite de Engelse woorden invulde die zo dikwijls niet zo soepel in Frans overgaan. Ze heeft Marguerites boeken gelezen, Marguerite haar scriptie. Sinds die eerste dagen in Parijs, toen ze aan de Sorbonne studeerde, en Marguerite pas getrouwd was en in het vijfde arrondissement woonde. Van haar kamer aan de rue de Broca naar hun appartement bij de Jardin des Plantes, heen en weer om boeken uit te wisselen, ideeën te beproeven. Nu zijn ze opnieuw samen, en Marguerite met haar accurate Franse gevoel voor vorm geeft haar weer haar parameters. De rivier van hun leven, het ritme van de dagen, de middelbare leeftijd, halverwege. Maria loopt naar beneden om weer net als George te zwemmen, en komt elke keer met druipend haar en bungelend nat badpak door de moestuin terug om Marguerite haar nieuwste idee te vertellen. Marguerite tuiniert en brengt groenten naar het huis, penen en aardappelen met droge aarde aan hun wortels, en kleine kroppen sla, een zak vol erwten. Ze neemt in haar hooggelegen kamer een zin, een frase onder handen. Ze kijkt op wanneer Maria aanklopt. 'Ah, wat heb je nu weer ontdekt? Hoe gaat het met onze dierbare George vandaag? Je ziet eruit als een hond die een bot heeft opgegraven.'

Het museum in La Châtre heeft een verdieping met memorabilia van George Sand, exemplaren van haar boeken, de door Nadar gemaakte foto, tekeningen van Nohant door haar zoon Maurice. Maar eerst is er de afdeling met opgezette vogels.

Adelaars, buizerds, grote en kleine uilen, alle soorten meeuwen – mantelmeeuwen, zilvermeeuwen, drieteenmeeuwen – aalscholvers en zwanen, eenden, vinken, ijsvogels, leeuweriken, merels, lijsters, roodborstjes, boerenzwaluwen, gierzwaluwen, huiszwaluwen, pinguïns, roodborsttapuiten, wulpen, zilverreigers en blauwe reigers, duiven, natuurlijk, en kanaries en ook kneuen.

De zwanen, de emoe, de reusachtige vechthaan met zijn zwarte kraag, de albatros die door de *Ancient Mariner* is geleend, te groot om achter glas te kunnen worden ondergebracht. De emoe is in de rui en ziet er raar uit. De flamingo is vreselijk broos. De zwanen zijn uitgedroogd, grijs van het opgehoopte stof. Er is een hele kast vol vogels met het etiket ESPÈCES DISPARUES. De *canard de labrador*, de *pic à bec d'Ivoire*, de *pigeon migrateur*. Uitgestorven soorten. Dan zijn er de kleine, gewone vogels die haast ongemerkt kamers in en uit kunnen vliegen, net zoals interpunctie vaak onopgemerkt blijft. Hun botjes lijken geschreven krabbels, tekens van een dunne pen van lang geleden, hun vlucht schoonschrift dat voorgoed verloren is geraakt. Mussen, huiszwaluwen, winterkoninkjes.

Op Nohant, een paar kilometer verderop, gaan ze op zoek naar George Sand en vinden: haar spullen. In de salon de zware kast van haar adellijke grootvader, overgebleven uit zijn tijd als advocaat. In de bibliotheek in La Châtre stond een andere, met kopieën van haar hele correspondentie. Er zijn haar kleren: de jurken met de taille onder de oksel en rokken zo nauw dat je er nauwelijks een stap in kon zetten, de boerenjongenskleren die Deschartres voor haar had bedacht voor als hij haar mee uit jagen nam. Er zijn de wijde rokken van de negentiende-eeuwse jaren twintig, en daarachter de broeken waardoor ze onnodig werden, het vest, de overjas en de lange wollen sjaal, de hoed en de stevige laarzen van een Parijse studente, speciaal gemaakt voor een schrijfster die er behoefte aan had de straat op te gaan. In Gargilesse bevinden zich de bruine cape met ruches, het platte strohoedje en de korte laarzen uit de jaren zestig en zeventig van de negentiende eeuw, allemaal uitgestald op het bed.

Maria en Marguerite kijken er gealarmeerd naar. Zouden zij willen dat hun oude kleren, of die van hun vrienden, als dat aan de orde was, tentoongesteld werden voor toeristen?

'We brengen alles naar de rommelmarkt voor we doodgaan, af-gesproken?' Maria pakt haar vriendin bij de arm. Marguerite kijkt naar de kleren die op het bed uitgespreid liggen alsof George zelf binnen het uur thuis zal komen om zich te verkleden. 'Het is te persoonlijk. Iemands kleren – nee, dat gaat te ver.'

Later denkt Maria: er was iets wat haar angst inboezemde, ze was ineens bang.

Dan zijn er de haarlokken. De ene grijs, na haar dood afgeknipt, de andere bijna zwart, die had ze in haar jeugd naar Musset ge-stuurd. Het was een tijdperk waarin haarlokken werden afgeknipt en bewaard. Kandelaars, niet identiek maar op elkaar lijkend, alle-bei toegezonden uit Venetië, de ene door Musset, de andere door Pagallo. Wie kwam het eerst op het idee? Brieven. Het was een tijd van brieven. Bijna geen voorwerpen; eerder de vlucht van vogels, het geluid van vleugelslagen, gekrijs, voetafdrukken in stof.

'Niemand zal iets van ons weten, niet op die manier. E-mails, harde schijven, alles zal verdwijnen. Ze zullen ons niet kennen, over honderd jaar. We zullen zijn verdwenen zonder een spoor achter te laten.' Ze zijn allebei stil bij die gedachte.

'Je boeken zullen er nog zijn,' zegt Maria. Maar ze wenst dat ze dit gesprek niet voerden, en weer weet ze niet waarom.

Poppen. Kastenvol poppen. De marionetten die door haar zoon Maurice zijn gebeeldhouwd en door haar aangekleed. Ze zijn als de vogels in La Châtre, het zijn alle figuren in alle verhalen die je ooit zou kunnen willen gebruiken. De draak, de krokodil, de zee-meermin, soldaten van Napoleon in het uniform van een uitge-storven leger. Chopins idee, een poppentheater.

Maria denkt aan lange avonden en mensen die toneelstukken voor poppen bedenken. En daar hangen ze, gevernist beschilderd hout in rafelige zijden lappen, al die tijd nadat de mensen zijn ver-dwenen.

Ze gaan naar buiten en wandelen over het gras van Nohant. Het is nog nat van hevige dauw. Maria vertelt haar vriendin het verhaal van de perenboom, die in de hoek van de moestuin, waaronder de resten van George Sands kleine broertje liggen, dat in Spanje was geboren, om hier te sterven en twee keer begraven te worden.

'En George hoorde er pas van toen haar moeder het vertelde, tientallen jaren later. Maar ik denk dat het niet de oorspronkelijke boom kan zijn.'

Marguerite is moe, daar kan ze niet omheen, en ziet er niet goed uit.

'Marguerite, gaat het wel?'

'Alleen een beetje moe. En af en toe heb ik pijn in mijn maag, ik weet niet wat het is. Maar het gaat best, maak je geen zorgen.'

Ze vinden de perenboom in de hoek van de moestuin, die boven het graf van het kleine broertje is geplant, of de vervanger daarvan. De bomen, denkt Maria, zeggen meer over de vrouw die hier woonde, dan meubels of kleren. Het leven speelt zich af tussen de voorwerpen, in de ruimtes waar iets kan groeien. De ingrediënten zijn nooit precies hetzelfde als het geheel.

Ze begint te denken aan een boek waarin de ruimte tussen voorwerpen zegt wat niet gezegd kan worden. Waarin een lege kamer zingt van afwezigheid. Waarin bomen bewegen en er wat zaadjes af vliegen, als de zaden van de citroenboom bij het huis van Jean-François, en levens een andere wending nemen.

In Gargilesse komen ze in een wereld van regen terecht. Regen op de tuintegels maakt dat ze donker en nat glimmen. De kastanjeboom staat bij de deur te druipen. Ze lopen vlug George Sands laatste huis in, om te schuilen. Ze noemde het nooit bij naam; in haar memoires was het altijd 'mijn dorp'.

Manceau begreep het, zette het huis op zijn naam. Haar laatste minnaar, hij voldeed aan haar behoefte aan rust en alleen-zijn. Als vlinderverzamelaar en naturalist trok hij er de hele dag op uit, ging weg wanneer ze met rust gelaten wilde worden. Vandaag zijn de treden naar het huisje glad van de regen. Ze gaan door de lage deur naar binnen. De kamers zijn knus; het is alsof je onuitgenodigd een bewoond huis binnenloopt. In de voorkamer hangt een plakkaat aan de muur, waarop staat: GEORGE SAND, FÉMINISTE, RÉPUBLICAINE, PRÉCURSEUR. Precursor. Prototype, voorloper. Van wie? Henzelf? En er zijn die laarzen, in de slaapkamer, en haar rok, uitgespreid op het bed...

Ze bedanken de jonge gids en lopen in de stromende regen over de straat naar het Hôtel des Artistes, dat vroeger Chez Malesset heette, waar George ging lunchen, soms al om halfelf 's ochtends. ('Prachtig weer. Zomers warm. Volmaakt eten. Omelet met garnalen. *Pauvre Manceau, où es-tu?*')

Op de piano staat vandaag een enorme abrikozentaart. Overal klinkt het geluid van harpspelers in de regen, zingend en vibrerend door open ramen, als een koor van vogels. Het dorp Gargilesse is het toneel van een samenkomst van harpisten. Ze gaan zitten, met nat haar, paraplu's druipend naast hen; gekalmeerd door eten, geborgen in de wetenschap van het bestaan van hun précurseur. Koffie en abrikozentaart en regen.

Maria heeft haar vriendin nog niet verteld over Edward, of Sean, of de veranderingen in haar leven; hier in het restaurant in Gargilesse probeert ze een begin te maken, omdat het regent, omdat ze ver van alles vandaan zijn, omdat iets haar waarschuwt dat het nu de tijd is om confidenties te doen en naar elkaar toe te groeien, om het soort gesprek te voeren dat je alleen kunt hebben met een vriendin van je eigen leeftijd, of ze nu in een andere cultuur is opgegroeid of niet. Maar Marguerite verandert, na te hebben geluisterd, gewoon van onderwerp en Maria vraagt zich af of ze een of andere onbekende Franse regel heeft overtreden, of dat haar vriendin simpelweg niet geïnteresseerd is in wat er in haar liefdesleven is gebeurd. Ze is altijd al wat puriteins geweest, herinnert Maria zich. Hun eerste ontmoeting, in de kleedkamer van een zwembad in Midden-Engeland, zoveel jaren geleden, toen ze

Marguerite Frans tegen iemand had horen praten toen zijzelf zich uit haar badpak wrong en haar kleren aanschoot; ze was gewoon naar buiten gekomen en had de onbekende vrouw in het Frans aangesproken, en Marguerite, die daar wit en slank stond te wezen in een flodderig zwart badpak, haar smalle voeten in een plasje water, met haar lange vlecht die doorweekt over haar schouder hing, zich hardop afvragend of er een haardroger was, had haar antwoord gegeven. Ze waren samen vertrokken, pratend over vertalen, of je het woord voor woord moest doen of een nieuw geheel moest creëren. Twintig jaar geleden, langer nog. Het was in de tijd in hun leven dat gesprekken overal toe konden leiden, wat ook gebeurde, omdat er feitelijk geen agenda voor het leven bestond en niemand op hen wachtte – alleen twee toekomstige echtgenoten die ze nog niet hadden ontmoet.

De zon breekt door en laat de plassen opdrogen en ze betalen hun rekening en stappen naar buiten een glimmende doorweekte wereld in. Marguerite rijdt in haar oude Citroën. Maria zit naast haar en kijkt naar haar ruwe dooraderde tuiniestershanden op het stuur. Ze vinden laat in de middag een hotel, waarin ze misschien de nacht zullen doorbrengen. Het staat aan het eind van een lange oprijlaan, achter bomen verborgen, net als, denkt ze, het huis in *Le grand Meaulnes*, maar dat zegt ze niet tegen Marguerite, er zijn zoveel huizen als dit in Frankrijk. Het heet Hôtel de la Vallée Bleue, en ze parkeren en gaan naar binnen om navraag te doen naar kamers. De kamers variëren in prijs, vertelt de man van de receptie hun. Er is de Gustave Flaubert, die een paar franc duurder is dan de Jules Sandeau, die weer wat duurder is dan de Alfred de Musset. De Frédéric Chopin is de meest exorbitante, de Théophile Gautier gewoon een koopje. Het is een knappe man in hemdsmouwen en hij kijkt in het register om te zien welke kamers vrij zijn. Is het een spelletje? Maria kiest voor de Gustave Flaubert. Marguerite twijfelt tussen de Musset en de Sandeau. De lange wijsvinger van de receptionist loopt de bladzijde langs. Helaas zijn alle kamers geboekt, tenzij ze, wat heet, het bijgebouw in overweging zouden willen nemen, waar hij, ah, de Manceau en de Casimir Dudevant heeft.

'Ik denk het niet,' zegt Marguerite. Ze kijken elkaar aan, stikkend van de lach. Wie heeft, in deze diepe landelijke stilte, al die kamers geboekt? Maria heeft een korte fantasie van buitenlandse auteurs, ieder in een andere kamer, onophoudelijk schrijvend met de toewijding van mensen die in een schrijverskolonie zitten opgesloten. Ze zal Marguerite erover vertellen zodra ze in de auto zitten. Maar van binnen komt er geen enkel geluid en er kijkt niemand uit de hoge ramen wanneer ze wegrijden.

'Stel je voor, de Gustave Flaubert, en wakker liggen of dromen over beren en troubadours.'

'Ja, en luisteren naar een oude vrouw die hoest en achtervolgd wordt door zinnen die zeven keer herschreven moeten worden.' Marguerite, achter het stuur, met haar rok opgetrokken en haar voeten in oude espadrilles op de pedalen, doet mee met het spel.

'En ontwaken met tanden die zwart zijn geworden door kwik? Brr. Of de Musset; daar zouden Venetiaanse kandelaars moeten zijn, een gondelier voor het raam, de geur van Italiaanse cake wanneer je wakker werd. Niet slecht. En dan zou daar altijd nog dokter Pagallo zijn achter de coulissen.'

'En denk eens aan de Frédéric Chopin; je zou bezorgd wakker liggen, luisterend naar de regen op het dak, en dat gehoest.'

'Persoonlijk geef ik de voorkeur aan Manceau. Hij wist tenminste hoe hij een dak moest repareren, en er was niets mis met hem.'

'We willen andere dingen als we ouder worden,' zegt Marguerite, lachend, handen op het stuur. 'Een beetje betrouwbaarheid, zou je kunnen zeggen.'

Maar dan herinnert ze zich blijkbaar dat Maria geen betrouwbaar iemand heeft om op te leunen, dus doet ze er het zwijgen toe.

Maria bedenkt dat ze, als ze er weer naar op zoek zouden gaan, het Hôtel de la Vallée Bleue waarschijnlijk niet meer zouden kunnen vinden. Misschien staat het, net als de omelet met garnalen van Chez Malesset, niet in de Michelin-gids, in elk geval niet die van dit jaar. Hebben we het gedroomd, wil ze haar vragen, was het echt? Maar ze herinnert zich wat Marguerite heeft gezegd over andere dingen willen; en ineens herinnert ze zich haar droom over de schuur die een huisje werd, de man die daar op haar zat te wachten. Het was Gargilesse. Het was het huisje van de ouderdom, het laatste thuis.

Wanneer ze terugkomen van Nohant, staan daar de potten pruimenjam, in rijen. Twee dagen lang is Jean-François bezig geweest jam te maken. Hij zit aan de tafel met een scherp mes de gele, licht roodgespikkelde pruimen in stukken te snijden. Sap druipt van zijn vingers, de stukjes pruimenvlees vallen in de schaal. Maria ziet dat zijn broek precies dezelfde is als de broeken die aan de keukenmuur van Nohant hangen. De reine-claudes van gisteren staan, al met etiketten erop, in de kast. De mirabellen in de pan zijn kleverig en beginnen bruin te worden. Jean-François zit op een hoge kruk, met zijn benen gekruist, turend over zijn brillenglazen, met een lange houten lepel te roeren.

'En, hebben jullie de geliefde George thuis aangetroffen?'

Weldra zullen alle potten zijn schoongemaakt, van etiketten voorzien, en in de grote kast gezet, genoeg voor een heel jaar, en zullen de ramen en deuren van het huis gesloten worden en zal niemand van hen meer hier zijn. De witte kat in de tuin zal tevergeefs op mensenstemmen wachten, en het opgeven, en ergens anders heen gaan om eten te krijgen. De winter zal komen, en het voorjaar, en weer een zomer. En zo voort en voort. De deuren zullen weer opengaan, de pruimen van volgend jaar zullen rijpen aan de bomen, mensen zullen samenkomen, de stoelen zullen worden neergezet op het grasveld onder de citroenboom. Zo is het de afgelopen twee eeuwen elk jaar gegaan in het dal van de Creuse, in dit huis van Jean-François' familie, en in het huis op Nohant sinds die revolutie, toen eigendom, geschiedenis en literatuur in andere handen overgingen. Op een dag staat daar madame George Sand in haar keuken jam te maken, terwijl haar vriend de musicus een frase uitprobeert op de Pleyel. Een jongetje is uit een raam gesprongen. De kinderen zijn beneden bij de rivier hutten aan het bouwen. De muren, het massieve steen, de daken en kelders zijn dezelfde. Jaren later zullen alleen de bomen zijn gegroeid.

Terwijl ze bij Jean-François en Marguerite logeert, wordt ze in hun langzame dagelijkse ritme opgenomen. Ze ontbijten samen, de thee gezet in de grote tinnen theepot die Marguerite jaren geleden heeft gekocht toen ze in Engeland studeerde, geroosterd brood dat door Jean-François is klaargemaakt, licht verbrand en dik besmeerd met zijn eigen jam. De keuken ruikt naar geroosterd brood wanneer Maria daar arriveert via de binnenplaats, die ze diagonaal oversteekt vanaf de porcherie, waar ze slaapt en werkt. Ze is de afgelopen dagen bezig geweest met het vertalen van George. George op Nohant, George aan de rivier en in Gargilesse, schrijvend terwijl Manceau vlinders tekent en ze 's avonds bezique spelen. De binnenplaats is van verblindend wit steen, met donkerrode, bijna zwarte stokrozen die langs een muur groeien. In het huis voelen de vloeren koel aan blote voeten – ze schopt haar schoenen uit bij de deur – en is het zelfs fris tussen de dikke middeleeuwse muren. Na het ontbijt doet Jean-François de afwas, zoals na elke maaltijd, elk aanbod om te helpen wegwuivend: 'Lieve kind, je zou niet weten hoe! Nee, in dit huis doen de vrouwen nooit de afwas.' Hij is zorgzaam, grondig. Zijn handen in de gootsteen of wanneer ze stenen terugplaatsen op muren of omzichtig erwten plukken of voelen hoe rijp een pruim aan een boom is. Maria kijkt toe en ziet het stevige raamwerk waarbinnen haar vriendin leeft. Maar er is iets niet goed, dat ziet ze ook. Marguerite is magerder dan ze haar ooit heeft gezien, haar lange witte benen wankel als ze loopt, vermoeidheid rondom haar ogen. Er is iets wat niemand zegt.

'Laat mij dat doen, je ziet er moe uit.' Maria zegt het op een dag, en Marguerite geeft haar een grote zware mand met groenten aan om van de moestuin naar binnen te brengen.

'Ja, ik voel me de laatste tijd niet zo goed. Jean-François wil dat ik me laat onderzoeken wanneer we teruggaan naar Parijs. Maar we worden er geen van allen jonger op. Ik denk niet dat het meer is dan dat.'

'Maar je moet je wel laten onderzoeken.'

'Ja, ik weet het. Maar Marie, hoe zit het met jou? Ik maak me zorgen om jou. Jou en Edward. Wat je me hebt verteld. En, vind je het erg dat ik het je vraag: waarom? Waarom, na twintig jaar – meer nog, toch? Ik kan het me op een of andere manier niet voorstellen.'

Ik weet dat je het je niet kunt voorstellen, denkt Maria, omdat jij Jean-François hebt, en hij je omgeeft met alle zorg en aandacht die je nodig hebt, zodat je kunt groeien, als de zeldzame kwetsbare plant die je bent.

'Ik werd verliefd op iemand anders,' zegt Maria. 'We hadden een verhouding.'

'En ben je nog steeds met hem samen? Die man? Ga je met hem samenwonen?'

'Nee. Hij heeft er een punt achter gezet. Hij is getrouwd.'

'Ah. Ik begrijp het.' Ze zitten nu aan de grote keukentafel en beginnen erwten te doppen. De erwten schieten uit hun nog vochtige peulen een glazen schaal in. Maria denkt: het is lang geleden dat ik verse erwten heb gezien.

'Ik zag er de noodzaak niet van in om die reden uit elkaar te gaan,' zegt Maria. 'Maar Edward kon het niet verdragen. Hij was te jaloers, te boos. Hij zei dat ik ons huwelijk had uitgewist, min of meer, door wat ik had gedaan.'

Marguerite zegt: 'Hij is nog gekwetst. Hij komt er wel overheen. Als je die man niet meer ziet, waar kan hij dan nog van streek door raken? Zoveel mensen komen over zulke dingen heen. Ikzelf, bijvoorbeeld.'

'Jij?'

'Ja, Jean-François is zo vaak verliefd geweest op andere vrouwen. Maar het is nooit blijvend. Hij komt altijd weer bij me terug.'

'Jean-François? Echt waar?'

'O ja, echt waar. Ons hele huwelijk door. Maar hij gaat niet bij me weg, net zomin als hij weg zou gaan bij dit huis, of deze tuin. Hij is niet het type man dat weggaat. Hij gaat alleen af en toe op... op stap. En komt weer terug.'

'En jij vindt dat niet erg?'

'Ik kan niet zeggen dat ik het niet erg vind, maar het vernietigt me niet; het gebeurt, het houdt op, hij is hier, hij is een goede echtgenoot.'

'Hij houdt van je.'

'Ja, hij houdt van me.'

'Ik denk dat Edward me nu haat.'

'Haat is niets anders dan een aspect van liefde. Het is gekwetste liefde. Denk je niet, Marie?'

'Zo heb ik er nooit over gedacht. Ik vraag aan mezelf: hou ik van hem, en het antwoord is ja, maar niet op de manier waarop ik van die andere man hield.'

'Nou, natuurlijk, je bent jarenlang met hem getrouwd geweest, en die andere man is nieuw voor je. Natuurlijk is het anders.'

'En waar ik naar verlang – dit kan dom klinken – is iemand die er gewoon is. Die van me houdt ongeacht wat ik doe. Snap je?'

'Dat is kinderlijke liefde,' zegt Marguerite resoluut. 'Anderen kunnen niet van je houden ongeacht wat je doet. Je moet een goed mens zijn wil er iemand van je kunnen houden. Mensen kunnen niet gewoon maar van je houden simpelweg omdat je bestaat.'

'Hmm. Tja, misschien. Geloof je niet in onvoorwaardelijke liefde?'

'Jawel, maar dat is iets voor kinderen. Je moet de liefde waard zijn.'

Hun vingers zijn bezig, pellen de peulen tot erwten de glazen schaal vullen, klein en groen en teer, en Marguerite staat op om de aardappelen te pakken die liggen te wachten tot ze geschild worden. Jean-François komt binnen met in elke hand een enorme paddenstoel, alsof hij jongleert.

'Kijk eens wat ik gevonden heb.'

'Hoe zit het dan met George Sand en Manceau?' vraagt Maria. 'Het schijnt dat hij haar onvoorwaardelijke liefde heeft geschonken.'

'Ah maar dan nog, zij was George Sand. Ze was iemand.'

'Waar praten jullie vrouwen over? Onvoorwaardelijke liefde?' Jean-François veegt de aarde van zijn handen. 'Altijd liefde, wanneer twee vrouwen bij elkaar zitten.'

'En als mannen bij elkaar zitten?'

'Ah, we praten over onze wapenfeiten. Hoe we een vrouw hebben versierd. Meestal allemaal gelogen.' Hij grinnikt. Maria denkt aan het huisje in Gargilesse, en Manceau die alles repareerde, het dak maakte, George' manuscripten kopieerde, zorgvuldig aan zijn eigen gravures werkte, maar er was om haar een kop koffie te brengen, en 's avonds bezique te spelen. Moest je George Sand zijn om dat soort aandacht te krijgen? Er was Marguerite Duras, die een jongere minnaar had, die alles voor haar deed, Yann-en-nog-wat. Maar was het om wat ze schreven, of om wie ze waren? Of was het omdat ze Frans waren? Er waren Colette en Maurice Goudeket, er waren vermoedelijk tientallen anderen, oudere vrouwen met mannen die hen aanbaden. Maar, zoals Marguerite haar onder de aandacht bracht, die vrouwen waren niet zomaar iemand.

Ze heeft net gelezen wat George schreef over Manceau, haar laatste minnaar, die ze op zesenveertigjarige leeftijd leerde kennen: 'Ik ben gelukkig, uiterst gelukkig. Het is zo goed bemind te worden en in staat te zijn volkomen lief te hebben dat het idioot zou zijn je voor te stellen dat daar ooit een einde aan kwam. Ik ben zesenveertig, ik heb wit haar, het doet er niet toe. Van oude vrouwen wordt meer gehouden dan van jonge, dat weet ik nu. Het is niet de persoon die moet blijven, maar de liefde, en laat God ervoor zorgen dat die blijft, want het is goed.'

Misschien komt het door het leven in Schotland, denkt Maria. Maar worden onze gevoelens dan bepaald door onze nationaliteit? Het land waarin we blijken te leven? Nee. Maar hoe we ermee omgaan waarschijnlijk wel. Schotten vinden seks buiten het huwelijk slecht, de Fransen niet. Ze lijden er misschien net zo onder als iedereen, maar als de gemeenschap zegt dat je je door je lijden moet laten leiden, lijd je mogelijk langer, en luidruchtiger. Je klaagt tegen al je vrienden, neemt een advocaat en begint een echtscheidingsprocedure. Zoals Edward nu. Plotseling vraagt ze zich af of Edward, waar hij ook is, lijdt vanwege haar. Als dat zo is, is ze vreemd ontroerd door die gedachte. Het zou de eerste keer in hun leven samen zijn dat ze dit ooit heeft laten gebeuren.

Op haar laatste verjaardag, in april, is Maria tweeënveertig geworden. Ook zij zal over niet al te lange tijd vijfenveertig worden, dan vijftig, en een lange streng van haar zwarte haar is wit geworden, iets wat haar, en ze hoopt anderen ook, doet denken aan Susan Sontag; zodat ze geen moeite heeft gedaan hem te verven. Ze beschouwt zichzelf, omdat dit de eentwintigste eeuw is, niet als een oude vrouw; maar dat haar minnaar begin dertig was heeft haar aan het denken gezet. Ze bedenkt met verbazing dat het voor het eerst in twintig jaar is dat ze Edwards welzijn niet op de eerste plaats heeft gesteld, bezorgd over hoe hij zich voelt, met een groot deel van haar gedachten bij hem. De gewoonte van hem te houden is zo ingebakken dat ze niet eens in staat was op te merken wanneer het ophield. Misschien is het niet opgehouden; misschien gaat een deel van haar nog door met van hem te houden, achter de coulissen, aan de ene kant; maar de pure opwinding, de onverwachte schoonheid van Sean, was beslist een volkomen ander gevoel, als een nieuwe uitloper, een nieuwe ontwikkeling. En dat deel groeit verder in zijn afwezigheid, wordt zelfs sterker naarmate het deel dat zich zorgen om Edward maakt krimpt. Het gaat niet eens om Sean zelf, merkt ze nu; het gaat om een deel van haarzelf dat ze lange tijd geleden heeft laten verdwijnen.

Op haar laatste dag leent ze een oude fiets en gaat de streek verkennen, die ze nauwelijks heeft gezien omdat ze zoveel ochtenden binnen is gebleven. Ze rijdt in short en T-shirt naar het volgende dorp, zet de fiets tegen een warme stenen muur en gaat een café in om iets te drinken. Ze drinkt Orangina met een rietje en wandelt daarna naar de kerk, die dicht is, misschien ter voorkoming van vandalisme. Het is warm, de dorpsstraat is verdeeld in licht en schaduw, er is niemand. Ze gaat verder op de fiets, zwalkend midden op de weg, terug het bos in. Dit soort wegen, denkt ze, zou ooit ondenkbaar zijn geweest voor een vrouw alleen. Zag Aurore hier haar vrouwelijke struikrover aan een boom bungelen? Er zijn geen demarcatielijnen meer. Deze heuvel zou heel goed die kunnen zijn geweest waar het Duitse leger tot staan werd gebracht, een keer in 1870, en in 1940 opnieuw. Niemand zal haar tegenhouden, fouilleren of voor een spion houden. Het bos wordt dichter, het zonlicht schemert van grote hoogte door de takken van kastanjes, eiken, beuken. Opeens bevindt ze zich op een kruising, een plek waar vijf, niet vier wegen in verschillende richtingen voeren. Vier andere wegen om vanaf deze plek rechtstreeks het bos in te gaan. Stilte. Licht maakt patronen op de bodem van het bos. Maria denkt: ik ben in jaren niet zo alleen geweest. Er staat een bord: PROPRIÉTÉ PRIVÉE. DÉFENSE DE PÉNÉTRER. Privébezit, verboden toegang. Ze leunt op haar fiets. De weg die ze heeft genomen loopt nog zo'n tien kilometer recht vooruit, er is geen reden ervanaf te gaan, maar er zijn die verwarring scheppende andere wegen, rechte brede paden dwars door het bos, die ergens heen moeten leiden. Er is dat lastige gevoel een keuze te hebben, en toch een onmiddellijk verbod daartoe. Ze blijft de breedste van de boswegen volgen, laat het bord achter zich, en rijdt zonder te trappen de heuvel af, in de wetenschap dat ze altijd kan omkeren en dezelfde route terug nemen, door het dorp, de weg terug naar het huis; maar op een of andere manier wil ze dat niet. Wanneer ze terugkomt, uren later, na kilometers over karrensporen door het bos te zijn gehobbeld, geleid door de stand van de zon, heeft ze een gevoel van overvloedige vervulling terwijl ze warm en bezweet, met haar smoezelige handen aan het stuur, de tuin binnenrijdt.

6

Troost

HET IS RAAR OM WEER OP WEG TE ZIJN NAAR DE BOEKWINKEL. OP het geschilderde uithangbord staat LE PONT TRAVERSE, wat verwijst naar de gelijknamige zaak in Parijs. Eens is ze naar binnen gegaan om naar boeken van George Sand te vragen. En hij kwam binnen, en het werd de plaats voor hun rendez-vous, halverwege zijn werk in het gebouw waar hij onderzoek deed naar ziekten van het immuunsysteem, en dat van haar, waar ze aankomende linguïsten in de moderne talen colleges gaf over Duras en Modiano, Derrida en Gilles Deleuze. Het sneeuwde, herinnert ze zich. Het was in de winter. En het hele voorjaar en de zomer door, en weer in de winter. Het lijkt lang geleden.

Nu is er een andere uitstalling in de etalage en lijkt die op de een of andere manier helderder; misschien is de winkelruit gezeemd, of het houtwerk geverfd, ze weet het niet zeker. Binnen is er meer ruimte tussen de boekenkasten en de inrichting is veranderd; ze duwt de glazen deur open en gaat naar binnen. Zodra ze binnen is weet ze dat het een plek is die ze gemeden heeft. Er zijn van die plaatsen, op kaarten, in de geografie van steden, die te veel wakker roepen. Op de gewone plattegrond staan ze nooit aangegeven, denkt ze, maar we weten zelf allemaal waar ze zijn. Het is alsof er een stad in de stad bestaat, met monumenten voor momenten in ons leven. Ja, de winkel is helemaal veranderd, tot haar opluchting. Misschien is de vrouw die getuige is geweest van al hun ontmoetingen er niet meer. Vandaag, in een ander seizoen, drijven er onschuldige kleine wolken langs de blauwe hemel boven de straten en staat er geen gure wind, niets waar je voor hoeft te schuilen. Gebouwen staan er fris en glanzend bij, de straten zijn droog. Aan het andere einde van de straat zijn mannen bezig de stenen gevel van etagewoningen te zandstralen, een programma dat nu al jaren de hele stad door wordt afgewerkt, om ze in de oorspronkelijke achttiende-eeuwse staat te herstellen, van voordat de uitstoot van schoorstenen ze zwart heeft gemaakt. Eerst de openbare monumenten, dan de huurhuizen. De vrouw komt van achter uit de winkel, ze glimlacht en steekt haar hand uit.

'Fijn u weer te zien. Ik heb u gemist. Maria, toch?'

'Ja. Hallo. Het spijt me, ik weet die van u niet.'

'Mijn naam? Catriona. Ik zag u een paar keer voorbijkomen. Soms dacht ik erover u op straat aan te spreken, maar u wekte de indruk haast te hebben. Hoe gaat het met het boek?'

'O, redelijk. Ik ben in Frankrijk geweest om er onderzoek voor te doen.'

'In Frankrijk? Wat geweldig. Hebt u ook een beetje vakantie gehouden?'

'Jazeker.' Ze wil weggaan, maar de vrouw, Katrina, Catriona, ze heeft haar naam nooit geweten, is daar nooit geïnteresseerd in geweest, praat nog steeds tegen haar.

'Weet u, misschien moet ik het niet zeggen, maar ik ben de andere keren dat u binnen bent gekomen nooit vergeten. Toen het zo sneeuwde. U vindt het misschien raar dat ik het zeg, maar u leek zo gelukkig. Dat heeft me zoveel goedgedaan.'

'Echt?' Maria kijkt weg, naar planken met boeken, nietszeggende titels, allemaal glanzend, kleurig, nieuw. Deeltjes goudstof dansen in het zonlicht.

'Ja, het heeft behoorlijk indruk op me gemaakt. Om eerlijk te zijn, het heeft mijn leven veranderd. Ik had het gevoel dat ik u moest bedanken.'

'Mij bedanken? Waarvoor?' Maria denkt: ik zou haar kunnen vertellen dat ik niet gelukkig ben, het was allemaal een illusie, de werkelijkheid is niet zo, die gaat voorbij. Ze kijkt naar de andere vrouw – Katrina? – in de lichtbundels die binnenvallen en goud maken van gewoon stof dat danst in de lucht waar iemand niet grondig genoeg heeft afgestoft. Als je je niet bewust bent van het effect dat je op mensen hebt, kun je dan verantwoordelijk worden gehouden voor hun gevoelens, er zelfs voor worden bedankt?

'U zag er zo gelukkig uit, u allebei, en het was nogal aanstekelijk.'

Mooie lichtbruine ogen, enigszins gewelfde wenkbrauwen, grijzend haar naar achteren gekamd vanaf een hoog voorhoofd; een gevoelige, humoristische mond. Maria denkt: ik heb haar nooit gezien, ik was zo bezig met wat ik voelde terwijl ik op hem wachtte. Wat heeft ze in die tijd in me gezien? Dat wat ik nu, ineens, voel ontbreken. Waar is het gebleven?

'Hebt u gemerkt dat de winkel er anders uitziet? We hebben nu een goede poëzieafdeling, dat hadden we eerst niet. Ook wat interessante nieuwe dichters in vertaling.'

'Ja het maakt allemaal een lichtere indruk, ruimtelijker, dat is me opgevallen. Het ziet er goed uit.' Zonlicht, bronskleurige chrysanten en rustig golvende klavecimbelklanken van Bach op de achtergrond.

Iemand heeft hen gezien, iemand herinnert zich hen. Ze hebben invloed gehad op de wereld, ook al is dat nu niet meer zo.

De boekverkoopster loopt naar de afdeling poëzie – 'Wacht even' – en komt terug met een boek. 'Kent u Adrienne Rich? Natuurlijk. Nou, eens kijken of ik het kan vinden. Er is een gedicht over op weg zijn om iemand te ontmoeten op een vliegveld en plotseling beseffen dat alle gevoelens, de energie, de liefde van jou zijn. Ze worden je niet geschonken of geleend door de ander, maar het zijn die van jouzelf. Kent u het?'

Maria zegt: 'Daar heb ik nooit zo over gedacht.' Ze legt een vinger op de slappe kaft van een boek dat op de toonbank ligt.

'Mag ik u een kop koffie aanbieden? Ik drink zelf altijd koffie om deze tijd, en geef het aan iedereen die binnenkomt. Misschien heb ik zelfs nog wat zandkoekjes.'

'Graag. Dat zou geweldig zijn. Katrina?'

'Catriona.'

'Catriona, sorry.'

'Weet u, op een dag dat u hier allebei binnen bent geweest, kocht ik onderweg naar huis een fles rode wijn voor mezelf, een goede, en ik had een van de boeken meegenomen, dat van George Sand, en ik verheugde me er echt op terug naar mijn flat te gaan en daar de avond door te brengen.'

De crescendo's van Bach bezorgen Maria de rillingen. Achter in de boekwinkel begint de koffie door te lopen. Catriona brengt haar een witte kop-en-schotel met een gouden randje. Zonlicht danst tussen hen in, de lucht is er vol van waar stofdeeltjes – leven, de overblijfselen ervan – zich bevinden, en alle boeken zijn nieuw en onaangeraakt en een vuurtje van geperste houtblokken knettert keurig in een haard.

De zandkoekjes netjes in het trommeltje. 'Nee, bedankt, graag alleen koffie.'

'Ik kijk nu uit naar uw boek,' zegt Catriona. 'U moet het me zeggen zodra u weet dat het uitkomt.'

'Uiteraard.'

Er komt iets in Maria op, een herinnering aan een avond waarop ze een pakje, vochtig van de sneeuw, op de tafel in de hal had gevonden. 'Weet u, de briefwisseling met Flaubert? Was u dat?'

'Tja, u kwam niet naar de winkel, en het boek was aangekomen; u had het besteld, dus heb ik het langsgebracht toen ik een keer in de buurt was.'

De deur naar de straat zwaait open en een jonge man in een spijkerbroek en een sweatshirt met KABUL erop komt binnen. Hij werpt een blik op hen beiden en gaat bij de plank met nieuwe boeken staan. Het is Ruaridh, van haar Deleuzewerkgroep.

Catriona roept: 'Die twee planken recht voor u! In alfabetische volgorde, dat is althans de bedoeling. En er is koffie, als u klaar bent, als u wilt.'

Hij kijkt rond en glimlacht, verrast. De twee vrouwen lachen, maar lijken hem niet buiten te sluiten, dus knikt hij: bedankt. 'Hallo, dr. Jameson.'

'Hallo, Ruaridh.'

De jonge man, opeens losgelaten door woorden op een bladzijde die hij heeft gevonden: 'Zei u koffie? Lekker. O, en zandkoekjes.' Hij neemt er twee.

Catriona brengt nog een kopje. In zijn grote koude handen lijkt het fijner. Hij roert er suiker door, het kopje rinkelt op het schoteltje.

'Dit is een van mijn studenten, Ruaridh. Kennen jullie elkaar?'

Ruaridh grijnst en zegt: 'Als u het niet erg vindt dat ik het zeg, dr. Jameson, maar ik heb nog steeds geen idee waar die man het over heeft.'

'Je bent niet de enige. Ruaridh is een van mijn beste studenten, Catriona, hij is heel goed in lastige vragen stellen. Je moet een vragensteller zijn als je verwikkeld bent in Franse filosofen.'

Ruaridh, gevleid, is als een verkleumd vogeltje dat weer tot leven komt. De spanning zakt uit zijn schouders en zijn blik dwaalt niet langer rond. Hij drinkt zijn koffie in een paar slokken op en geeft het kopje terug. 'Bedankt, ik kom zo terug.'

Wanneer Maria weggaat, komt hij haar achterna en zegt: 'Is het daar altijd zo? Het is er gezellig. Geweldig.'

'Ja, ik denk dat het er altijd zo is.'

'Verbazingwekkend.'

'Ja, hè?' En ze zwaaien luchtig naar elkaar, zich omdraaiend om ieder een andere kant op te gaan met het nonchalante gemak van mensen die elkaar kennen en elkaar weer zullen tegenkomen.

'Een fijne dag nog, dr. Jameson.'

'Jij ook! En neem de structuralisten niet te serieus, oké?'

Maria staat buiten de winkel, op straat, wanneer ze zich bewust wordt van iets wat ze wil doen. Het kost moeite weer naar binnen te gaan, het maakt haar actie niet spontaan maar opzettelijk, niet toevallig maar bewust. Ze gaat terug naar binnen en geeft Catriona een kus op haar wang, terwijl ze haar beide bovenarmen vastpakt alsof ze haar op haar plaats wil houden. 'Dank je,' zegt ze. Catriona begint hevig te blozen, wringt zich bijna los; maar dan ziet ze Maria weggaan, een hand geven, om te groeten of om de plaats in de lucht aan te geven waar plotseling dit onverwachte is gebeurd.

De herfstdagen zijn nu prachtig, in de vorm van een Edinburghse nazomer, wanneer de toeristen zijn vertrokken, het festival afgelopen is, de zomer voorbij, maar de hemel blauw en wolkeloos schittert, chrysanten in de bloemperken hun bittere geur verspreiden, de bomen in de botanische tuin nog lange schaduwen over het gras werpen. Tegen zonsondergang gaan de parkwachters rond en slaken hun langgerekte kreet: 'Sluiuiuitingstijd!' Terwijl het schijnsel langzaam verflauwt, laat het zijn gouden gloed na. Door de hoge dikke hagen heen schittert licht. Ze hoort hen door de open ramen van haar huis. 'Sluiuiuitingstijd!' Er gaan verhalen over mensen die de hele nacht opgesloten hebben gezeten achter de ijzeren hekken.

Aidan en Emily gaan weer naar school, langer, bruiner, slungeliger dan ze aan het begin van de zomer waren. Ze stappen 's ochtends het huis uit, langs het terras naar beneden, zwaaiend met hun schooltassen, de straat helemaal uit naar Inverleith Park en door de bruine bladerhopen daar dwars doorheen naar Broughton, waar ze allebei op school zitten. Ze zijn vrienden op een manier waarop ze dat niet eerder zijn geweest, ziet Maria. Aidan is minder gauw verveeld door zijn zusje, en zij barst niet meer zo vlug in tranen of woede uit. Het is buiten haar om gebeurd. Over de vakantie in de hooglanden heeft Aidan alleen gezegd: 'Het was oké. Pap was gaaf. Te veel insecten, we zijn de hele tijd gestoken. Maar het vissen was geweldig. Zelfs Em heeft een grote gevangen – ja toch, Em?' Ze hebben de situatie geaccepteerd.

Edward kwam naar het huis om ze thuis te brengen. ('Hoe was Frankrijk?' 'Goed.' 'Mooi.' 'Wanneer komt je boek af?') Ook hij is gebruind en overdekt met muggenbulten. Hij gooit kampeerspullen neer in de hal, en laarzen, Aidans hengel, het oude zeildoek dat ze al jaren hebben: geen ruimte voor in zijn appartement, zij heeft vast wel een plek om ze op te bergen, als ze geen bezwaar heeft. Misschien gaan ze nog een keer. Ze hebben een paar van de lagere hellingen van de Cairngorms beklommen, in meren gevist, op kampvuurtjes gekookt, te gekke mensen ontmoet. Er was een Amerikaanse familie uit Boston, die hen hebben uitgenodigd te komen logeren. Ze waren hartstikke gaaf, zegt Emily, het uitproberend.

Wanneer hun beide kinderen naar hun kamers zijn gegaan, staat hij in de hal over de hopen spullen heen naar haar te kijken. Maria dwingt zichzelf terug te kijken.

'Het gaat dus echt goed met je?'

'Ja, echt.' Als ze dat verrassende moment in de boekhandel niet had meegemaakt, zou ze daar niet zo zeker van zijn geweest. Maar ze kijkt kalm terug, ziet zijn blauwe strakke blik, zijn gloeiende gezicht, zijn dunnende blonde haar, er klopt iets bij zijn keel. Daar zijn ze weer, in dit huis dat ze samen hebben uitgekozen. Hij gebaart naar de straat. 'Ik moet mijn auto wegzetten, ik sta dubbel geparkeerd.'

'Ja.'

'Ik wou je alleen vertellen dat ik iemand heb.'

'O.' Het is als een slag, een klap. Ze heeft het half en half verwacht, maar nog niet, niet op deze manier. Ze deinst achteruit, haar hand over haar mond, haar hart bonst, ze voelt zich misselijk. Het is even stil; de voordeur nog half open, mensen die voorbijkomen op straat, zijn auto met het openstaande portier. Zon die patronen tekent op het tapijt in de hal.

'Hoe heet ze?'

'Hoe weet je dat het een vrouw is?'

'Nou, Edward, dat neem ik aan, het kan toch geen man zijn, kom op zeg.'

'Tja, het is echt een vrouw. Ze is vreselijk aandachtig. Ik heb haar alles verteld. Over ons, over hoe ik me voelde.'

'O. O god, Edward, ik geloof niet dat ik dit nu kan aanhoren.' De intense steek van jaloezie – ze veronderstelt dat het jaloezie is – doet haar weer naar adem snakken. En hoe kan hij haar dit zo vertellen, zo koeltjes; hoe kon hij een andere vrouw alles over hen vertellen; is er dan niets heilig, is hij haar geen respect verschuldigd? Die aandachtige vrouw, God verdoeme haar, die alles van hem begrijpt, aan wie hij alles heeft verteld wat hij voelt?

'Waarom ben je zo van streek? Ik snap het niet. Wat ik wilde zeggen is dat ze heeft voorgesteld dat jij ook eens met haar gaat praten.'

'Ik met haar praten? Moet ik gaan praten met een of andere vrouw, een vreselijk aandachtige vrouw, een of andere stomme trut die jou zo verschrikkelijk goed begrijpt – daar moet ik mee gaan praten? Ben je niet goed bij je hoofd?'

Edward steekt zijn handen omhoog, de palmen open: kijk, ik ben onschuldig. Dan leunt hij achterover tegen de muur en begint te lachen. 'O, nu begrijp ik het! Je dacht dat ik iemand had in de zin van met iemand omgaan, met iemand uitgaan, een verhouding hebben, is het niet? O, ik snap het. Nee, ik heb een psycholoog. Een vrouwelijke psycholoog. Ze helpt me inzicht in het een en ander te krijgen, dat is alles.'

Maria begint te huilen, vanuit een onherkenbare emotie die

haar doet trillen, en dan begint ze te lachen, en algauw staan ze allebei hysterisch te lachen, zodat de kinderen wanneer ze weer naar beneden komen sprakeloos zijn, buiten adem, verbaasd.

De droom gaat over een huis vol spiegels en ze loopt door een gang om zichzelf als spiegelbeeld te bekijken. Het is haar eigen huis, maar niet een dat ze ooit heeft gekend. Ze steekt kaarsen aan terwijl ze loopt, licht brengend in duisternis, en luistert naar haar eigen voetstappen. Ze is het huis aan het verkennen, en het is niet verontrustend, nog niet; hoe verder ze gaat, hoe meer ze zich met de plek vertrouwd voelt, alsof ze er lang geleden heeft gewoond. Een stem roept haar vanuit een van de kamers, een mannenstem, en ze kan niet zeggen waar die vandaan komt, maar dan slaat ze een hoek om en wordt ze getroffen door een diepe angst dat ze de weg naar buiten niet meer kan vinden. Haastig strijkt ze lucifers af, de ene na de andere, en ze gaan uit, vallen op de vloer als zwarte pitten, en de kaarsen beginnen te flakkeren, dus rent ze van de ene naar de andere in een poging ze brandend te houden. De stem roept en ze probeert te antwoorden: 'Ik ben hier!' en dan in het Frans: 'Je suis là.'

Dan ziet ze in de spiegel de vrouw hangen, met lang zwart haar. Ze houdt haar adem in, schreeuwt (er komt een zwak gepiep uit haar) en dan is ze wakker.

Niet lang na de droom, een paar dagen maar, krijgt ze de brief van Jean-François. Al voordat ze hem openmaakt, voelt ze grote ontzetting. Waarom? Omdat het geen e-mail is en omdat ze een vermoeden heeft wat erin staat. Omdat het de eerste keer is dat hij haar schrijft; Marguerite is altijd degene die haar schrijft, en ze heeft niet meer van haar gehoord sinds ze bij hen is geweest. Maria gaat aan de keukentafel zitten, ziet de postzegel, waar een vogel op staat, een of andere roofvogel, en snijdt hem open met een mes, op de manier waarop niemand ooit nog brieven opent, omdat ze hem niet wil scheuren. Ze herkent zijn handschrift, maar de kleine adressticker achter op de dunne blauwe envelop heeft ze het eerst gezien. Haar koffie staat koud te worden bij haar elleboog, stof danst in het zonlicht over haar tafel, ze leest zijn schuine regels.

Marguerite heeft al een tijd leverkanker. Ze wist het al in de zomer, maar wilde niet dat iemand het wist – o, die vermoeidheid en de maagpijn, o god. Ze heeft radiotherapie gehad en een chemokuur, maar dat is weinig hoopgevend. Leverkanker verloopt snel, en ze is te zwak voor een transplantatie. Het doet hem goed te kunnen zeggen dat de dokters weten hoe ze haar kunnen helpen; dat moeten verdovende middelen zijn, waarschijnlijk morfine. Marguerite heeft gevraagd, zegt Jean-François in de volgende alinea, of Maria hem wil helpen haar ongepubliceerde werk te verzamelen, om een van haar literaire executeurs te zijn. Hij hoopt dat ze die taak op zich wil nemen, uit vriendschap, maar ook omdat ze de schrijfster is die Marguerite voor die klus wil hebben. Hij hoopt dat het met haar eigen werk goed gaat, dat George Sand op weg is gepubliceerd te worden, en dat ze snel contact met hem opneemt.

Maria pakt de telefoon zodra ze de brief twee keer heeft gelezen, om er zeker van te zijn dat ze zijn handschrift helemaal heeft ontcijferd en duidelijk begrijpt wat hij bedoelt, en kiest zijn nummer in Parijs.

Ze krijgt een antwoordapparaat, dat haar in het Frans vraagt een bericht in te spreken, dan zal hij terugbellen. Ze stelt zich de kamer voor waarin ze hen voor het eerst samen ontmoette, herinnert zich het nogal stijve meubilair, de grote spiegels met de vergulde lijsten die de lucht van boven de tegenoverliggende daken weerkaatsten in de kamer, de koffiepot die op een laag tafeltje tussen hen in stond, koffie die na de lunch altijd door Jean-François werd gezet, zorgvuldig werd ingeschonken, ruwe klonten bruine suiker die werden rondgedeeld. De manier waarop de lucht binnenkwam, en de ramen werden geopend, en de boeken in hun zachtgele banden de muur vulden, en hoe ze overliepen naar alle beschikbare oppervlakten, de vloer. Ze aarzelt even, laat dan een boodschap achter. 'Jean-François. Dit is Marie. Ik heb je brief ontvangen. Zal ik komen?'

Terwijl ze wacht tot hij terugbelt, gaat ze online om een vlucht naar Parijs te zoeken. Ze regelt het allemaal zonder iemand iets te zeggen, belt dan Cathy om te kijken of Aidan en Emily dat weekend bij Justin en Kirsty kunnen logeren.

'Marie,' zegt hij wanneer hij een uur later terugbelt; hij klinkt ineens ouder, zijn stem kraakt, en het enige dat ze wil zeggen: ik vind het zo erg, wat vreselijk voor je, gaat al verloren bij de klank van zijn stem, de vermoeidheid, de pure droefheid erin. 'Wil je echt komen?'

'Ja. Ik kom – is vrijdag goed? Ik ga mijn eigen gang.' Hij stemt zo gemakkelijk in dat ze weet dat dat is wat hij wil. Als Marguerite wil dat ze met hem aan haar manuscripten werkt, kunnen ze erover praten hoe ze zullen beginnen; dat is reden genoeg. Maar ze is ontroerd en verrast hoe dankbaar hij klinkt. 'Ik verwacht je vrijdag. Maar heel Engeland ligt tussen jou en mij, dus wees voorzichtig.' Zijn grapje is een poging haar te laten merken dat hij nog steeds ironisch kan zijn, dat ze zich geen zorgen om hem hoeft te maken.

'Jean-François, is ze er? Kan ik haar spreken?'

'Ze ligt in het ziekenhuis.'

'O, het is ongelooflijk, het is zo snel gegaan!'

'Het was al in een vergevorderd stadium,' zegt hij, 'ze heeft het alleen niet gezegd.'

'Bedoel je dat je het niet wist?'

'Nee. Niemand wist het. Ik vermoedde iets. Maar Marie, weet je, ze is zo'n teruggetrokken mens, en ik moest dat respecteren.' Het beneemt haar de adem, wat liefde kan doen; en wat die kan ontkennen.

Op vrijdag rijdt ze in alle vroegte in haar auto naar het vliegveld om de eerste lijnvlucht naar Parijs te nemen, ze laat de kleine Renault achter op het parkeerterrein in afwachting van haar terug-komst. Wanneer ze naar de luchthaven loopt, malen haar gedach-ten door haar hoofd, over Marguerite, over vriendschap, en het onmogelijke feit dat terwijl je volkomen opgaat in het lezen van oude boeken een goede vriendin kanker kan krijgen en bezig kan zijn te sterven. Ze denkt aan Jean-François, die het wist maar niets vroeg; die zijn vrouw een laatste ongestoorde zomer gunde op hun dierbare plek. Terwijl ze boven Noord-Frankrijk een lunch-hapje eet kijkt ze naar beneden, op een lappendeken van velden, herfstmist zweeft erboven als een laagje dunne schapenwol die aan een hek is blijven hangen. Dan wordt de landing ingezet, de aarde komt op als een schok, het vliegtuig stuitert licht. Ze is er. Ze is terug in Frankrijk. Ze loopt gangen door, wacht op haar bagage, wordt langs bewegende transportbanden geleid en met liften naar boven en naar beneden gebracht, en staat dan ineens buiten de luchthaven in de kille metaalachtig ruikende oktobernamid-dag. Ze voelt zich opeens ziek van vermoeidheid en buitenge-woon levend. Ze neemt de RER naar het centrum van Parijs en dan zit ze weer, haar handen gevouwen in haar schoot, naar de mensen te kijken, een man met een gitaar, een Noord-Afrikaanse vrouw met drie kleine kinderen; forensen, reizigers zoals zijzelf, een man met een aktetas die naast haar komt zitten en hem meteen open-maakt en een sudokupuzzel begint op te lossen. Allemaal hier, nu, dicht bij haar, en ze zal hen nooit meer zien. Ze voelt zich onbe-duidend, doorzichtig, niet stevig genoeg; ze is te vroeg opgestaan, ze heeft behoefte aan een fatsoenlijke maaltijd, een douche, haar oksels ruiken; ze moet met iemand praten die ze kent, nu, om zich weer echt te voelen. Wat zal ze doen? Behoeftig, als een spookach-tige bezoeker die erop wacht opnieuw tot leven te worden gewekt aan Jean-François' deur verschijnen, of naar een hotel gaan? Ze kiest voor het hotel, vlak om de hoek bij het huis waar hij woont, en een lekkere kop koffie in een café, en een douche en schone kle-ren. Dan zal ze erheen lopen en bij hem aanbellen en voor hem verschijnen als iemand die van enig nut kan zijn.

Ze stapt uit de enorme trein op Saint-Michel en neemt de metro, haar koffer is zwaarder dan ze voor mogelijk hield met de weinige dingen die ze erin heeft gestopt, en loopt dan van haar hotel in de buurt van het Panthéon de heuvel af naar de vertrouwde straat, bekend van lang geleden, toen ze hen net kende en Marguerite en zij samen naar de moskee gingen voor pepermuntthee en cakejes, in de hamam zaten en onder hete douches werden schoongeschrobd, door de Jardin des Plantes wandelden terwijl ze over liefde praatten, over kinderen, maar vooral over Het, het centrale onderwerp, dat wat hen dreef, de hoofden bij elkaar, ernstig, onder de bomen: de zin van het leven. Marguerite, een romanschrijfster die ook toneelstukken heeft geschreven; Maria schreef poëzie in die tijd, en las alles in het Frans waar ze de hand op kon leggen. Als studente aan de Sorbonne in het jaar nadat ze was afgestudeerd, ging ze haar vriendin opzoeken die ze die dag in het zwembad had leren kennen, en ze maakten een nieuw begin. Ze waren dol op Marguerite Duras voor alle anderen dat werden, ze hoorden haar een keer repeteren in het theater aan de Gare d'Orsay, ze gingen samen naar de Bouffes du Nord en zagen stukken onder regie van Ariane Mnouchkine, ze zagen Bernard Pivot in zijn boekenprogramma *Apostrophes* die hun vertelde wat ze moesten lezen, ze gingen naar de bioscoop, met z'n drieën, Jean-François in het midden, en zagen films van Jean Renoir en René Clair, alle Fellinifilms, Truffaut en Godard, oude oorlogsfilms met Jean Gabin, romantische films met Gérard Philipe; ze liepen 's avonds laat terug om aan de keukentafel thee te drinken en whisky die zij had meegebracht, haar zandkoekjes te eten en te praten, tot laat te praten, tot Jean-François zei: 'Kinderen, het is bedtijd.' Toen ze hun vertelde dat ze ging trouwen met Edward, de blonde Engelsman die ze nooit hadden ontmoet, waren ze aardig en ongelovig. Ja, maar je komt toch vaak terug, vaak! Je neemt je man mee. Maar om een of andere reden die te maken had met de geschiedenis van hun vriendschap en de taal die ze gemeen hadden, heeft ze dat nooit gedaan. Ze heeft Edward in Cambridge ontmoet – toen ze door Parker's Piece wandelde, waar ze nota bene haar portemonnee liet vallen, en hij hem opraapte; en direct daarna weer, op dat feest in Caius. Cambridge, waar hij toen doceerde, en waar zij heen was gegaan om haar PhD te halen, en dat was dat geweest. Een ander leven was begonnen.

Zodra ze aankomt, is ze er verbaasd over hoe juist het is dat ze gekomen is. Soms is dit wat je moet doen. Er is een zekerheid die er vroeger niet was. Die heeft haar hierheen gedreven, helemaal van Edinburgh en door Parijs naar Jean-François' deur op de bovenste verdieping van dat gebouw waarin hij nu tientallen jaren heeft gewoond; over straat, de deur door – zodra de nummers van de code goed zijn ingetoetst – voorbij de vuilnisbakken en de achterplaats naar vijfhoog is ze gekomen, als een thuiskomende postduif, zegt hij, als een pijl uit een boog; en hij doet zijn deur voor haar open waar zij op de drempel naar adem staat te snakken, en trekt haar gewoon in een omhelzing tegen zich aan, zonder iets te zeggen. Pas later legt ze verband tussen die feilloze zet van haar en George Sand, en wat zij schreef aan Flaubert, en wat Flaubert, hoe briljant hij ook was, niet begreep.

'Je hebt de vorm nog niet gevonden,' was een van de dingen die Marguerite tegen haar heeft gezegd, 'maar dat komt wel.' Wanneer ze in Marguerites werkkamer staat, denkt ze: ik heb hem nog steeds niet gevonden. Nog helemaal niet. En misschien is het onmogelijk, misschien vind ik hem nooit. Maar uiteindelijk zal het boek er komen, en gelezen worden; en dat is wat ze meer dan wat ook tegen Marguerite wil zeggen, voor het te laat is. 'Wat mensen over schrijvers zeggen is niet belangrijk,' zei Marguerite, 'omdat hun leven' – hoe zei ze het ook alweer? – 'als een rivier is, een diepe stroom, en je die diepte nooit kunt dempen.'

Er zijn Marguerites boeken, haar eigen en andere, die ze heeft vertaald: John Berger, Julian Barnes, Virginia Woolf; en er is een boek dat Maria haar heeft gegeven, over Amerikaanse schrijfsters; en hier zijn alle dagboeken van Woolf, en de brieven, en Marguerites toneelstuk, dat is uitgevoerd in een klein theater aan de rue Mouffetard – Marguerite en zij, haastig op weg naar het theater, met z'n tweeën onder een paraplu, een plotselinge stortbui – en hier zijn haar pennen en haar computer en paperclips in een schaaltje, elastieken, een takje gedroogde lavendel; natuurlijk is ze hier, ze kan elk moment de ladderachtige trap afkomen, of roepen: er is thee! Het is te veel. Ze begrijpt het dat Jean-François in staat is geweest niets te doen, niets aan te raken, dat hij elke keer dat hij deze kamer binnen is gekomen daar heeft gestaan, net zoals nu, verbijsterd.

'Jean-François, zullen ze haar terug naar huis laten gaan?'

'Ik betwijfel het. Ze wilden haar naar een hospitium overbrengen, omdat ze geen bedden voor langdurig zieken hebben, maar de dokter die haar onder zijn hoede heeft wilde het medicijn dat ze hebben gebruikt nog een keer proberen, en de resultaten vastleggen. Het was bedoeld als vervanging voor de chemo, omdat ze daar zo ziek van werd. Nee, ik denk dat ze te zwak is. Wil je haar echt zien? Ze is nu erg ver heen, Marie.'

'Bedoel je zoals ze er nu aan toe is? Bedoel je dat ze niet wil dat ik haar op haar sterfbed zie? Maar we zijn vriendinnen! Ik kan me niet voorstellen dat ze me niet wil zien! Weet je het zeker?'

'Ik weet dat ze zou willen dat je een aantal boeken neemt,' zegt hij na een lange stilte. 'En, alsjeblieft, neem alles wat je zou willen hebben.' Maar zodra ze dingen gaan verplaatsen, zal ze voorgoed weg zijn. Zodra ze laden openen, papieren beginnen te bekijken. Dat is iets wat je niet kunt doen wanneer iemand nog leeft, en het wel doen, er zelfs alleen maar aan beginnen, maakt hem of haar dood.

'Dat kan ik niet. Ze leeft! Ik kan niet haar spullen nemen.'

Hij zal er niet toe in staat zijn, wanneer ze er niet meer is. Dus uiteindelijk raakt ze de blauwe keramiekschaal met de paperclips aan. Dingen die de Fransen – ze glimlacht – *trombones* noemen. 'Ik zou deze wel willen hebben, eventueel. En misschien de Virginia Woolfs en wat van de andere boeken. Als je er zeker van bent. Maar ik kan zo nog niet aan haar denken, ze is nog niet dood, wie weet, misschien is er nog hoop? Maar we kunnen het erover hebben wat we zullen doen met haar ongepubliceerde werk.'

Hij zegt: 'Natuurlijk. Waarom zou ik je hier niet even alleen laten? Ik ga thee zetten.'

Zou hij zich bekritiseerd voelen, vraagt Maria zich af, is er een bepaalde persoonlijke levenssfeer tussen hen beiden die ik heb geschonden? Dat is lastig te achterhalen. Ze bukt zich, bevend, om papieren van de vloer te pakken die gevallen zijn. Er is een vel waar Marguerites ferme schuine handschrift dwars overheen loopt, een zin of een regel van een gedicht, ze zou het niet kunnen zeggen. Je bent hier, je schrijft, je bent echt, en dan, heel plotseling, ben je uit de wereld verwijderd, je houdt midden in een zin op, halverwege een bladzijde, je woordenstroom stopt, je ademhaling stokt – en je bent er niet meer.

Maria gaat aan de smalle tafel naast het raam zitten, waar Marguerite jarenlang heeft gewerkt. Ze ademt in, en uit. Ze wacht. Ze hoort de stem van haar vriendin, ze is beslist nog hier, haar rustige stem, lichtelijk monotoon. 'Marie, je hebt de vorm nog niet gevonden.' Dan weet ze het. De vorm is simpelweg dit heen-en-weergaan, dit van de hak op de tak, dit gesprek – tussen haarzelf en Marguerite, haarzelf en George Sand, haarzelf en wie er ook is die op haar reageert, haar binnenlaat. Het is de reis door deze ruimtes: van Edinburgh naar Parijs, van Parijs naar Nohant, van Frankrijk naar Majorca, van Majorca terug naar Edinburgh. Het is de kortste afstand tussen al deze levens die elkaar raken en blijven raken, zelfs wanneer enkele van de stemmen dood zijn. Ze steekt een hand uit om de ruggen van Marguerites boeken aan te raken. 'Ik heb hem,' zegt ze ten slotte, 'omdat ik nu, dankzij jou, weet hoe het moet.'

Wanneer ze begint te bekijken wat Marguerite achterlaat, beseft ze dat ze hier nog veel werk aan zal hebben. Er zijn verhalen, een heel toneelstuk, een roman waar ze aan werkte voor ze te ziek werd om zich erop te kunnen blijven concentreren. Er zijn brieven. Alle brieven die zij, Maria, in haar leven heeft gestuurd, bij elkaar gehouden met een dik elastiek. Een ander pakketje, dunner, brieven van Jean-François van jaren geleden toen ze in Noord-Afrika zat. Ze legt ze opzij, voor hem.

'Ik weet niet wat ik er allemaal mee aan moet. Sommige dingen zouden uitgegeven moeten worden. Heb je enig idee? Wat wil ze? Heeft ze jou dat verteld?'

Ze gaan in de kleine keuken zitten, ieder aan een andere kant van de smalle tafel, en drinken hun thee uit wijde Chinese kopjes. Thee, een hommage aan Marguerite, die sinds haar tijd in Engeland altijd een theedrinkster is gebleven. De grote tinnen theepot, de geur van darjeeling, alsof ze haar bewust oproepen. De walnoten in mandjes op de vloer, van vorig jaar, uit de provincie. Een kast vol potten pruimenjam met etiketten erop. Hij zegt: 'Ik zal er ooit heen moeten om de noten van dit jaar te halen.' Ze merkt de poging op om, na een leven in gezelschap, een begin te maken met het ongewone bestaan alleen. Maar hij heeft zijn huis, zijn bomen, zijn oogsten; hij heeft nog zijn erfgoed, hij is als een man met een extra been, denkt ze, dat hem stevig in de aarde doet wortelen. Dat is wat het betekent om tweehonderd jaar een huis te hebben. Dat is wat George had. En hij heeft ook een vreemde gereserveerdheid over zich, een archaïsche terughoudendheid, denkt ze, die hem tot landeigenaar bestempelt, tot aristocraat, ook al kreeg zijn familie het landgoed nadat het tijdens de Revolutie van vermoorde edelen was afgepakt. Hij is het oude Frankrijk, landelijk Frankrijk, hij beschikt over de houding ten aanzien van leven, dood en continuïteit die George mogelijk heeft gehad. Het schokt haar, als moderne vrouw, maar Maria waagt een poging.

'Ik dacht: misschien kan ik terwijl ik hier ben uitzoeken welke zaken jij zou moeten afhandelen, wat naar haar uitgevers kan, en de dingen waar ik iets mee kan doen. Vind je dat goed? Maar ik denk – uiteindelijk – aan een biografie. Ze was – ze is – een belangrijk schrijfster. Wat ze heeft gedaan met Éditions des Femmes was baanbrekend. Wat denk je?'

Hij glimlacht naar haar, voor het eerst sinds ze is aangekomen. 'Nog een biografie? Heb je straks nog twintig jaar over, wanneer je klaar bent met je geliefde George?'

'Touchée. Maar het gaat me geen twintig jaar kosten. Eigenlijk zal ik over niet al te lange tijd klaar zijn.'

Ze zit in Marguerites werkkamer, ademt die alleen maar in, haar geur, nog vagelijk aanwezig, en de lichte stoffigheid van de boeken, wanneer hij binnenkomt. 'Marie, wil je mee naar het ziekenhuis? We kunnen erheen gaan, als je wilt. Het is tamelijk dichtbij.'

Wat is er gebeurd? Is hij van gedachten veranderd? Hij heeft een mobiele telefoon in zijn hand, alsof hij ergens heen gaat en controleert of er berichten zijn. Er heeft iemand gebeld.

'Als je gaat, zou ik haar heel graag willen zien. Ik kan niet geloven dat ze dat niet zou willen, Jean-François, hoe ze er ook uitziet. Onze vriendschap gaat dieper dan dat.'

'We kunnen met de bus gaan. Ben je over vijf minuten klaar?'

'Ja.'

Er hangt een foto van Virginia Woolf aan de muur, die op middelbare leeftijd waarop ze vragend kijkt. Virginia Woolf, die maar een beetje ouder was toen ze stierf dan Marguerite nu. Wat zouden deze vrouwen hebben geschreven als ze meer tijd hadden gehad? Er is ook een foto van Marguerite en Jean-François, jong, zoals ze zich hen herinnert toen ze hier voor het eerst kwam en hen als stel ontmoette. Marguerite met haar lange donkere vlecht, haar op zwaluwvleugels lijkende wenkbrauwen, haar fijne mond die aan de hoeken opkrult alsof ze haar best doet niet te lachen, haar diep donkere ogen. Jean-François met donker haar zonder een spoortje wit erin, zijn lange knappe gezicht, de lijnen die toen al om zijn mond stonden gegrift. Ook foto's van Jean-François' tweeling uit zijn eerste huwelijk met een beeldhouwster die naar men zegt gek is geworden. Twee jongetjes. Maria vraagt zich af waar ze nu zijn. En er is het huis in het Creusedal, het huis dat even oud is als Nohant, met zijn bomen eromheen, zijn mysterieuze sfeer, met de luiken gesloten tegen de zomerzon.

Maria loopt naar de kleine badkamer, zo groot als een boot, kijkt onder het plassen naar een affiche van een schilderij van Giorgio Morandi op de achterkant van de deur, en wast haar handen. Tegen het ijzeren hekje buiten het raam staat een geranium in een pot met uitgedroogde aarde; ze giet er een glas water over uit. Marguerite zou ervoor hebben gezorgd dat hij water kreeg. De binnenplaats ligt in de schaduw, en in de muur aan de overkant gaan een voor een de lampen aan en lopen andere, onbekende mensen rond en ze beginnen aan hun avondbezigheden. Jean-François staat op haar te wachten als ze naar buiten komt, doet de deur achter hen op slot en laat haar voor hem de steile wenteltrap naar de begane grond af lopen. De uitgesleten trapleuning onder haar handen. Hoe vaak heeft ze zich niet langs deze trap naar boven geworsteld, buiten adem omdat ze zich hierheen had gehaast, en is ze niet voorzichtig naar beneden gekuierd? De trap zoals zovele Parijse trappen, geheimzinnige deuren die erop uitkomen, een conciërge onderaan die naar iedereen kijkt die komt en gaat. Alleen is de oude conciërge nu verdwenen, net als de kattenpislucht, en moet er een code worden ingetoetst om naar binnen te komen. François en zij lopen onwennig samen over straat, waar ze altijd met z'n drieën hebben gelopen, om de bus te nemen.

Het dichtstbijzijnde ziekenhuis is natuurlijk de Salpêtrière, en de bus stopt op de hoek van de Jardin des Plantes, waar de bussen omdraaien en parkeren. Natuurlijk – maar het is niet wat Maria heeft verwacht. Het ziekenhuis waar Louise Colet eindigde, en Josephine Baker en prinses Diana, het oude armenhuis bedoeld om de behoeftigen van de straten van Parijs te houden. Ze zou het prettig vinden hem bij de arm te nemen, maar durft het niet goed. Een andere wereld in, de wereld van ziekenhuizen, van nachten op hel verlichte plaatsen waar mensen de dood afwachten. Ze gaan naar binnen vanaf de Boulevard de l'Hôpital, komen voorbij de *Accueil* en steken de binnenplaatsen over, waar ooit vrouwen werden vastgeketend in het stro, gekken, veroordeelden, de wrakken van de Parijse samenleving. Waar prostituees en de geesteszieken en de daklozen allemaal op één hoop werden gegooid, in een eeuw die ze alleen maar onzichtbaar wenste te maken. Als je daaraan denkt, is alles wat erna kwam een verbetering. Ze lopen verder, een pas gerenoveerde vleugel in. De Libanese dokter die Marguerite behandelt, zegt Jean-François, heeft alles geprobeerd om de tumor te laten slinken, inclusief dit nieuwe medicijn, en nu is het haar hart dat zwak is. Jean-François loopt als een man die blindelings de weg weet, met de vastberaden tred van een regelmatige bezoeker. Zijn hoofd vooruit, zijn hele zelf op een of andere manier triest in deze omgeving, alsof hij gekrompen is. Maria is bijna nooit in ziekenhuizen geweest, behalve de keren dat ze moest bevallen; ze heeft eens haar moeder bezocht, in de Royal Infirmary voor iets onbetekenends. Ze kan zich niet voorstellen haar leven op zo'n plek te beëindigen, met het licht aan, terwijl ze niemand kent, afgezien van de geesten van de geschiedenis, de verlorenen en eerlozen, degenen die de gemeenschap kan missen. Marguerite is nu waarschijnlijk het stadium voorbij waarin het haar iets kan schelen dat ze zich op dezelfde plek bevindt als waar Josephine Baker is geweest.

Marguerites kamer bevindt zich op een zijafdeling; ze stuiten tamelijk plotseling op haar. Ze ligt roerloos in bed, misschien slaapt ze. Maria ziet een hoofd op een wit kussen dat ze niet herkent, omdat het een kastanjebruine pruik opheeft, van erg glanzend haar, kortgeknipt. Het gezicht, naar haar toe gekeerd met de ogen dicht, is een wasafdruk van dat van Marguerite, geelachtig, doorschijnend. Ze ligt daar als een pop, omgeven door machines, eraan verbonden met slangen. Maria laat Jean-François voorgaan, om hem een moment van privacy te gunnen, deze bijzonder teruggetrokken man, met zijn vrouw die er alleen nog maar is. Hij gaat op een stoel naast het bed zitten, zijn rug rond wanneer hij vooroverbuigt. Misschien pakt hij haar hand. Misschien geeft hij haar een kus. Misschien zegt hij iets wat ze nog kan horen. Dan draait hij zich om en wenkt Maria, en maakt ruimte voor haar door op te staan en opzij te schuiven. Maria gaat zitten waar hij zat. Marguerites gezicht is gebeeldhouwd, bewegingloos. Ze zegt: 'Marguerite, ik ben het, Marie,' in het Frans, en raakt een hand aan die van draad en was lijkt te zijn gemaakt. Ze is ontroerd dat Marguerite haar pruik zelfs in bed draagt wanneer ze alleen is. Wist ze dat ze haar kwamen opzoeken? Komt Jean-François elke avond om deze tijd?

Er is niets vreselijks hier. Maria ademt uit, en de hand beweegt heel licht onder de hare en Marguerite doet haar ogen open en kijkt haar aan en schenkt haar een allerminiemste glimlach. Een glimlach alleen met de ogen, een glimlach van ver weg. Die zegt: hier ben ik, en jij bent er, en we hebben dit contact. Maria knijpt in de hand – een trilling tussen hen, een klein teken. Dank je, zegt ze. De tekens van leven en liefde zijn klein als het erop aankomt, ze zijn als bladeren die bewegen in de wind om je te laten zien dat de wind bestaat. Dan doet Marguerite haar ogen weer dicht en trekt Maria zich terug, kijkend naar Jean-François, en hij trekt zijn wenkbrauwen op en glimlacht, en zegt tegen haar: 'Het is goed dat je gekomen bent.'

Dat is het, het laatste gebaar van een lange vriendschap die afstand en tijd heeft overbrugd, zonder veelvuldige ontmoetingen, tussen twee talen; een vriendschap gebouwd op boeken, toneelstukken, gedichten, het geschreven woord. Terwijl Maria met Jean-François naar de deur en door de gang naar buiten de oktoberschemering in loopt, weet ze dat het niet lang meer zal duren.

Jean-François zegt wanneer ze de Boulevard de l'Hôpital af lopen naar Saint-Marcel: 'Godzijdank zijn ze goed voor haar. Anders zou ze vreselijk veel pijn lijden. Leverkanker is een wrede ziekte.'

Goed, begrijpt ze, betekent morfine. De goedheid van dokters die nooit wordt uitgesproken. Het verleiden van de dood ten behoeve van een ander, het vergemakkelijken van haar overgang. Ze knikt, en hij houdt de deur voor haar open en ze vraagt zich af hoeveel keren hij hier nog zal komen, voordat de goedheid Marguerite voor altijd zal hebben weggeleid van de wreedheid van het leven.

Het donker van de nachtelijke hemel boven de daken en de schoorstenen, de put op de binnenplaats, de keukenramen die erop uitkijken; Jean-François haalt met licht trillende handen koude gebraden kip en wat kaasjes uit de ijskast. Hij pakt een fles van de vloer, ontkurkt een van zijn eigen wijnen, schenkt hun ieder een klein glas in. Zijn blik, plotseling en waarschuwend, zegt haar dat hij wil dat ze verdergaan, niet over Marguerite praten.

'Ik wilde je vertellen dat ik begonnen ben aan een scenario over onze heldin. Isabelle Huppert wil haar spelen. Ze heeft contact opgenomen. Wat vind je daarvan?'

'George Sand? Ik denk dat dat geweldig is.' Een korte jaloerse gedachte: maar ze is van mij, gaat door haar heen; die zet ze echter van zich af. Ze kan moeilijk een claim op een van Frankrijks grootste schrijvers leggen. 'Ik heb me verwonderd over haar optimisme. Als je haar brieven aan Flaubert leest, is ze zo vrolijk, en hij is zo'n

pessimist. Ik kan het niet helpen dat ik me afvraag wie van hen gelijk heeft.'

'Ik denk dat als je het met Flaubert eens was, je hier niet zou
zijn. Je zou thuiszitten, bezig iets zeven keer te herschrijven. Weet
je, ik denk dat het leven ons vormt zonder dat we het beseffen. We
worden wie we zijn, niet in een nacht, of omdat we iets hebben gelezen, of plotseling een besluit hebben genomen. Je bent wie je geworden bent. Wie anders ken ik die alles meteen uit zijn handen
zou laten vallen en hiernaartoe vliegen alleen maar om bij me te
zijn? Ik kan niet zeggen hoezeer ik het waardeer dat je dit doet.
Het is moeilijk dit tegen je te zeggen, omdat ik een ouwe zuur-
pruim ben geworden die het moeilijk vindt zijn gevoelens te ui-
ten. Omdat ik jarenlang heb geleefd met iemand die me zo goed
kent dat het nooit echt nodig is geweest. Maar Marie, dank je. En
vergeef me als ik je zeg dat je veel meer op George Sand lijkt dan op
Flaubert.'

'Weet je, ik droom over haar. Soms denk ik dat ik haar dromen
droom. Over iemand schrijven is iets bijzonder vreemds.'

Hij zegt: 'Isabelle Huppert vertelde me dat ze ook van haar
heeft gedroomd. Dus verkeer je in uitstekend gezelschap.'

'Ik dacht dat ik een beetje gek begon te worden.'

'Nee, het is volkomen normaal, dat kan ik je verzekeren.' Hij
glimlacht naar haar; zijn oude ironie is terug, een man die zijn
evenwicht hervindt. 'Als je bezig bent George Sand te worden, is
het waarschijnlijk met de beste bedoelingen, en weet je: we lijven
de mensen die we bewonderen in, en dan gaan we verder. Ze worden een deel van ons. Ook de mensen van wie we houden.'

'Jij denkt dus dat ik al dat werk gedaan heb om George Sand te
worden?'

'Waarom doen we het werk dat we doen? Schrijven, bedoel ik.
Ik weet waarom ik mijn bomen moet snoeien en mijn muren
moet repareren. Maar jezelf onderdompelen in werk, vooral als
het het leven van een ander mens betreft – tja, wie weet. Er is een

reden, Marie, maar ik kan je niet zeggen welke dat is. Misschien willen we alleen maar meegaan met de loop van de geschiedenis, om erin opgenomen te worden.'

Ze denkt: dus al die tijd dat ik dacht dat ik het leven in de wacht had gezet om te lezen en te schrijven, was ik aan het leven? Omdat je nooit ophoudt met leven, niet voor het helemaal voorbij is, en dan legt iemand een pen midden in een zin neer, of typt een vel papier voor de helft vol, en komt in een ziekenhuisbed terecht om de dood af te wachten; pas dan is het allemaal voorbij.

Leverkanker was de doodsoorzaak van Sophie Delaborde, George' moeder. Ze herinnert zich dat George buiten op straat voor nummer 6 stond, rue Poissonnière, haar moeders huis. Het huis zou weldra gesloopt worden om plaats te maken voor een ijzeren brug, maar dat wist ze niet. Ze had het bericht ontvangen en zich erheen gehaast, nadat ze haar kinderen bij vrienden had achtergelaten, zoals je wel moest als je vader en moeder tegelijk was – altijd die noodregelingen, haastige reizen.

Ze stond in de straat, in de Parijse arbeidersbuurt, en keek omhoog. Een oude vrouw kwam de straat door met een handkar vol oude lappen om te verkopen. Een jongen liep voorbij, met een stok langs hekken ratelend. Het was een dag in juli, de hemel hoog en helder boven de daken, de straat fris door de sproeiwagen die net was langsgereden. Stroompjes water in de goten. Een hoopje doorweekte lappen naast een afvoerpijp. Paardenmest, verdund tot bruine beekjes die afvoerbuizen in liepen, de geur van een plaatsje op het platteland, warme stalmest. Dat alles was de stad waar haar moeder dol op was, waar ze nooit weg zou gaan. Haar eigen stad was ergens anders, in de theaters en cafés bij de Seine. De oude vrouw met haar kar hield halt en zong op vreemde scherpe toon: 'Vodden en beenderen, vodden en beenderen!'

De deur was een ijzeren traliehek dat toegang gaf tot een trap. De oude man die in zijn winkeltje waterkranen verkocht en ook een soort conciërge was, stak gewoonlijk zijn hoofd om de deur en riep: 'Ga naar binnen! Ze is thuis, ga naar boven!' Dan stak ze het binnenpleintje over, ruwe keien, het licht in tweeën gedeeld door schaduw, een kanarie in een kooi die ergens hoog boven aan het zingen was, spikkeltjes geel in het halfdonker onder het dak; meer treden omhoog en een gang door en dan weer drie etages naar boven. Het was net een puzzel, een labyrint met haar moeder in het midden. Het kwam voor in haar dromen. Elke keer gaf het haar tijd om moed te scheppen. Hoe zou ze vandaag zijn? Liefdevol en mild, of vals en vitterig? Zou ze haar van haar hoed tot haar schoenen bekritiseren, of haar laatste boek, alsof ze het had gelezen, de hemel in prijzen? Of gewoon te dicht bij de dood voor zowel het een als het ander? 'Ah, daar is mijn Aurore!' of de schrille kreet: 'Wie is daar?'

Wie is daar. Het voelde als een steen die op haar borst neerkwam. Haar de adem benam. Elke keer weer streed ze tegen een oude angst terwijl ze naar boven liep. En bij haar moeders appartement aankwam, met de kamers op het zuiden waar de zon binnenstroomde en altijd bloemen stonden, gekocht op de bloemenmarkten van Parijs: goudsbloemen, blauwe irissen, de fleurige bloemen waar Sophie van hield. De ramen open in de zomer, open voor stof, lawaai, zon, alles wat vanaf de straat naar boven kwam, geuren, kreten, de warmte van de stenen.

De juliwarmte nam toe, tegen de middag zouden de straten brandend heet zijn. Het traliehek ging ratelend open, ze liep de paar treden af; de man die in zijn winkeltje waterkranen verkocht kwam haar tegemoet. Maar deze keer zei hij niet 'Ga naar boven' tegen haar.

'Juffrouw Aurore, madame Dupin is niet hier.'

Ze staarde voor zich uit. Het open raam, met niemand daar binnen.

'Nee, nee, ze is niet dood. Ze wilde naar een *maison de santé* om minder last van het lawaai te hebben, en een tuin.'

Sophie als jonge vrouw in de tuin op Nohant. Tuinierend, een plantschopje in haar hand. De dag nadat de baby was gestorven. Ze staat dicht bij de perenboom. Zijzelf, vier jaar, raapt abrikozen op en brengt ze naar haar moeder.

'Waar is ze? Hebt u het adres?'

In het verzorgingstehuis, liggend op wat eruitziet als het bed van een armlastige. Het laken dat haar bedekte zat vol vlekken. Ze was oud, minstens honderd.

Aan haar zijde een donkerharige vrouw met roze wangen en een zachte mond. 'Caroline?' Het was jaren geleden dat ze elkaar hadden gezien, haar halfzus Caroline en zij, die samen waren opgegroeid, tot de grootmoeder ook Caroline eruit had gegooid, omdat ze iemand uit het volk was, omdat haar vader niet Maurice Dupin was. Ze omhelsden elkaar, sloegen hun armen om elkaar heen. Aurore, mijn liefje, mijn zusje.

'Ze heeft deze akelige kamer zelf gekozen,' verklaarde Caroline. 'Dat wilde ze omdat ze dacht dat er allemaal dieven om haar heen waren, ze had een tas met zilverwerk onder haar kussen en in een kamer als deze zou ze niet beroofd worden. Ga erin mee. Het is het enige dat je kunt doen.'

Caroline en zij. Na al die jaren weer aan het samenspannen, met z'n tweeën. (Twee kleine meisjes op de vloer van het huis aan de rue Grange-Batelière, voor alles veranderde. Wat zullen we spelen? Oorlogje. Als je dood bent, mag je weer opstaan nadat je tot vijf hebt geteld.)

'Dokter Gaubert zegt dat we haar alles moeten geven wat ze wil. Wat ze wil is naar de Champs-Élysées gaan.'

'Laten we dan maar gaan!'

Samen kleedden ze haar aan en zorgden ze voor een rijtuig. Een onrustig span vossen in de dissels, de koetsier zag er knap uit in zijn livrei, samen tilden ze hun moeder omhoog, het open rijtuig in, en staken ze een parasol voor haar op. De diepblauwe hemel, de paardenhoeven die over de straatstenen kletterden, geruis van bomen boven hen, zonlicht dat door het zware zomergebladerte schitterde.

'Naar de Champs-Élysées!' De koetsier knalde met zijn zweep en de paarden waren al op weg, hun lijven net die van dikke vrouwen, en het verzorgingstehuis met zijn uitgedroogde tuinen lag achter hen; een middag lang, een paar uur, zou Sophie Delaborde het Parijs zien waar ze van hield, alsof ze ook een aristocrate was.

'Kijk!' De tombe van Napoleon op Les Invalides, de omhoogwijzende naald uit Egypte meegebracht, de steigerende paarden tegen de lucht, paarden van strijd en verovering, de glorie van Frankrijk, de langdurige heerschappij van de man die heel Europa aan zijn voeten had gekregen. Hun keizer. 'Kijk, Aurore! Wat is het prachtig, al die rijtuigen, al die paarden, al die vrouwen in hun mooie kleren; kijk, de zon, is het niet geweldig, en al dat gouden stof! Hier kun je niet doodgaan! Nee, je kunt niet doodgaan in Parijs!'

George keek naar Caroline. Caroline huilde. Ze was intiem gebleven met haar moeder, ze kende de waarheid. Ze kwamen bij de Arc de Triomphe.

Sophie riep: 'Ik kan niet verdergaan. Ik heb genoeg gezien.' De moeder die ze zich hadden gewenst was er niet meer. 'Breng me terug!' zei ze verbolgen, en ze voegde er iets zachter, alsof ze het tegen zichzelf had, aan toe: 'De volgende keer gaan we naar het Bois de Boulogne.'

Terug in haar kamer stapelden ze al het rijpe fruit en het gebak waar ze om had gevraagd rondom haar op.

Caroline zei: 'Ik denk echt niet...'

Maar ze zouden haar alles geven wat ze wilde. De Champs-Élysées. Rijpe aardbeien, *pain au chocolat*, *coeurs d'Alsace*.

Sophie raakte een peer aan en zei: 'Later. Ik eet hem later op.' Maar dat deed ze niet.

George nam haar mee naar beneden om in de tuin te zitten, en daar, in het laatste beetje zon, deed ze haar ogen dicht. 'Aurore, je zus is gelovig. Ik niet. Ik weet dat ik doodga. Ik wil geen priester. Ik wil absoluut geen priester, hoor je me? Wanneer ik ga, wil ik dat in een blije omgeving doen. Want waarom zou ik bang zijn om God onder ogen te komen? Ik heb altijd van Hem gehouden. Hij kan me van alles verwijten, maar niet dat ik niet van Hem heb gehouden.'

George dacht: ik hou van jou. Misschien valt me van alles te verwijten, maar niet dat ik niet van je heb gehouden.

Toen ze terugkwam, was het daar weer, het open raam. Deze keer wist ze het. Een dienstmeisje schudde vanuit het raam een laken uit, een witte vlag, de vlag van overgave.

Caroline vertelde haar: 'Toen je weg was, vroeg ze me haar haar te doen. Ze zei: Ik wil dat je mijn haar doet. Ze keek in de spiegel en glimlachte. Toen liet ze de spiegel vallen. Haar ziel vloog weg.'

Slechts een paar maanden later ging George op weg, met Frédéric Chopin, Maurice die nog herstellende was en het wilde kind Solange, naar Majorca.

Maria's moeder belt, van de andere kant van de stad.

'Mam, gaat het goed met je?' Schuldgevoel dat zij niet als eerste heeft gebeld en de gedachte aan de stervende moeder in Parijs maken haar stem schril.

'Natuurlijk, met mij is alles goed. Ik heb alleen zo lang niets van je gehoord. Wanneer ben je teruggekomen uit Parijs? Hoe is het met je? En met de kinderen?'

Maria, die nog altijd opspringt zodra de telefoon gaat, staat in de keuken met de hoorn aan haar oor. Ze hoort haar moeders stem nog steeds alsof die van gene zijde van het graf komt. 'Mam! Het spijt me. Ik was van plan je te bellen. Waarom kom je dit weekend niet hier, we zouden ergens heen kunnen gaan, de kinderen zouden het heerlijk vinden om je te zien.'

'Gaat het echt wel goed met je, schat?'

Haar moeder heeft niets over de scheiding gezegd; het is alsof het in haar gedachten niet kan gebeuren, dus is het ook niet gebeurd. Hoogstens kan ze zeggen, op kalme, speciale toon: 'Weet je zeker dat het echt goed met je gaat?'

Echt goed, wil Maria zeggen; nee, dat denk ik niet, ik denk dat ik gek aan het worden ben, als je het per se wilt weten, ik heb even gedacht dat je was gestorven in een kamer buiten Parijs met een open raam, en daardoor wist ik dat je dood was, toen ik het raam van de buitenkant zag. Maar je leeft en woont in Morningside en je hebt me niet gevraagd je op een laatste rit mee te nemen naar de Champs-Élysées of om coeurs d'Alsace voor je te kopen. Ze loopt rond met de telefoon en luistert terwijl haar moeder over haar buren vertelt, over een nieuwe boetiek waar ze prachtig linnengoed verkopen, over een man die haar haar knipt. Het is haar moeders manier om te vertellen dat ze oké is, dat ze haar dochters hulp of aandacht niet nodig heeft, dat ze haar eigen leven leidt.

'Heb ik je verteld dat ik met Mary Anderson naar Venetië ga? We gaan voor een week. Er is een speciale aanbieding in de *Scotsman*, misschien heb je die gezien.'

'Nee, nee, die heb ik niet gezien. Maar dat is geweldig. Goed idee.' Sinds ze weduwe is, nadat Maria's vader op de laatste dag van de oude eeuw plotseling was gestorven, omdat zijn hart het niet meer kon opbrengen om de nieuwe in te gaan, heeft ze zich, zo lijkt het, helemaal gericht op kleren en reizen. Het is het nieuwe weduwschap, veronderstelt Maria; en het is echt ver te verkiezen boven het oude.

'Je hebt me nog niet over jezelf verteld. En hoe was het met je vriendin?'

'Niet goed, vrees ik. Ze heeft kanker. Maar ik heb haar gezien, daar ben ik blij om. Echt, het gaat heus goed met me.' Het gaat goed met me – dat is wat ze tegen elkaar zeggen, moeder en dochter, wat ze waarschijnlijk tot het bittere eind zullen blijven zeggen. 'Ik ben aan het werk. Ik ben bezig met mijn boek.'

'Ah, dat zal je wel afleiding geven. Maar ik wil zaterdag wel op de thee komen, als dat goed is; ik ga al de stad in om met Marjorie bij Jenner's te lunchen, ze houden uitverkoop in reisartikelen, ik zou na afloop naar je toe kunnen komen.' De stad in gaan betekent, voor hen allebei, naar Princes Street, de doedelzakspeler op de hoek bij het gedenkteken voor Walter Scott, de deinende winkelende menigte. Balancerend tussen de oude stad en de nieuwe, de ruggengraat van het consumentisme in het centrum van de stad.

'Prima, mam, dat zou leuk zijn,' zegt Maria. Ineens komt het haar absurd voor over haar boek te beginnen. Afleiding, misschien is dat het enige dat het betekent. Niet veel beter dan nieuwe reisartikelen in feite. Waar dacht ze aan?

De dood van een moeder. Is dat, uiteindelijk, de oorspronkelijke liefdesgeschiedenis, die welke je ontroostbaar achterlaat? George had haar leven aan liefde besteed. Ze had hartstochtelijk lief, indiscreet, heftig, in het openbaar, ondanks alles. En anderen hadden haar lief, vele mannen, vrouwen, haar kinderen, haar kleinkinderen, haar vrienden. Maar die ene persoon naar wier liefde ze het meest verlangde, Sophie Victorine Dupont *née* Delaborde, dochter van een vogelverkoper, marketentster en werkende vrouw, republikeinse, flirt, zelfzuchtig, mogelijk gestoord, kon haar die niet geven. Er was iets wat nooit was geheeld, en ook niet kon worden geheeld. Dit, denkt Maria wanneer ze over de dood van George' moeder leest, is het origineel. Dit was wat ze niet kon krijgen.

Dan waren er de bittere paden van Majorca. De reis die George direct na haar moeders dood maakte, zonder tijd te nemen om te rouwen of het te beseffen. *Les âpres sentiers*, de bittere paden. Het is een samenvatting, deze frase, van wat er in het huwelijk gebeurt, in relaties, wanneer de wegen zich plotseling scheiden en het schokkende anders-zijn van de ander tegelijkertijd duidelijk wordt met de schokkende kwetsbaarheid van beiden. Ze denkt aan haar eigen reis naar Majorca, tijdens welke haar huwelijk stukliep. Ze herinnert zich de intense kou buiten de cellen van Valdemossa en de meedogenloze stilte tussen haarzelf en Edward toen ze naar het vliegveld reden. Soms markeren reizen het einde van iets; je moet ze ondernemen om duidelijkheid over de afloop te krijgen.

De bittere paden. Toen George ze in haar herinnering opnieuw betrad, door erover te schrijven, moet ze het bittere niet alleen in de meedogenloosheid van de plek hebben herkend, maar ook in zichzelf. De bitterheid had zich in haar genesteld, en wat kon ze er anders mee doen dan wat schrijvers doen, wat voor nut hadden haar gevoelens als ze ze niet tot iets anders kon transformeren? Ze had gehoopt dat de alchemie zou werken, dat teleurstelling in ironie of gevatheid zou veranderen, maar dat wilde niet erg lukken. Misschien gebeurt dat ook nooit wanneer je vanuit pijnlijke emoties begint te schrijven. Maar, zo denkt Maria nu, ik ben nergens zo dicht bij haar gekomen als hier, omdat teleurstelling de reikwijdte laat zien van dat waarop werd gehoopt; ongeheelde pijn laat zien wat kalm optimisme niet kan tonen. Misschien gaat ons leven altijd om wat we hebben geprobeerd te doen, meer dan om wat we hebben bereikt.

Hier moet je aanspraak op maken. Op de droom, niet op de vervulling. Op het geleide leven en de altijd aanwezige drang naar meer. Op naar buiten kijken, en niet zozeer naar binnen. Op het grote hart en de actieve geest die hun eeuw zagen en begrepen, en altijd meer voor de mensheid hoopten dan deze kon bereiken.

Ze heeft nauwelijks meer aan haarzelf en Edward gedacht sinds hun laatste, merkwaardige woordenwisseling, toen ze uiteindelijk met gemengde gevoelens in lachen waren uitgebarsten terwijl ze elkaar aankeken over de vuile sportschoenen en neergesmeten rugzakken van hun kinderen heen. Zijn vreemde verklaring: 'Ik heb iemand.' En de pijnscheut die erdoor werd veroorzaakt, alsof een deel van haar zijn levendigheid deed gelden, een ledemaat die weer tot leven kwam. Ze is nooit eerder jaloers op hem geweest; was dat gevoel net zoiets als dat wat hem zo woedend had gemaakt toen hij hoorde dat ze de liefde bedreef met een andere man? Voor het eerst denkt ze erover na wat hij moet hebben gevoeld, die keer op Majorca toen hij haar zo streng had ondervraagd, zichzelf zo vastberaden voor haar had afgesloten. Kan het zijn geweest dat hij gewoon enorm veel pijn had?

De afgelopen week, in Parijs, had ze gezien wat pijn in Jean-François teweeg kon brengen: een bijna veeleisende weigering om gevoelens uit te drukken. En omdat ze zijn vriendin was, kwam het niet in haar op hem erom te veroordelen; hij was gewoon zo. Zoals misschien hele generaties Franse mannen voor hem waren geweest. Met betrekking tot haar echtgenoot – of, juister: zonder betrekking met hem, omdat ze niets van hem heeft gehoord sinds ze is teruggekomen, vraagt ze zich voorzichtig voor het eerst af: in welke mate heeft hij er behoefte aan gehad zijn ware gevoelens voor haar te verbergen?

Maria maakt stapels van haar uitgeprinte pagina's en bekijkt adressenbestanden en internet om een agent te vinden die geïnteresseerd zou kunnen zijn in haar boek. Sinds ze het sarcastische verslag van Robert Graves over de Majorca-expeditie van haar heldin heeft gelezen (terwijl hij alleen maar aan de weg bij Deya zat, en haar scherp veroordeelde) weet ze wat haar te doen staat. Alles op een rijtje zetten, heel simpel, haar boek publiceren; zeggen: dit onrecht is er gedaan. Zichzelf vastberaden opstellen aan de kant van George, van Aurore, van het meisje aan wie haar moeder haar liefde had ontzegd, de vrouw die ontzet op straat voor haar moeders appartement had gestaan, die aan dat sterfbed in Parijs had gezeten en zichzelf maar een paar maanden later uit de wrakstukken van haar leven met Casimir had opgeraapt, om naar Majorca te gaan met Frédéric Chopin. Die gebroken, feilbare, zo herkenbare vrouw.

Ze denkt aan de Parijse neef en zijn honende minachting: 'Ah, George Sand, die had al die minnaars, Chopin is erdoor gestorven.' Ze denkt aan Marguerite in haar ziekenhuisbed. Marguerite: 'Je hebt de vorm nog niet gevonden, maar dat komt wel.' Aan Jean-François die nauwelijks in staat was geweest haar mee te nemen naar het ziekenhuis, haar dat laatste contact bijna had ontzegd. Aan Flaubert die zijn huis in Normandië niet uit wilde komen om George te gaan opzoeken. Die tranen met tuiten huilde op haar begrafenis. Alle weigeringen, ontzeggingen, de kleine gemeenheden van de geschiedenis, de mensen die eraan toegaven; nooit was er behoefte geweest aan een hogere gedragsstandaard. De geschiedenis van haar eigen tijd, waarin vergeeflijke mannen logen en bedrogen en door niemand veroordeeld werden. Dat alles – dat alles drijft Maria deze herfst terug naar haar bureau; ze werkt tot laat in de nacht, vergeet haar eigen situatie, probeert dat tenminste. Ze denkt met verbazing: ik hou van die vrouw, ik ben van haar gaan houden. Daarom.

Ze komt 's middags thuis van haar werk, steekt haar sleutel in het slot en duwt de zware voordeur open. Er zijn stemmen in huis, en wanneer ze door de hal loopt, beseft ze dat ze uit Aidans slaapkamer komen, met de deur dicht. Jonge stemmen die hard lachen, dan in rustig, bijna onhoorbaar gepraat overgaan.

'Aidan? Ben je thuis?' Hij hoort op school te zijn, toch: er zijn oefenwedstrijden voor het rugbyteam, daar wilde hij in komen.

Na een tijdje gaat de deur krakend open en kijkt haar zoon naar buiten, met rood hoofd, zijn haar rechtovereind.

'O, hoi mam.'

De deur gaat verder open, en ze ziet een meisje op het bed zitten. Ze heeft rood haar in twee staarten opzij en grote groene zwartomrande ogen en ze draagt een versie van het Broughton-schooluniform, een smoezelige witte blouse op een kort plooi-rokje. Er hangt een zoetige kruidengeur, die ze herkent als marihuana.

'Mam, dit is Saskia. Sas, mijn moeder.'

'Hallo,' zeggen ze allebei op dezelfde behoedzame toon.

'We zijn aan het leren,' zegt Aidan.

'O, oké. Ik ga thee zetten. Kom maar beneden als je ook wilt.'

'Bedankt, maar we hebben al gehad.' Hij gebaart naar twee ge-streepte mokken op de vloer. Het bed is bedekt met schoolboeken, en ze hebben allebei hun schoenen uit. Saskia zit met een stel kussens in haar rug, haar zwartgekouste benen comfortabel ge-kruist, met krullende tenen.

'Oké, tot straks dan.' Ze gaat naar beneden naar de keuken, zet de zware ketel op de Aga-kookplaat, en bedenkt dat ze het recht heeft verspeeld om een al te kritische ouder te zijn, zelfs als ze dat zou willen, en dat Aidan tenslotte vijftien is. Het feit dat hij rugby heeft opgegeven voor meisjes zou haar niet moeten verbazen. Ze herinnert zich zijn opzettelijke gebruik van het woord 'minnaar' maanden geleden, en vraagt zich af wat hij toen aan het lezen was; ze zal het hem vragen. Wat de marihuana betreft, zal ze moeten bedenken wat ze daarover gaat zeggen.

Saskia wordt een vaste bezoeker van haar huis. En Maria houdt er-mee op het als haar huis te beschouwen, omdat haar kinderen het in beslag nemen, vrienden meebrengen, plannen, enorme hoe-veelheden apparatuur, meestal elektronische, en er vaak onbe-kende jonge mensen rondhangen in de keuken, thee drinkend en pratend. Het huis ruikt naar goedkope parfum, zweet, en af en toe hasj. Zo is het leven met pubers; ineens is ze hier een aanhangsel, de toevallige bezoeker, degene die gesprekken verstoort, en rap-sessies en het dichte hoopje mensen die tegen elkaar aan gekropen op de vloer voor de tv zitten of naar het computerscherm turen.

Voeten bonken de trap op en af, de deurbel gaat lang en hard, iemand komt aanrennen om open te doen, er worden gemompelde vergaderingen gehouden in de hal: zullen ze uitgaan, zullen ze binnen blijven, waar is die-en-die, moeten we op hem wachten? Wie heeft er geld, wie heeft het adres? En dan zijn ze naar buiten, stromen de trap voor de voordeur af langs het terras, gelach, geklaag: Wacht op mij; hun stemmen lijken een duidelijker Edinburghs accent te krijgen, ze zijn de nieuwe inwoners van een hoofdstad, in een land dat elke dag steeds zelfverzekerder wordt. Maria denkt aan haar eigen tienerjaren, de bus naar school en weer terug, Mary Erskinemeisjes met hun jarenzeventigschooltassen, hun witte sokjes, hun hoedjes achter op hun hoofd, het geroddel en de vriendjespolitiek, de kliekjes en clubjes. Maar er waren geen jongens, herinnert ze zich. Jongens waren vijanden die op de loer lagen, hinderlagen legden, op patrouille gingen. Niemand zou het in haar hoofd hebben gehaald naar een jongen toe te gaan om bij hem thuis op zijn bed hardop te gaan zitten lachen terwijl zijn moeder binnenkwam; niemand zou haar schoolboeken (en zelfs haar laptop, als die dingen toen hadden bestaan) simpelweg hebben meegenomen naar de kamer van een jongen. Als ze rookten, deden ze dat nooit bij iemand thuis, maar op de bankjes langs het Water of Leith, in de bosjes, achter bomen.

In één seizoen is Maria de moeder van de volgende generatie volwassenen geworden. Wat ze denken, geloven, doen zal gevolgen hebben op manieren waar ze niet eens naar kan raden. Door hen vrijelijk gebruik te laten maken van haar huis geeft ze hun de ruimte om te ontdekken wie ze willen zijn. Ineens draait het allemaal om de toekomst. Snorren komen op die een maand eerder nog nergens te bekennen waren, mensen zijn in een nacht tijd op wonderbaarlijke wijze gegroeid, haar verandert van kleur, iemand die dik was is ineens slank en iemand met een jongensachtige sopraan blijkt plotseling een bas te zijn. Ze ziet haar eigen kinderen en die van anderen langsstormen wanneer ze in haar werkkamer zit, alleen met haar boek, en ze heeft niet echt een idee waar ze heen gaan, maar dat ze samen zijn lijkt hun bescherming te bieden, hen zelfs onzichtbaar te maken; de cafés en clubs waar ze naartoe gaan zijn niet die uit haar jeugd; ze heeft het gevoel dat de jeugd, als iets wat bewaard en zelfs gekoesterd wordt, omdat de herinnering ons vertelt wie we zijn, irrelevant is geworden.

Emily, die nog geen veertien is, is soms een van hen, met wijd open ogen en gretig om te begrijpen, om bij te blijven. Maar andere keren houdt ze hen niet bij, blijft ze thuis, komt naar Maria toe alsof ze haar iets wil vragen, en dwaalt weer af. Staat aan haar bureau, draait haar haar in een lange streng.

'Wanneer komt je boek af?'

'Gauw, heel gauw.'

'Wat ga je daarna doen?'

'Dat weet ik nog niet. Hoezo, Em?'

'Ik vroeg het me gewoon af. Ga je er nog een schrijven?'

'Misschien. En jij, hoe is het met jou?'

'Met mij is het goed. Ik heb alleen een beetje genoeg van de vrienden van Aidan, weet je wel. Ze zitten nu de hele tijd hier.'

'Voel je je een beetje buitengesloten?'

'Hmm, soms. Weet je, Saskia, die is hier altijd.'

'Ik denk dat hij gek op haar is, denk je ook niet?'

'Ik denk dat hij niet goed bij zijn hoofd is.'

Jaloers, denkt Maria, daar is het weer. Ze legt een arm om Emily heen, die nu zo lang naast haar staat, slank, mooi, boos, met haar pruilmond en gefronste voorhoofd. 'Maak je geen zorgen, wijfie, zo is hij momenteel gewoon. Zullen we morgen samen iets gaan doen? Oké? De stad in, het is zaterdag, vin'je daarvan?'

Dan krijgt ze weer een brief van Jean-François, in zijn vreemd onontwikkelde handschrift; hij was dyslectisch, herinnert ze zich, als kind.

Maria legt de brief neer op de keukentafel en gaat zitten om hem te lezen. Ze weet het, omdat het een brief is en geen e-mail.

Jean-François heeft het nodig gevonden tijd te besteden aan het bewegen van zijn hand over het papier, het kiezen van zijn woorden, om ze met inkt te verduurzamen. Je stuurt geen e-mails, zelfs nu niet, om kennis te geven van iemands dood. Ze maakt hem open, leest de eerste regels en houdt dan op met lezen, legt haar hoofd op het geribbelde geboende grenenhout van de tafel en begint te snikken. Marguerite is gestorven, na een paar dagen buiten bewustzijn te zijn geweest. Ze is vredig heengegaan.

Ze snikt, niet omdat Marguerite uiteindelijk aan het ziekenhuisbed en de infusen en injecties en haar eigen aftakelende lichaam is ontsnapt, maar omdat de tijd voorbijgaat, en om de broosheid van alles, van het leven.

Dan leest ze de rest van zijn brief. Het is een verzoek, in verfijnde bewoordingen gesteld en met verscheidene subjunctieven, of ze snel wil komen om aan Marguerites manuscripten te werken. Ze weet dat het zijn manier is om haar te zeggen dat hij behoefte heeft aan haar gezelschap. En hoewel het midden in het collegetrimester is, en ze tegenwoordig een vol huis heeft en een druk leven leidt, en ze nog steeds niet weet wat ze met de hasj aan moet, beseft ze dat ze moet gaan; dat dit op de een of andere manier geregeld moet worden.

Elke keer dat Maria een verslag leest over de dood van George – en er zijn er diverse – wordt ze door een soort angst bevangen. Het is als de dood van een moeder; je beleeft die telkens opnieuw, je kunt niet geloven dat je alleen gelaten bent, wees bent geworden. Hoe kun je leven zonder haar? Maar zodra ze haar manuscript zal hebben doorgestuurd, zal ze het los moeten laten. Wat het ook is waarvan ze steeds heeft geweten dat het haar te doen stond, het zal geschieden, en haar leven zal doorgaan. Ze leest over Solange, die zich op het allerlaatst met haar moeder heeft verzoend, het wilde meisje, dat thuiskwam aan de zijde van het bed. George greep haar hand vast en beet in een knokkel; zo hecht waren ze verbonden, tot op het bot, zo strak vergroeid dat ze elkaar niet konden verdragen.

Zodra de colleges zijn afgelopen zal ze weer naar Parijs vliegen, om aan Marguerites manuscripten te gaan werken. Jean-François heeft haar uitgever bij Le Seuil gebeld, die geïnteresseerd is in haar laatste, onafgemaakte roman, maar zal het hem laten weten. Iemand heeft contact met hem gezocht in verband met de opvoering van haar toneelstuk. Éditions des Femmes, die Marguerite na een paar jaar heeft laten vallen omdat ze niet feministisch genoeg was, begint te proberen haar weer op te eisen als feministisch auteur. Maar we zijn allemaal feministes, denkt Maria, omdat we wel moesten, omdat er niets anders op zat.

Feministe, voorloopster, republikeinse. Ja, ze was onze voorgangster. Maar wat nu? George Sand is dood, en Marguerite Février is dood, en zij, Maria Jameson, leeft. Ze heeft in de schaduw van een dode schrijfster geleefd, een machtige, invloedrijke vrouw die haar, in deze periode van eenzaamheid, op de een of andere manier onder haar hoede heeft genomen terwijl ze daar zo'n behoefte aan had. Maar die vrouw is gestorven, in haar kamer op Nohant, na een laatste blik uit een raam op de groene tuin waar ze van hield. Net als Marguerite, die het afgelopen jaar alleen maar heeft geleefd en groenten geoogst in haar tuin op het platteland. We gaan dood, denkt Maria, en waar is het allemaal voor geweest, als het niet was om te proberen te begrijpen hoe we moeten leven?

'Ja, goed,' zegt Edward; zijn stem klinkt warmer, dichterbij dan hij de laatste tijd is geweest. 'Wanneer wil je gaan? En hoe zit het dan met al die kinderen die volgens jou in ons huis, ik bedoel in jouw huis, wonen?'

'Nou, ze wonen hier niet echt, maar ze komen veel over de vloer. Aidan heeft een vriendinnetje, zij is hier tamelijk vaak. Emily maakt een moeilijke periode door, weet nog niet precies waar ze bij hoort. Je merkt het wel. Maar ik kan het mijn moeder niet meer vragen, het is te ingewikkeld geworden, ze zou in alle staten raken. Dus zou het heel fijn zijn als jij hier bent. Misschien nemen ze jou als man meer serieus.'

'Klinkt geweldig,' zegt Edward, maar zijn stem is nog steeds licht. 'Alsof je midden in het Cirque du Soleil woont. Maar waarom niet? Het is weer eens wat anders, na mijn vrijgezellenbestaan.' Hij zegt niet: Ah, nu kan ik ineens wel in jouw huis verblijven, omdat het je uitkomt. Evenmin zegt hij: Ik ben niet gewoon een man, ik ben hun vader. En zij zegt niet: Dat ben je me verschuldigd, of: Het werd tijd. Ze zegt niet dat sommigen van hen iets roken wat nog steeds een illegale drug is. Er zijn dingen die ze niet zeggen, omdat wat ze zouden willen zeggen misschien nieuw is en ze het prille bestaan ervan niet op het spel willen zetten. Het is alsof je koorddansend naar iemand toe gaat, terwijl je allebei iets bijna onmogelijks op je hoofd laat balanceren, je handen uitgestrekt om overeind te blijven, de zwaartekracht te trotseren, de kleine stappen te zetten die nodig zijn. Of komt dit beeld alleen doordat hij over het Cirque du Soleil is begonnen?

Ze komt laat thuis, een avond in december, na haar vlucht vanuit Parijs. Ze heeft een week bij Jean-François doorgebracht, met sorteren, opruimen, dingen in enveloppen stoppen om ze naar allerlei verschillende mensen te sturen: uitgeverijen, necrologieschrijvers, genootschappen. Marguerites werk houdt halverwege op: er lag een onafgemaakt toneelstuk in haar bureaula waar ze geen van beiden van wisten. De roman waar ze van de zomer, nog geen halfjaar geleden, aan werkte, staat nog in haar computer. Hij eindigt, letterlijk, met een lunchpauze; een dag misschien waarop de maagpijn die in feite haar gezwollen lever was haar had overweldigd en ze pijnstillers had moeten nemen en had moeten gaan liggen. Voor hen beiden, denkt Maria, is er de verlichting van het werk dat gedaan moet worden, dat de plaats inneemt van het simpele rouwen; er is een toekomst voor die dingen; ze behoren niet, zoals haar kleren en haar foto's, tot het verleden. Als je schrijver bent is er altijd een toekomst, zegt ze tegen Jean-François. Zoals nu, ze zijn haar erfgenamen, veeleer om harentwil actief dan dat ze eenvoudigweg om haar rouwen.

Hij zwaait haar uit bij het metrostation; hij gaat een krant kopen, met een in dun papier gewikkeld brood onder zijn arm. Hij kust haar op beide wangen, ze pakt zijn arm in het corduroy jasje, hij kijkt haar van bovenaf aan. 'Bedankt Marie, bedankt dat je gekomen bent. Onze dierbare George zou weer trots op je zijn geweest. Weet je wat ze tegen Flaubert zei: Jij maakt je troosteloosheid eigen, ik moet het van troost hebben. Nou, jij hebt me getroost.'

Op de thuisvlucht leest Maria een boek dat ze mee heeft genomen, van Marguerites plank met favoriete boeken. Het is van een Franse dichteres. Ze leest over het verband tussen de kleine en grote dingen in het leven, de behoefte aan allebei, het voortkomen van blijvende mythes uit het specifieke. Je hebt de hele wereld, zegt de dichteres, en je hebt de details van elk afzonderlijk leven. Het gaat erom dat je leeft waar het hart zich met de wereld verbindt. Is dat waar zij leeft? Ze zou het niet kunnen zeggen. De dichteres vertelt haar niet hoe ze daar moet komen, want na korte tijd begint het vliegtuig te dalen en bereidt het zich voor op de landing, omgeven door de heuvels van de laaglanden, bespikkeld met sneeuw, donker als grafheuvels. Donker winters Schotland, de plek waar ze thuishoort. De schittering van de Firth, de donkere vlekken van eilanden. Van alle mogelijkheden terug naar deze ene plek. De verlichte baan waarop ze, als een nestelende meeuw op de top van een klif, zullen landen.

Ze rijdt over de drukke wegen vanaf het vliegveld, parkeert haar auto in de straat voor haar huis op de hoofdstedelijke parkeerplaats tussen twee witte lijnen. Ze doet de achterklep open, pakt haar koffer eruit. De lucht op straat is scherp als een mes. Ze sluit de auto af. Ze zoekt naar haar huissleutel en ziet tegelijkertijd tot haar plezier de verlichte ramen van het huis, wat betekent dat er iemand, of zelfs iedereen, thuis is. Ze klimt de stenen treden op, steekt haar sleutel in het slot, duwt de zware deur open, en gaat naar binnen. Het is een handeling die ze zo vaak heeft verricht, het zou een automatisme kunnen zijn; maar deze keer is ze zich ervan bewust, net zoals ze zich het lang geleden eens bewust was toen ze haar huis opendeed voor haar minnaar, om hem binnen te laten. Dit zijn de handelingen in haar leven, keer op keer herhaald: binnenkomen, naar buiten gaan, de deur opendoen voor anderen, hem achter zich dichtdoen. Deze keer voelt het anders, alsof ze van heel ver weg komt. Het huis is warm en ruikt naar vlees dat wordt klaargemaakt: misschien een stoofschotel? Ze heeft honger. Ze loopt naar de trap naar de keuken in het souterrain, waar de geur vandaan komt. Overal in huis brandt licht, het is net een vuurtoren, alsof het haar naar huis moest leiden, en hoewel het verspilling van elektriciteit is, is ze er blij om, omdat ze er behoefte aan heeft, al lange tijd die behoefte heeft gehad, aan een verlicht huis en etensgeuren en iets wat gebeurt zonder dat zij er de hand in heeft gehad.

'Hallo?' roept ze. 'Hallo?' De hal is als altijd vol neergegooide jassen, laarzen, tassen. De deur die ze achter zich dichtdoet sluit de koude nacht buiten. 'Hallo?' Ze loopt naar beneden. Knoopt haar jas los, trekt haar handschoenen uit. Thuis.

Edward komt de keuken uit en hij heeft – de eerste keer dat ze het ziet – een schort aan, en een honkbalpetje op. Ze begint te lachen, maar stopt ermee als ze de blik in zijn ogen opvangt. De keuken is een bende, met de resten van gehakte groenten op het werkblad, een stapel pannen in de gootsteen. Boven haar hoofd hoort ze het gebonk van voeten, van haar kinderen die naar beneden komen om haar te begroeten. Maar voor ze arriveren, met hun plannen en vragen, hun obsederende leven, hun innemende verstrooidheid, stapt ze naar voren bij de uitzonderlijke aanblik van Edward die aan het koken is. Hij veegt zijn handen af aan een keukendoek.

'Wat ben je aan het maken? Het ruikt heerlijk.'

'Runderstoofpot. Of misschien ook *boeuf en daube*, aangezien je net terug bent uit Frankrijk. Ik heb er een heleboel wijn in gedaan. Ik dacht dat je wel honger zou hebben.'

'Jazeker,' zegt ze, 'nou en of.'

Onder het eten zijn daar Aidan en Saskia; ze zitten heel dicht naast elkaar en mompelen opmerkingen die de anderen niet kunnen verstaan, en Saskia giechelt, en Emily fronst, maar aan de andere kant van Emily zit Hamish, die nog niet eerder is verschenen, en die met zijn gezicht vlak boven zijn bord eet, zijn vlees opprikkend alsof hij uitgehongerd is. Hamish is een magere jongen uit Muirhouse gehuld in een bijzonder lange trui en een verscheidene maten te grote spijkerbroek die van zijn heupen zakt en met enorme sportschoenen aan, en hij vouwt zijn voeten om de tafelpoten en gaat met vastberaden concentratie zitten eten. Edward zit tegenover Maria, en af en toe vangen ze elkaars blik op. De *daube* – 'Hoe spel je dat?' vraagt Aidan, 'En waarom moet het een Franse naam hebben, we zijn toch in Schotland?' – is mals en sappig, het vocht is korrelig en doortrokken van de wijn, de nasmaak is chocoladeachtig; het is donker, zoet, mals, het is verbazingwekkend. Ze vraagt zich af waar en wanneer Edward heeft leren koken.

'Heb je nooit gehoord,' vraagt hij aan Aidan, 'van de oude alliantie?'

'Nee, wat is dat?'

'Schotland en Frankrijk tegen de Engelsen.'

'Klinkt goed, pap. Dat is niet kwaad bedoeld, hoor.'

De mensen hier praten over afscheiding: als de Nationalisten bij de volgende verkiezingen in de regering komen, als het land zich van Labour afkeert na het debacle in Irak, zou Schotland weleens onafhankelijk kunnen worden; Aidan en zijn vrienden vinden allemaal dat dat zou moeten.

Later, wanneer iedereen zich van tafel weg heeft gehaast, met de bewering dat er huiswerk moet worden gemaakt, taken moeten worden uitgevoerd – 'Aannemelijk verhaal,' zegt Edward, en Saskia schenkt hem een glimlach met kuiltjes in haar wangen, vluchtend, haar korte rokje bedekt nog net haar dijen, de manchetten van haar trui zijn over haar handen getrokken. Zij zijn ons, denkt Maria, ze zijn wie wij zijn, en toch kennen we ze nauwelijks. Uitgeput draait ze zich om naar Edward en de borden die hij aan het opstapelen is, en ze zegt tegen hem: 'Ga toch even zitten, je moet er veel tijd aan hebben besteed.'

Hij laat de stapel borden staan en gaat zitten. Hij zucht en glimlacht onzeker, en strekt zijn armen uit boven zijn hoofd. Boven horen ze rennende voeten, een deur dichtslaan.

'Weet je dat ze roken?'

'Ja. Wat moeten we eraan doen?' Het is een opluchting die ze zich niet heeft kunnen voorstellen, dat 'we'.

'Nou, zeggen dat ze het niet moeten doen, neem ik aan. Niet dat dat veel zal helpen. Zeggen dat ze ervoor moeten zorgen dat ze niet gepakt worden, en dat ze het niet hier moeten doen.' In elk geval gaat het niet om iets zwaarders, voor zover ze weet, of om ecstasy, waaraan dit jaar een meisje in de stad is doodgegaan. In een flits van woede wil ze zeggen: jij hebt makkelijk praten, jij woont hier niet. Maar hij schenkt meer wijn in haar glas en vraagt: 'Hoe was het in Parijs?'

'O, we hebben in korte tijd veel gedaan. Jean-François heeft het moeilijk, maar hij zegt niet veel.'

'Ach, mannen,' zegt Edward. 'We laten het allemaal aan jullie over, degenen die praten, die weten wat er gedaan moet worden.'

Ze kijkt hem aan. 'Het was een geweldige thuiskomst, heel erg bedankt.'

'Het genoegen was geheel aan mijn kant.'

'Edward, vertel eens – die vrouw naar wie je toe gaat, die psycholoog?'

'Nou, het is iemand van middelbare leeftijd en ze woont in

Morningside, niet ver van je moeder, eigenlijk. Ze is goed. Martin heeft me met haar in contact gebracht.'

Er gaat een wereld open waarin mannen, haar echtgenoot en zijn oude vriend, met elkaar over therapeuten praten.

'O. Maar wat zegt ze?'

'Tja, ik ben degene die het meeste zegt. Ik praat erover hoe kwaad ik me voelde toen je me over Sean vertelde. Ik heb het over mijn moeder die me naar kostschool stuurde toen ik acht was, waar we niet eens over de telefoon met onze ouders konden praten. Ik praat over jaloezie, en verdriet, en verlies. Ik vertel dat ik jou uit mijn leven wilde snijden. Ik praat over angsten, en de hevige angst om dood te gaan. Wat nog meer? Ik praat over liefde, en dat het pijn doet. Over dat soort dingen.'

Ze is er stil van. Ze steekt een hand naar hem uit en hij pakt hem, over de borden heen.

'Het spijt me.'

'Ja, dat weet ik. Mij ook. Maar wat ze me duidelijk heeft gemaakt is dat het niet aan jou lag.'

'Wat bedoel je?'

'Lang geleden, ruim voordat je iets met Sean kreeg, was ik vreselijk bang dat er zoiets zou gebeuren. Iemand die alles af zou pakken. Ik was doodsbang dat ik je zou verliezen. Ik ging zo snel mogelijk weg, zodat ik dat tenminste nog zelf in de hand had.'

'O, Edward.' De handen glijden uit elkaar, omdat ze te ver moeten reiken. 'Kom, laten we de boel de boel laten en boven gaan zitten.' Het is niet zozeer vertrouwdheid wat ze voelt, als wel nieuwheid. Ze zijn hun weg aan het aftasten, acrobaten van het nieuwe tijdperk, het hooggespannen touw onder hun voelende voeten.

Later zegt ze: 'Wil je blijven?'

'Denk je dat dat een goed idee is?'

'Ik weet het niet. Laten we het proberen.'

'Mijn therapeut, de vrouw naar wie je net informeerde. Ze heet dr. Ferguson. Ze vroeg me wat je deed. Ik zei dat je een boek over George Sand aan het schrijven was.'

'Wat is er gebeurd met het plantje op Majorca, met de Latijnse naam?'

'Welk plantje?'

Dat waar je me over hebt verteld, dat door de geiten werd opgegeten. Het was bijna uitgestorven. Heb je het gevonden?'

'O. O ja. *Ligusticum huteri*. Ze hebben de geiten min of meer onder controle gekregen. Het maakt kans terug te komen. De zaden zijn in elk geval opgeslagen in de zadenbank voor wilde bloemen, en ze zullen opnieuw geplant worden. Ik had nooit gedacht dat je je dat zou herinneren.'

'En wat is er gebeurd met George Sand en Chopin? We zijn midden in hun verhaal opgehouden, op een of andere manier.'

'Ze heeft een roman over hem geschreven. Maar natuurlijk zonder dat ze herkenbaar waren. Over een jaloerse man en een vrouw die hem alles probeerde te geven. Ze heeft het verhaal 's avonds aan hem voorgelezen, en hij heeft het nooit begrepen.'

'Hoe liep het af?'

'Hun relatie? De laatste keer dat ze hem zag, jaren later, kwamen ze elkaar tegen op de trap bij het huis van een vriend in Parijs, en hij vertelde haar dat Solange, haar dochter, twee dagen daarvoor een baby had gekregen. Ze waren uit elkaar gegroeid, begrijp je. Ze stak haar hand naar hem uit toen ze elkaar ontmoetten en vroeg hoe het met hem ging, maar hij gaf geen antwoord.'

'En dat was het?'

'Ja, zo liep het af.'

In de slaapkamer, waar ze zich van het oude bed heeft ontdaan, waarvoor ze een nieuw bed heeft gekocht, een voor haarzelf alleen, voelt ze hem tegen zich aan, terwijl ze daar staan, met kleren aan, zijn lichaam in zijn stevigheid, met zijn stijve compactheid, zo anders dan dat van Sean. Ze moet niet vergelijken. Hij trekt zijn trui uit, zijn overhemd, en zij doet hetzelfde, maar houdt dan op. Ze wil het niet te gewoon, te onnadrukkelijk.

'Ga naar de badkamer, kom over een minuut terug, oké? Dan lig ik in bed.'

Hij doet wat ze zegt. Als hij terugkomt is hij een silhouet, een schaduw tegen het flauwe licht van de open deur. Hij doet de deur dicht en komt naar haar toe, onzichtbaar. Naakt in het koude bed ligt ze te huiveren, gespannen, en dan komt hij erin en warmt haar, houdt haar tegen zich aan, en haar handen zoeken zijn onderarmen, voelen de haartjes erop, die iets overeind staan, ze pakt zijn handen, leidt ze naar haar toe, wijst hem de weg. Alsof hij nieuw voor haar is, en zij voor hem; ze leidt hem, en wanneer ze zijn penis in haar hand neemt, en zijn adem even stokt, is het alsof ze dit nooit eerder heeft gedaan en hij haar nog nooit op juist die manier heeft gevoeld. Ze ligt onder hem en hij buigt zich over haar heen, en dan draait hij haar om zodat ze boven op hem ligt, het dekbed glijdt van haar af, de nachtlucht op haar rug, over de hele lengte van haar ruggengraat, zijn hand die heen en weer gaat langs de wervels, kalmerend, alsof hij een paard op zijn gemak stelt. Ze ligt op hem, kust zijn borst, zoekt de stijf geworden tepels en likt eraan, wrijft haar gezicht tegen zijn borsthaar, kust zijn lippen. Hij zucht, een lange zucht.

'Wat is er? Wat?'

'Niets, niets.' Dan draait hij haar opzij, kust haar borsten, allebei een handvol die in zijn handen past, en hij komt heel gemakkelijk in haar, langs een lange glijbaan, zodat ze samen kunnen wiegen, in elkaar gekruld, samengebogen als wezens zonder botten, eropuit elkaar te voelen; gevangen, in het hier en nu, op deze manier, steeds maar door, het zachte wiegen dat eeuwig blijft duren, dat maar doorgaat, totdat hij haar weer op haar rug kantelt en diep naar binnen komt, en ze hijgt, kreunt, klaarkomt, en dan hij ook.

In het donker, waarin ze elkaar nog net kunnen zien, omtrekken, silhouetten, en waarin ze elkaar kunnen voelen, huid op huid. Haar hoofd op zijn hart. Het slaat af en toe een slag over, dat is altijd zo geweest, ze hoort het, onvast, besluiteloos, samenspannend met sterfelijkheid. Ze luistert naar het geheimzinnige inwendige functioneren van een ander mens die nooit echt gekend kan worden. Op een dag zal het ophouden, het zal een halt worden toegeroepen, het zal weigeren nog een keer te slaan. Net als het hare. En ze kunnen er geen vermoeden van hebben wanneer dat zal zijn.

Maria voelt tranen langs haar gezicht glijden en geeft een snik. Het is zo gemakkelijk. Hoe konden ze vergeten dat het zo gemakkelijk was? Het is aan de zachte binnenkant van het leven, waar alles opnieuw begint, en daar is ze teruggekomen, met hem zacht binnen in haar nu, een weekdier, een schepsel dat aan het begin der tijden op een strand wordt opgezogen.

Ze rolt van hem weg en ze liggen naast elkaar op hun rug, terwijl de lucht hun zweet afkoelt en het donker van de Edinburghse winternacht tegen de hoge ramen aan duwt, waarvan ze niet eens de luiken hebben dichtgedaan. Hij tast naar haar hand, houdt hem vast. Ze horen gestommel op de trap alsof er een kudde dieren over heen en weer rent, iemand roept: 'Welterusten!' en de voordeur slaat dicht. Het gerinkel van een mobiele telefoon, een jongemannenstem. Iemand zegt: 'Sst!' Ze verbergen zich midden in hun huis, wanneer de nieuwe generatie vlak voor de deur langs dendert, jonge mensen met hun passies en geheimen en plannen. Het is goed. Het is simpel. Ze lachen, het geluid onderdrukkend, en dan staat Edward op, hij tast naar zijn broek, zet de deur op een kier en gluurt naar buiten.

'Blijf,' zegt ze, 'als je wilt.'

'Natuurlijk. Ik wou alleen maar gaan plassen, en de kat eruit laten. Ben zo terug.' Maria trekt het dekbed op tot aan haar kin en blijft in het donker liggen luisteren naar de klanken van haar huis, het gekraak en getik, zijn menselijke geluiden. Ze denkt dat haar cirkel rond is; maar nee, het is niet zozeer een cirkel als wel een spiraal, die opengaat en omhoogloopt, nooit echt hetzelfde punt passeert.

In de vroege ochtend worden ze wakker bij de bleke rechthoeken van een lichtere lucht achter de ramen met open luiken. De fletse gloed van een winterse dageraad, met wind die van zee komt waaien.

'Ga,' zegt ze tegen hem, 'voor iemand je ziet. Dan hoeven we het niet uit te leggen.'

Hij is haar geheim geworden. Voor hoe lang, en waar het op uit zal draaien, kan ze niet zeggen. Het heden is wat telt. Ze kijkt toe terwijl hij zich aankleedt, zijn stevige bleke lichaam met zijn lichte bosjes haar, hoewel het haar op zijn hoofd begint te verdwijnen, de witte bobbels van zijn bicepsen wanneer hij zich uitrekt om in zijn trui te komen, de zwelling van zijn schouders, een duidelijke taille. Hij hopst om zijn sokken aan te doen, de ene na de andere, precies zoals ze het zich herinnert.

'Heb je getraind? Je ziet er goed uit.'

'Een van de manieren waarop vrijgezellen hun tijd doorbrengen is naar de sportschool gaan.'

'Ah.'

'Jij bent ook veranderd.'

'O ja?'

'Je bent slanker. Je bent mooi.'

Hij kijkt in de spiegel, zodat ze zijn spiegelbeeld in het glas ziet, naar haar achteromkijkend terwijl ze daar languit onder het donzen dekbed ligt.

'Het is fijn, elkaar zo verrassen.' Ze bedenkt weemoedig dat ze elkaar waarschijnlijk nooit meer zo diep zullen raken.

'Zie ik je later nog? Dan kunnen we een bijeenkomst houden

over marihuana en voorbehoedmiddelen. Ik merk dat we tijdens mijn afwezigheid ouders van een stel pubers zijn geworden.' Hij bukt zich om haar te kussen, zijn lippen al koeler van de ochtendlucht, zijn wang ruw. 'In mijn flat zal ik me scheren.'

'Bedankt dat je gekomen bent.'

'Nou, jij bedankt voor de ontvangst, zoals mijn moeder het me heeft leren zeggen.'

Maria wil hem vragen: is het de tijd waarin we leven die het eerder noodzakelijk maakt bij elkaar te blijven dan ons ieder ons weegs te laten gaan? Is het omdat onze wereld in nood verkeert, onze beschermlagen zijn aangetast, omdat wat andere mensen, arme mensen, mensen in andere delen van de wereld, decennialang schade heeft toegebracht, nu naar ons toe komt? Is het omdat we niet langer napoleontisch zijn, wij westerse mensen, met ons vervagende besef van uniciteit en onaantastbaarheid, met de revolutie, niet die we ons hebben voorgesteld, maar een wat ergere, hevigere voor onze deur? Of komt het door onze leeftijd, halverwege ons leven, dat we bang zijn om er in ons eentje op uit te gaan, een schijnbaar onafhankelijk bestaan te leiden? Is een onafhankelijk bestaan, in dit tijdperk van onverheelde hebzucht en solipsisme, wel zo'n wenselijk idee? Zijn we niet al gebonden, verbonden, kwetsbaar, ieder als deel van de kracht en zwakte van het geheel?

Maar hij is weg, om aan zijn dag te beginnen. Ze staat langzaam op, om te ontdekken wie er allemaal de nacht in haar huis hebben doorgebracht; om koffie te zetten in de keuken beneden op deze zondagmorgen in december, om de slaperige, stinkende, verfomfaaide, halfaangeklede bewoners van het huis te verwelkomen wanneer ze binnen komen vallen, in T-shirt en joggingbroek, die dringend een scheer-, douche- en knipbeurt, een knuffel, zouden moeten krijgen, wat het ook is dat jonge mensen nodig hebben op deze drempel van hun leven, waar ze ook maar voor kan zorgen. De aanwezigheid van een volwassene, een kop koffie, een hand om vast te houden, acceptatie, een plek om naartoe te gaan. En zijzelf? Wat heeft zíj nodig, op dit punt in haar leven? Daar te zijn waar ik ik ben, en wij wij. Een ander leven raken, en het mij laten raken. Creëren, begrijpen. Teruggeven. Deel zijn van een geheel.

7

Deuil

HET GIET VAN DE REGEN, OMDAT DE TOERISTEN MASSAAL ZIJN GE-
komen, en het festival duurt nog twee weken. Het regent altijd gedurende het festival. Mensen stromen door de straten, hun paraplu's botsen als vreemd getande wapens, hun regenjacks druipen,
hun voeten zijn doorweekt, ze hebben rare hoedjes op hun hoofden, omdat dit Edinburgh is, de plaats waar je moet zijn. Een
nieuwe hoofdstad met een oude geschiedenis; een stad van vetes
en twisten, van verbrande heksen en parate executies, een plaats
waar de geschiedenis haar betekenis uit-en-te-na heeft doorge-
sproken, drie talen heeft voortgebracht en er een van heeft gemaakt. Een stad gebouwd op zwart vulkanisch gesteente met een
gestolde uitbarsting, de herinnering aan lava, in haar centrum.
Een woeste plaats, in de loop der eeuwen getemd – Hume, Adam
Smith, de reuzen van de verlichting zijn hier geweest, net als de
sluwe smalborstige Stevenson met zijn gespleten verbeelding,
zijn ontsnappingsdrang. Edinburgh is alles geweest voor alle
mensen: een Schotse stad, een door Engelsen overheerste stad –
zelfs het North British Hotel is hier blijven bestaan tot de jaren
tachtig van de vorige eeuw. Het heeft zijn trieste lange wachttijd
voor een volksvertegenwoordiging gekend, zijn eeuwenlange gemok over verwaarlozing. Het heeft zijn monumenten voor Engelse koningen gebouwd, die midden op zijn uitgestrekte georgi-

aanse pleinen staan, zijn victoriaanse parodieën. Het bestaat uit zwart beroete huizen, stinkende steile steegjes, muren als kliffen waarin bijna geen raam te bekennen is; het is opnieuw ontworpen met lucht en licht en ruimte in gedachten, waarbij het de rationele achttiende eeuw zijn kalmerende hand heeft opgelegd; het is drooggelegd, het moeraswater afgevoerd, het heeft spoorwegverbindingen gekregen, en nu is het een netwerk van nieuwe wegen, snelwegen in Amerikaanse stijl, ringwegen die het verbinden met zijn sjofele, uitgewoonde buitenwijken. Het heeft het Scottmonument – schoongemaakt nu, in Maria's jeugd leek het op een smerige doorgeschoten krop sla. Het heeft het National Museum, eveneens schoongemaakt en gezandstraald, nu vergelijkbaar met Europese musea, en niet langer gratis toegankelijk. Het heeft zijn vreselijke nieuwe gebouwen, uit de grond gestampt in de overvloedige jaren tachtig, kantoorgebouwen die niemand nodig heeft, die samen met de hoogbouw uit de jaren zestig in de periferie rijp zijn voor de sloop. Delen van Old Town zijn, nog maar pas geleden, afgebrand, eeuwen van zijn geschiedenis verwoest. Het heeft zich verspreid over zijn zeven heuvels, ontoegankelijk als Rome, discreet als Athene, een noordelijke stad als geen andere. En het heeft zijn festival, dat elk jaar inwoners die door de stad naar hun werk willen rijden of kinderen moeten ophalen gek van frustratie maakt omdat de hele wereld hier komt om geïnformeerd en vermaakt te worden.

Maria was als kind dol op het festival; dan kon ze ontsnappen om naar straattheater te kijken, clowns, acrobaten, rockbands en jongleurs in plaats van rechtstreeks van school naar huis te gaan (het festival viel, vreemd genoeg, altijd buiten de Schotse schoolvakantie). Ze herinnert zich een man op stelten die naar haar toe kwam wankelen, met een op zijn gezicht geschilderde glimlach. En vuurspuwers, die vuur de lucht in schoten en weer inslikten. Het dagelijks leven werd plotseling een speelterrein, een feest van ongewoonheid. Sinds ze er als volwassene woont, verdraagt ze het.

Nu, in deze regenachtige augustusmaand in het zesde jaar van de nieuwe eeuw, maakt ze er deel van uit, een klein deel, haar koorddansnummer waar even naar wordt gekeken en dat zo weer voorbij is.

Ze heeft, wat zelden het geval is, een blouse aan en hoge hakken; haar gezicht is opgemaakt en haar zwarte haar goed geknipt, de witte streng op haar hoge voorhoofd meer dan ooit een echo van Susan Sontag. Ze draagt een regenjas, omdat het wel moet, ook al maakt die dat je er oud en sjofel uitziet. Ze loopt het huis uit en het terras af, slaat rechts af waar vroeger de slager was, waar nu een makelaar zit met peperdure herenhuizen in de etalage waar ooit dode beesten lagen uitgestald, schaamteloos geslacht en ontweid, voor de verkoop. Ze loopt langs de kapper en het café waar je amandelcroissants kunt krijgen, en het gebouw van de verzekeringsmaatschappij, en de juwelierswinkel waar ze spelden en broches in de vorm van een Keltisch kruis verkopen en Schotse dieren gemaakt van zilver, met kleine robijnen ogen. Ze steekt de brug over het Water of Leith over, en Dundas Street (nog zo'n twijfelachtige Schotse held) en wacht op de bus. De bus stopt nog steeds op dezelfde plek, maar omdat er aan de weg gewerkt wordt moet ze vijftig meter verderop gaan staan, waar ook een groepje goedgeklede mensen staat te wachten. Bus 22 zal haar afzetten op de hoek van George Street en haar de wandeling heuvelopwaarts besparen; dan kan ze over George Street naar Charlotte Square slenteren – voor zover dat lukt met hoge hakken. Het is even opgehouden met regenen, en de straat glimt, glad en zwart, net als de paraplu's, als de uniformen van de beambten, als hun schoenen. Ze heeft haar paraplu in haar tas gestopt, voor als het weer gaat regenen, wat ook zal gebeuren. Ze heeft een voorlopige versie van haar boek bij zich, in een plastic tasje, met de plaatsen die ze wil voorlezen gemarkeerd. Het boek is opgedragen aan Marguerite, aan wier verlaten bureau ze de vorm heeft gevonden.

De bus stopt, laat hen binnen, en de motor ronkt wanneer hij de heuvel op rijdt, en het kost een pond, niet twintig penny, zoals altijd, hoe kan het dat ze dat niet gemerkt heeft, en hij is vol. Paraplu's lekken op de vloer, een bestuurder die boos wordt wanneer hem door een argeloze Duitse toerist om wisselgeld wordt gevraagd, een natte hond die naast haar staat te hijgen terwijl er beekjes van hem af stromen, een vrouw die de hele bus over haar zoon wil vertellen, die uit Hongkong overkomt. Het is maar één van zovele honderden, ja zelfs duizenden busritten, maar dit is wat ze wil, denkt Maria, het is wat je moet hebben; het is werkelijkheid, deze stad, deze straat, deze bus, deze mensen. En die belachelijke figuren die de straat oversteken in avondkleding, de vrouw in de strapless japon, haar schouders glanzend van de regen, strompelend – komen ze van een feest of zijn ze op weg erheen, waar denken ze aan? – en de eenzame doedelzakspeler die vol overtuiging staat te blazen, onverstoorbaar, en de toeristen met cowboyhoeden op, en geruite broeken aan en felgele regenjassen net als de bemanning van reddingsboten, en de hele tijd komt er noodweer van de heuvel opzetten uit de diepzwarte wolk die over Old Town zweeft, waar het kasteel tamelijk mistroostig op de rots staat, en nu lijkt de hele scène een griezelige nachtmerrie, en daar is een donderslag, en nu komt de regen. Ze zal doorweekt zijn wanneer ze op Charlotte Square aankomt; waarom heeft ze geen taxi genomen? Het is in deze tijd onmogelijk ergens heen te gaan met de auto. Aidan, die rijles heeft, had haar kunnen afzetten. Ze zal drijfnat arriveren, met een doorweekt boek, op tijd om in een lekkende tent te staan druipen, voor een vochtig publiek, waarvan het merendeel het al zal hebben opgegeven en naar huis zal zijn gegaan. Maar dit is Edinburgh, dit is zomer, dit is het festival, en dit is waar ze is. Ze springt uit de bus midden in een aanhoudend dringend groepje mensen op de hoek van George Street en begint aan een overhaaste vlucht naar Charlotte Square, waar de gebroken witte tenten van de Book Fair doorzakken onder het donkergroen van de bomen, en kleine wandelgangen van hout, of misschien plastic, tussen de verschillende tenten zijn gemaakt, om de mensen van het afgetrapte doornatte gras te houden dat snel bezig is in modder te veranderen. Rechts van haar is een duur café, tegenover de Assembly Rooms, en ze wankelt naar binnen om aan het dichtstbijzijnde tafeltje neer te zijgen en koffie te bestellen, aangezien ze daar nog tijd voor heeft. Het is een excuus om hier te gaan zitten, om onder de stromende regen uit te komen (haar paraplu is, net als die van iedereen, onmiddellijk binnenstebuiten geblazen). Ze strijkt haar haar uit haar gezicht, schudt haar natte jas uit, trekt haar voeten voor eventjes uit haar natte schoenen, en haalt haar boek uit het tasje. Daar, met het door Nadar gemaakte portret van George op het omslag, waarop ze er gewichtig uitziet en een onderkin heeft, maar waarvan haar uitgever zegt dat iedereen het kent en herkent, is het boek, het boek dat ze uiteindelijk heeft weten te schrijven. Daarin, tussen het omslag, richt een kind haar altaar op voor een bosgod, wacht een vrouw buiten voor haar moeders appartement, bijt een stervende moeder in de knokkels van haar dochter; en worden duizenden na duizenden woorden geschreven in de kleine uurtjes van een duizendtal nachten, terwijl de wereld slaapt. Een uil vliegt over in die vroege uren, laat een klein pakketje met verteerde botjes en bloed achter op de stoep. Er zijn marionetten en de soldaten van Napoleon; er is een schip vol varkens; er is een Arabische stuurman die zingt om wakker te blijven. Er zijn wel honderd menselijke contacten, en de weerslag ervan in de woonruimte van mensen: het uitzicht vanuit het raam in Gargilesse, de spiegels van Nohant. Het lekkende dak van het gehuurde huis op Majorca, de bedompte kamer in een verzorgingstehuis in Parijs. Er is de rivier, George' rivier, Marguerites rivier, de rivier de Creuse die nog steeds stroomt (regen die zijn oevers doet zwellen, een plotselinge vloed?) en altijd zal blijven stromen. Er is de zonderling Flaubert die zijn pijp stopt, en de ouder wordende George met haar zwarte sigaartjes.

Maria drinkt haar koffie en begeeft zich, na de lucht te hebben gecontroleerd – een beetje lichter, een glimp in het westen van iets wat op tingrijs lijkt – weer naar buiten. De menigte stroomt nu naar de Book Fair toe, alsof het belangrijkste wat er bestaat is dat je daar komt. Misschien zoeken ze een schuilplaats, misschien zijn ze op zoek naar boeken – wie zal het zeggen? Maria stapt door, probeert haar paraplu nog een keer, en net wanneer die wild bokt op een windvlaag, zoals paraplu's doen voor ze de geest geven en binnenstebuiten waaien, loopt ze tegen Sean op.

'Hé, jij hier! Zo, Maria, hoe gaat het met je?'

'Ik probeer naar de Book Fair te komen, ik moet om halfvier voorlezen. Wat doe jij hier?'

'Ik loop alleen maar in de verkeerde richting door George Street. Tegen de stroom in, zoals gewoonlijk. Eigenlijk ben ik op weg naar een sollicitatiegesprek. Heb je tijd voor koffie?'

'Ik heb net koffiegedronken.'

'Tja, dan niet,' zegt hij lachend. 'Niet speciaal koffie, ik bedoel tijd om ergens te gaan zitten om te praten? Mijn afspraak is pas over een halfuur, vandaar.'

'Ik moet er zijn, Sean. Zeg, kom luisteren. Ik lees voor uit mijn nieuwe boek!'

'Dat wat je aan het schrijven was, over – hoe heet ze ook weer – George Sand?'

'Ja, precies, die. Kijk.' Ze laat hem het boek zien, uit het plastic tasje getrokken. Het omslag, met de twee portretten, en de nacht-uil.

'Nou, gefeliciteerd. Geweldig. Goed gedaan, Maria. Maar als ik meega, kom ik te laat.'

'Om wat voor gesprek gaat het?'

'Nou, ik ben gevraagd, kun je het je voorstellen? Het is voor een baan in Amerika, in Chicago. Behoorlijk goeie deal. Zeg, zullen we nu we geen tijd hebben om met elkaar te praten een andere keer afspreken? We hebben veel bij te praten, denk je niet?'

'Ja,' zegt ze, terwijl ze vooruitkijkt naar de ingang van het tentendorp dat de Book Fair is, half joerten, half tenten, voor de helft een haastig opgeslagen tentenkamp, voor de helft een nomadenkamp. Maar ze voelt dat hij al weg is. Ze heeft al enige tijd het gevoel dat hij weg is. Het is vreemd, denkt ze, om zo volkomen van iemand te houden en hem dan in de regen de straat te zien oversteken tussen zo'n honderd andere mensen die allemaal hun eigen doel hebben, en te zien verdwijnen. Een flits van een bleek gezicht, een grijns, een opgestoken hand. Vaarwel.

Dan loopt ze de circustent in waar schrijvers van over de hele wereld komen om uit hun boeken voor te lezen en erover te praten, waar zij wordt verwacht. Er staan tafeltjes in uitbouwen, er staan rode stoelen, en er is goudglitter rondgestrooid alsof ze circusartiesten zijn die op pony's gaan balanceren of door de lucht vliegen. George' gezicht kijkt haar aan, samen met dat van haarzelf; de opengelegde boekomslagen laten hen zien als een tweeling, de kalme negentiende-eeuwse vrouw van middelbare leeftijd en de bezorgd kijkende vrouw met de lichte streng in haar haar, uit de nieuwe eeuw, de eenentwintigste, van wie niemand tot voor kort enig idee had. Tussen hen, een verbinding tussen hen vormend, met zijn gespreide vleugels, een jagende uil. Maria stapt op het podium af, maakt kennis met de andere auteurs, een jonge Schotse dichter die een nieuwe biografie van Stevenson heeft geschreven, een man uit de Borders die een autobiografie heeft geschreven over zijn bestaan als wees. We zijn allemaal, denkt ze, op zoek naar onze ouders, in het echt en in literaire zin: en ze zijn er, ten slotte. Een energieke jonge vrouw in een zwartleren jasje, van het radiostation dat hen sponsort, introduceert haar. Ze is het eerst aan de beurt, hoewel ze het de jonge dichter heeft aangeboden, die zit te nagelbijten. Ze opent het boek en kijkt naar haar publiek, hun gezichten ruw van de regen, hun vochtige haar. Catriona van de boekwinkel is er; Cath is er; Muriel van *Extra-Mural*, die zich extra-Muriel noemt wanneer ze zich misbruikt voelt.

Daar is Anne, van Moderne Talen. Daar, tot haar verrassing, is Edward, achteraan, hij staat nog. Hij geeft haar een klein teken, steekt zijn duim op. Hier zijn mensen die haar kennen, die de moeite hebben genomen om te komen. Het enige dat ertoe doet is hier zijn. Rustig, Maria. Neem de tijd. Het enige dat ertoe doet is dat je leeft, dat je in staat bent dit te doen, en dat je deel uitmaakt van dit alles: het festival, de stad, Schotland, de wereld, het universum, zoals ze een mensenleven geleden altijd in haar schoolboeken schreef. Ze begint voor te lezen.